Berkeley
Korean
Literature

5
2019

버클리
문학

버클리문학

Berkeley Korean Literature

5호

2019년 10월 30일 발행

편집주간 김희봉
편집위원 김경년, 김종훈, 유봉희, 강학희, 정은숙, 엔젤라 정
편집고문 오세영, 권영민
편집자문 김완하, 송기한, 김홍진, 이용욱, 이은하

•시

● 제5회 『버클리문학』 신인상 당선작

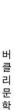

• 에세이

■ 버클리문학 4호 발간, 시와정신 창간 15주년 기념 대전 행사 (2017. 9. 22~25)

■ 버클리문학 2017 겨울 아카데미, 강사 김완하 교수 (2017. 1. 22)

■ 버클리문학 2018 봄 아카데미, 강사 이재무 시인 (2018. 2. 25~27)

■ 버클리대 오세영, 이재무, 정끝별 초청 시인의 밤 (2018. 2. 22)

■ 버클리대 조경란 작가 초청의 밤 (2017. 10. 23)

■ 버클리 문학 김영란 수필가 엄마 미안해 출판 (2018. 12. 1)

■ 버클리대 한국문학 학술대회 발표교수 일부와 편혜영 작가 (2019. 4. 26~27)

■ 버클리대 한국문학 학술대회 베트남 Nguyen Thi Hien 교수 (2019. 4. 27)

■ 버클리대 한국문학 학술대회 중국 Niu Lin Jie 교수 (2019. 4. 27)

■ 버클리대 한국문학 학술대회 번역 웍샵 (2019. 4. 24~25)

■ 버클리문학 권영민 교수 초청 송년 모임 (2018. 12. 18)

■ 버클리문학 2019 방민호, 이재무 시인 초청 강연 (2019. 8. 30)

행복한 문학의 공동체

『버클리문학』 5호를 출간한다. 올해는 버클리문학협회가 태동한지 꼭 10년 째다. "행복한 창작의 요람, 『버클리문학』"이란 목표를 세우고 지내 온 세월 동안 우리는 과연 행복했던가를 짚어보게 된다.

"백 년을 살아보니"의 김형석 연세대학교 명예교수께서 이런 말씀을 하셨다. "나만을 위해 산 사람들은 다 잊혀졌습니다. 그런데 공동체를 이루며 사랑의 고통을 나눈 사람들은 나이 들수록 행복해했습니다. 행복은 사랑의 수고입니다."

글은 분명 혼자 쓰는 것이다. 그러나 자신만의 명예나 만족을 위해 글을 쓰는 사람보다 곁의 글동무들의 아픔을 서로 보듬고 살아가며 글을 쓰는 사람이 더 행복하다는 말씀으로 들린다. 글과 사람을 같이 얻는 것, 그것이 행복이다라는 평생 경험에서 나온 가르침이라고 생각된다.

그런 의미에서 우리는 행복하다. 이와 함께 또 행복한 이유들을 몇가지 더듬어 본다. 첫째, 우리는 한국과 미국, 두 문화권의 문물을 평생 습득한 이민자들이다. 단일 문화권에서만 산 사람과 체험의 심도와 다양성이 다르다. 비록 전문 작가가 아닐지라도 이민자들이 함께 공동체를 이루고 독특한 삶의 기쁨과 고통을 나누며 정체성 있는 글을 쓸 수 있으니 행복하다.

『버클리문학』 문우들도 다양한 생활인들이다. 미국에서 삶의 터전을 다지고 2세들을 키우면서 교수, 화가, 의사, 엔지니어, 요리사, 간호사, 회계사, 음악가, 자영업자 등 다양한 직종에 종사하며 글을 써왔다. 이민 생활인으로의 사고와 감성, 경륜을 통해 새로운 이민 문학관을 보다 적극적으로 추구할 수 있음을 감사하고 있다.

또 하나는 버클리라는 지역적인 장점이다. 버클리대학을 중심으로 세계화를 지향하는 한국문학이 그 프론티어에 있는 이민문학과 적극적으로 교류하는 곳이다. 이민문학은 이제 한국문학의 변방이 아니라 세계의 첨단에서 모국어로 쓴 이민자들의 삶이 농축된 또 하나의 한국문학의 현장이자 중요한 축이란 인식이 넓어지고 있다.

그런 의미에서 우리는 행운이 겹쳤다. 이번 5호에도 버클리 대학의 동아시아 한국학 센터(CKS)와 대산 재단이 주관하는 교환 학자 프로그램에 다녀간 한국의 문학자, 문인들을 포함, 20여 명과 이곳 동포 문인 23명이 함께 필진으로 참여했다. 또한 한국에서 활동하는 교수와 문인들이 함께 하였다.

사실 『버클리문학』의 발간은 한국이나 미주에서 처음 시도된 일이다. 지금도 동포들만의 글을 모은 책들은 많지만 한국의 대표적 문인들과 동포 문학인들이 함께 문학지를 낸 것은 이민 문학사상 유례가 없는 일이었다. 그런 의미에서 한국과 이민 문학사에 새 지평을 여는 노력으로 자부하고 있다. 행복한 일이다.

이번 호의 특집은 지난 4월, 버클리대와 서울대 명예교수이자 『버클리문학』고문이신, 권영민 교수께서 기획, 주관한 "한국문학 국제 학술대회(International Conference on Korean Literature)"의 발표문들을 실었다. 일본, 중국, 베트남, 인도, 캐나다, 호주, 브라질, 러시아 등, 세계 14개국 대학에서 한국문학을 가르치는 소장 교수들이 버클리, 한자리에 모여 개최한 학술대회의 주제, "세계 속의 한국문학"을 특집제목으로 삼았다. 여기에 김완하, 송기한, 이용욱, 이은하 교수의 글을 "한국문학의 외연과 심화"라는 특집으로 수록했다.

흔쾌히 옥고를 특집으로 게재해 주신 권영민 교수께 깊은 감사를 드린다. 또한 본회 창립멤버로, 자문위원으로 『버클리문학』발간에 크게 기여해 온 김완하 교수께도 큰 고마움을 전한다.

더불어, 행복한 문학의 공동체, 『버클리문학』을 위해 오랫동안 사랑과 수고를 아끼지 않은 모든 문우들께 심심한 감사를 드린다. 특별히 창립 후 수년간 안살림을 맡아 내실을 기해준 강학희 시인, 본 협회의 태동지인 한식당 '수라'를 경영하며 많은 내외문인들에게 문화공간을 제공해 준 본회 사무국장, 정은숙 시인의 헌신에도 감사드린다.

2019년 10월
『버클리문학』주간 김희봉

세계 속의 한국문학

세계 속의 한국문학

_ 권영민

편집자 주 :

　미국 버클리대학 한국학센터에서는 '국제한국문학번역워크숍'과 '세계 속의 한국문학'이라는 학술대회를 지난 4월 23일부터 4월 27일까지 개최했다. 이 학술대회는 버클리대학 동아시아언어문화과에서 한국문학을 강의하고 있는 권영민 교수가 조직한 국제적인 한국문학 행사이다. 한국은 물론 미국, 캐나다, 호주, 이태리, 러시아, 브라질 등의 서구권 국가와 일본, 중국, 베트남, 인도 등지의 아시아권 국가의 여러 대학에서 한국학 또는 한국문학을 가르치고 있는 교수들이 다수 참가하였고, 한국 미국 캐나다의 중요 대학 대학원생들이 번역워크숍에 참가했다. 이 학술대회에서 소개된 각 지역의 한국문학 교육 연구의 현황은 앞으로 한국문학이 세계의 무대에서 어떻게 발전해 나아갈 수 있는지 그 방향을 새롭게 모색하는 데에 큰 도움을 줄 것으로 기대된다. 한국 내의 학자들과 외국의 학자들이 서로 긴밀한 유대관계를 형성하여 학술교류를 적극적으로 실천하게 된다면 한국문학의 연구와 교육 수준이 보다 높아지고 그 내용도 풍부해질 수 있을 것이다. 이 대회의 중요 발표논문을 소개하여 '한국문학 세계화의 현장'을 점검하기로 한다.

1.

　한국문학의 세계화에 대한 관심은 1990년대 중반 이후 크게 확대되었다. 특히 한국국제교류재단의 등장은 정부의 홍보 차원에서 산발적으로 이루어지던 한국문화의 해외소개 사업을 근본적으로 전환하는 계기가 되었다. 한국국제교류재단은 특히 외국의 중요 대학에서 운영하고 있던 한국학 분야의 교육과 연구 전반에 대한 본격적인 지원 사업을 체계화하였고 다양한 프로그램을 운영하여 해외 문화 교류도 활발하게 진행하였다. 문학의 경우 2000년 한국문학번역원이 정식으로 출범하면서부터 문학작품의 해외 번역 출판 사업의 성과가 서서히 드러나기 시작하였다. 한국문학은 한국학 강좌의 일환으로 대학의 정규 강좌가 개설되면서 학문의 대상으로서 연구와 교육이 본격적으로 진행되고 있으며 전문적인 고급 독자층도 점차 늘어나고 있다.

2.

한국문학의 해외 소개는 영어권을 중심으로 놓고 보면 그 실태를 개략적으로 확인할 수 있다. 한국은 해방 이후 미국과의 긴밀한 관계를 유지하면서 영어를 중심으로 하는 외국어 교육에 치중하였다. 서구 문학의 수용과정에서도 영어권의 문학이 주류를 이루었으며, 한국문학의 해외 번역 소개에서도 영어 번역이 가장 큰 비중을 차지하게 되었다.

한국 현대소설 가운데 일찍부터 많은 작품이 영어로 번역 출판된 작가로는 황순원, 김동리를 손꼽을 수 있다. 황순원의 장편소설 「나무들 비탈에 서다」, 「움직이는 성」 등이 일찍 영어로 번역되었으며 「황순원 단편선집」이 여러 형태로 번역 출판되었다. 캐나다 브리티시컬럼비아 대학의 브루스 풀턴 교수는 황순원 소설의 번역 출판만이 아니라 그 문학적 성격을 분석비평하는 작업에도 적극 참여했다. 그는 지난 1980년대 초부터 현재까지 무려 200여 종의 한국 소설을 영어로 번역 소개했다. 김동리는 장편소설 「을화」 이외에도 여러 단편선집이 번역 출간되었다. 해방 이후의 작품 가운데에는 최인훈의 「광장」, 이호철의 「남녘사람 북녘사람」, 한무숙의 「만남」, 박경리의 「토지」, 박완서의 「엄마의 말뚝」, 「나목」, 조세희의 「난장이가 쏘아올린 작은 공」, 김원일의 「마당 깊은 집」, 최인호의 「타인의 방」, 황석영의 「무기의 그늘」, 「손님」, 전상국의 「아베의 가족」, 조정래의 「불놀이」,

이문열의 「시인」, 「우리들의 일그러진 영웅」, 오정희의 「중국인 거리」 등
의 번역이 주목된 바 있다. 근래에는 김영하의 「나는 나를 파괴할 권리가 있
다」, 이승우의 「생의 이면」 등도 관심의 대상이 되었다. 특히 신경숙의 「엄마
를 부탁해」, 한강의 「채식주의자」, 편혜영의 「홀」 등의 영어 번역 출판은 한국
소설이 세계문학의 무대에서 일정한 대중적 독자층을 확보할 수 있다는 가능
성을 보여준 성공적 사례로 지목할 수 있다.

한국 현대시의 경우 해외에 널리 소개되어 화제가 시인은 이상, 서정주,
김지하, 고은을 손꼽을 수 있다. 서정주의 경우는 현대시를 대표했던 인물
인데, 하버드 대학의 데이빗 맥캔 교수가 서정주 시선집의 영역본을 내놓
았다. 영어권의 독자들만이 아니라 프랑스 독일 등지에서 그의 시세계에
깊은 관심을 표한 경우가 많으며, 상당한 판매부수를 기록하기도 하였다.
시인 김지하는 1970년대 유신 독재 시대에 투옥되었고, 80년대까지 민주
화 운동에 앞장섰던 시인이다. 그의 시선집은 1978년 미국에서 처음 출판되
었고, 1980년에 데이빗 맥캔 교수에 의해 새로운 시선집이 번역 출판되기도
하였다. 김지하의 시는 이후 세계 각국에 소개되었고, 1981년 세계시인대회
에서 그에게 「위대한 시인상」을 수여하기도 하였다. 고은은 대표작 「만인
보」가 여러 나라의 언어로 번역 출판되면서 세계적으로 널리 알려졌다. 작
고 시인 가운데에는 김소월의 「진달래꽃」, 한용운의 「님의 침묵」, 윤동주
의 「하늘과 바람과 별과 시」 등의 영어 완역본이 나왔고 정지용, 서정주,
박목월, 구상 등은 일찍 시선집의 번역 출간이 이루어졌다. 김남조, 황동
규, 오세영, 김광규, 이시영, 강은교, 문정희, 김혜순 등의 시선집도 주목된
바 있다. 한국 현대시의 번역 작업에서 두드러진 활동을 보이고 있는 번역
자는 데이빗 맥캔 교수와 안소니 티그 교수다. 데이빗 맥캔의 경우는 한국
문학 교수이면서 미국에서 활동하고 있는 현역 시인으로 자신의 창작 시
집을 몇 권 갖고 있다. 근래 그는 하버드대학을 은퇴한 후 한국 문학작품
의 번역 소개를 위한 전문 잡지 『Azalea』를 매년 발간하고 있으며, '영어
시조'(Enlish Sijo) 운동을 주도하고 있다. 미국에 유행하고 있는 '영어 하

이쿠'(English Haiku)에 대응할 만한 새로운 문학운동으로 확산시켜 나가기 위해 지금도 혼자서 노력 중이다. 안소니 티그 교수는 서강대학교에서 강의했고, 퇴임 후 '안선재'라는 한국명으로 활동하고 있는데, 구상 시선집, 고은 시선집, 김광규 시선집, 오세영 시선집, 이시영 시선집 등을 번역하였다. 한국 고전문학에 대한 번역 소개는 경희대학교에서 강의한 케빈 오록 교수의 고전시가 번역, UCLA 피터리 교수가 작업해온 한국 한문 자료의 번역 작업 등이 주목된다.

3.

미국에서 나오는 통계를 보면 매년 1만 5천여 종의 문학 작품이 영어로 출판된다. 그 중에서 약 3%에 해당하는 4백여 종이 영어 번역 작품이라고 한다. 이 번역 작품들은 비영어권에서 나온 것들인데 그 가운데 아시아권의 작품이 대략 50여 종에 이른다. 한국에서도 매년 10여 종 안팎의 문학 작품이 복잡한 절차를 거쳐 영어로 번역 출판된다. 그리고 이 책들이 전 세계 영어권 독자들을 향해 출판시장에서 서로 경쟁한다. 해마다 쏟아져 나오는 1만 5천여 종의 문학 작품 가운데 한국 작품이 몇 권 끼어들어 있는 셈인데, 이것을 찾아 읽는다는 것은 특별한 관심이 없이는 불가능하다. 이같은 상황만을 놓고 본다면 한국문학의 세계무대 진출이라는 것이 얼마나 힘든 일인가를 짐작할 수 있다.

한국문학 작품이 영어로 번역 출판만 되면 많은 외국의 독자들이 환호하며 이를 받아들일 것이라고 믿는다면 그것은 큰 잘못이다. 외국의 유명 작가의 작품을 한국어로 번역 출판하는 출판사의 노력을 생각해 본다면 이를 미루어 짐작할 수 있다. 출판사가 먼저 작품의 훌륭한 번역에 상당한 공을 들이고 판권에 대한 계약을 위해 힘을 쓴다. 작품의 내용과 작가의 활동을 소개하는 일에도 출판사가 앞장선다. 그렇지 않고서는 생소한 외국 작품을 독자들이 골라 읽기를 기대하기 어렵다. 한국문학 작품이 해외에 번역 출판 되는 과정을 보면, 세계무대에 제대로 알려지지 않은 작품을 지원금을 내걸어 번역에 먼저 착수하도록 한다. 그런 다음에 출판사를 물색하고 출판비 보조도 약속하는 경우가 많다. 보조금까지 받고 내는 책이니 대대적으로 소개하고 홍보해 줄 것 같지만 영세한 출판사들은 대중적 독자층이 형성되어 있지 않은 한국문학에 공을 들이지 않는다. 그렇다고 대형 출판사가 나서서 한국문학의 해외 출판에 앞장설 이유도 없다.

그렇지만 여기서 주저앉으면 아무런 희망도 가질 수 없다. 한국의 작가도 이제부터는 자신의 작품을 세계무대에 내놓고 세계의 독자들을 상대하겠다는 목표를 분명히 할 필요가 있다. 일본의 무라카미 하루키가 지난 20년 동안 꾸준히 실천해 온 자신만의 길을 보면 그 의미가 무엇인가를 알 수 있을 것이다. 여기에서 우선 필요한 것은 작가 스스로 문학에 대한 인식과 방법을 새롭게 전환하는 일이다. 한국적 특수성에 대한 논의에서 벗어나 어떻게 공간적으로 확장된 세계적 보편성으로 관심의 방향을 전환할 수 있는가 하는 것이 당연한 과제가 된다고 할 것이다. 한국적인 것에서 세계적인 것으로의 확대, 특수성에서 보편성으로의 전환, 이것이 바로 한국문학이 세계의 무대로 나서기 위한 선결 과제이다.

한국문학이 세계의 무대에 당당히 나서는 일은 한국문학이 추구해온 문학적 기법과 주제에 대하여 외국의 독자들이 어떤 자세로 이를 받아들이게 되는지에 대한 취향과 관심에 의해 그 성패가 좌우된다. 물론 문제가 되는 것은 언어 장벽을 넘어서는 일이다. 언어는 문학의 본질을 결정한다. 한국문학은 한국어를 기반으로 그 정서의 고유성과 정체성이 확립된다. 그런데 한국문학을 세계 여러 나라의 독자들이 읽을 수 있도록 하기 위해서는 그들이 사용하는 언어로 번역해야만 한다. 한국문학의 세계화는 결국 언어의 충돌과 경쟁을 수반하는 번역과정을 반드시 거쳐야 하며 그 독서와 수용이라는 복잡한 경로를 통과해야만 한다.

그동안 한국문학은 해외 번역 출판을 통해 일반 외국 독자들의 관심을 크게 불러일으킨 경우가 거의 없지만, 근래 몇몇 사례들은 상당한 가능성을 말해준다. 신경숙의 『엄마를 부탁해』(Please Look after Mom)는 아마존 베스트셀러에 올랐고 전세계 40여 개 나라에서 번역 출판되면서 외국에서도 밀리언셀러가 되었다. 그 뒤 『어디선가 나를 찾는 전화벨이 울리고』(I'll Be Right There), 『외딴 방』(The Girl Who Wrote Loneliness), 『리진』(The Court Dancer) 이 잇달아 출간되면서 '뉴욕 타임즈 베스트셀러' 에 꾸준히 오르고 있다. 이것은 신경숙이 이미 세계 무대에서 일정한 자기 독자를 가지게 되었음을 말해준다. 한강의 『채식주의자』(The Vegetarian)도 상당한 화제가 되었다. 이 작품은 오히려 일반 대중독자보다 한국문학을 공부하는 전문적인 독자층에서 먼저 그 문제성을 주목했고 좋은 성과를 거뒀다. 뒤를 이어 발간한 『흰』(The White Book)이나 『소년이 온다』(Human Acts) 등도 꾸준하게 독자층을 넓혀가고 있다. 최근 편혜영의 『홀』(The Hole)은 소설적 기법에서 드러나는 추리적 요소가 크게 주목받으면서 개성적인 스타일의 작가로서 그 존재를 각인시켜 놓고 있다.

그렇지만 한국문학 작품을 낯선 외국어로 번역 소개하는 작업은 여전히 까다롭고 힘이 든다. 한국문학의 세계화의 관건이 질 좋은 번역에 달려 있다는 것은 부인할 수 없는 사실이다. 『채식주의자』의 영어 번역을 둘러싼 여러 논쟁에서 볼 수 있듯이 번역은 서로 다른 언어의 경계를 통과하는 작업이기 때문에 충돌이 생길 것은 당연하다. 하지만 문학 작품의 번역은 정확한 지식과 정보를 담고 있는 텍스트의 번역 작업과는 그 성질이 다를 수밖에 없다. 문학 작품은 언어 표현의 방식과 그 양식적 요구가 서로 다르기 때문이다. 문학 작품의 번역 출판은 결국 번역자의 능력과 그 문학적 감성에 의존할 수밖에 없는 일이다.

한국문학은 여전히 세계 문학의 중심부에 들어서지 못하고 있으며 외국 독자들의 한국문학에 대한 이해도 형편없이 부족한 실정이다. 문학 작품의 번역에서 가장 중요한 것은 어떤 작품을 번역할 것인가 하는 문제이다. 한국적인 소재를 다룬 것과, 보편적인 소재를 다룬 것 가운데 어느 것을 번역할 것인가 하는 문제도 가끔 제기된다. 이 두 가지 조건을 동시에 만족하는 작품이 없다면, 한국적인 속성을 지닌 것 가운데 예술적인 완결성이 높은 것을 택해야 하는 것은 당연한 일이다. 어느 작가의 작품인지에 대해서도 관심을 가져야 한다. 다양한 작가들을 널리 소개하는 일도 필요하지만, 특정 언어권에서 번역 출판되어 관심을 모은 작가의 경우에는 다른 언어권에도 이를 널리 소개해 보는 것이 좋다. 한국문학 작품의 해외 번역 소개 작업이 여전히 초보적인 단계에 머물러 있는 것은 외국인 독자들의 한국문학에 대한 이해가 부족한 현실과 깊은 관계가 있다.

4.

한국문학의 해외 소개는 대학에서의 한국문학 교육 문제를 빼놓고서는 논의하기 어렵다. 미국의 여러 대학에서 이루어지고 있는 한국문학 교육은 한국문학에 관한 고급 독자층을 만들어내는 가장 확실한 방법이다. 그런데 미국의 중요 대학에서 이루어지고 있는 한국문학 교육과 연구는 그 역사가 길지 않다. 한국문학에 관한 연구가 학문적인 영역에서 발전할 수 있는 계기가 마련된 것은 1960년대 중반 이후 평화봉사단(Peace Corps)원들이 한국에서 활동하게 된 것과 때를 같이 한다. 미국 평화봉사단은 대학을 졸업하고 일정 기간 한국에서 활동하면서 한국을 배우고 한국에 대한 깊은 이해를 지니게 되었기 때문에, 이들 가운데 몇몇은 미국으로 돌아간 후에 한국 체험을 살려 대학에서 한국 연구의 전문가가 되었다. 현재 미국에서의 한국학 연구는 각 분야에서 이들이 주도하고 있다. 그러나 이들의 대학 진출이 그리 쉽게 이루어진 것은 아니다. 이들은 대부분 학위 과정을 마친 후에 오랜 기간 동안 전임 직위를 가지지 못하고 있다가 1980년대 중반을 전후하여 대학에 자리잡은 경우가 많다. 미국에서 평화봉사단 제도가 폐지된 1970년대 말 이후에는 한때 한국 연구의 학문적 후속세대를 제대로 육성하지 못하였지만 한국의 경제적인 성장과 함께 한국국제교류재단을 중심으로 하는 체계적인 지원이 이루어지면서 미국의 대학들이 한국학연구소를 개설하고 한국학 강좌를 열게 되었다.

미국의 여러 대학 가운데 한국어를 정식 교과 과정의 강좌로 개설 운영하고 있는 대학은 이미 수백개교가 된다. 대개가 동아시아의 외국어 과목 가운데 하나의 선택 과목으로 한국어 강좌를 운영한다. 한국학 연구 자체가 동아시아언어문화학과 내에서 하나의 전공 과정으로 설치된 대학은 하버드대학, 컬럼비아대학, 시카고대학, 캘리포니아주립대학(UCLA), 남가주대학(USC), 미시간대학, 워싱턴대학, 일리노이대학, 하와이대학 등의 명문 대학들이다. 이 가운데에 하버드대학, 컬럼비아대학, UCLA, 하와이대학 등은 1980년대 이전부터 한국학 연구를 전공과정으로 운영해 왔다. 미국 대학 가운데 한국학 연구 분야의 교과 과정, 교수 요원, 연구 시설 등이 가장 잘 갖추어진 대학은 UCLA, USC 등을 손꼽을 수 있다. 한국어는 물론 한국문학, 한국사, 한국 사회, 한국 종교, 한국 예술 등의 여러 분야에 걸쳐 전공 교수를 두고 있으며 학부 과정과 대학원 과정에서 한국학 관련 다양한 강좌를 개설 운영하고 있다.

그러나 미국 대학에서의 한국문학은 한국학 과정에 속하는 강좌의 하나에 불과하다. 그 규모와 범위도 한정될 수밖에 없다. 2인 이상의 한국문학 담당교수를 채용하고 있는 대학은 UCLA 한 곳 뿐이며 대부분의 대학에서는 한국 고전문학을 거의 다루지 못하고 있다. 한국 근대문학 또는 현대문학 분야를 중심으로 이루어지는 강의를 보면 학부 과정에 학기당 2-5개 강좌가 개설 운영되고, 대학원은 세미나 위주로 강좌를 운영한다.

한국문학은 미국의 대학에서 대개 동아시아 문학의 일환으로 취급된다. 대학의 학사 조직으로 한국학과를 독자적으로 운영하는 곳이 없는 것은 당연하며, 동아시아 문학의 넓은 범주 안에서 중국문학이나 일본문학과 함께 다루어지고 있는 것이다. 그러므로 한국문학이 독자적인 성격과 그 보편적인 의미를 인정받기 위해서는 먼저 동아시아 문학 안에서 한국문학이 차지할 수 있는 위상을 분명히 해야 한다. 물론 한국학 자체의 역사가 짧은 서구에서 한국학의 위상을 제대로 세우기 위해서는 상당한 노력이 필요하다. 이미 지역학의 일환으로 확고한 자리에 서 있는 중국학이나 일본학의 경우는 미국의 주요 대학에 세계적인 학자들이 포진하고 있다. 그들은 동아시아 문화 가운데 중국 문화나 일본 문화가 지니고 있는 가치의 보편성을 깊이 있게 연구하고 있다. 그러나 한국학의 경우는 대개의 경우, 한두 명의 학자가 동아시아학과에 자리하고 있으면서 한국에 관한 모든 교육 연구를 주도한다. 그러므로 그 연구 교육의 수준이 결코 향상되기 어렵다. 한국문학이 동아시아 문학 속에서 그 위상을 높이기 위해서는 중국문학이나 일본문학과의 활발한 교류와 선의의 경쟁이 필요하다. 세계적인 지위에 있는 일본 문학 전문가나 중국문학 전문가들이 동아시아 문학 가운데 한국문학의 위상을 인정하고 이해할 수 있도록 하는 일도 중요하다. 비교 문학적 차원에서의 상호 관계에 대한 연구도 활발하게 진행되어야 하며, 현역 문인들 사이에도 보다 빈번한 접촉과 교류를 가짐으로써, 상호 이해의 길을 열어야 한다.

5.

한국문학은 지금까지 외국의 대학에서 거의 주목받지 못하고 있는 학문 분야이지만, 한국 경제의 발전과 해외 시장 진출에 따라 한국 역사와 문화 전반에 대한 관심이 커지고 있다. 미국의 경우만 보더라도 대학에서의 한국문학 강좌는 한국어 교육의 확대와 함께 점차 늘어날 전망이다.

미국의 현대언어협회(MLA)가 최근 조사 보고한 미국 대학의 외국어 강좌와 수강생 숫자가 흥미롭다. 그동안 대학에서 가장 많이 가르쳤던 스페인어, 프랑스어, 독일어, 이탈리아어, 러시아어 등 유럽 지역 언어의 수강생이 크게 줄고 있다는 것이다. 스페인어의 경우 2009년도에 86만여 명이 수강하여 최고치를 보였지만 지난 10년 동안 점차 줄어들어서 2016년도에는 71만여 명이 되었다. 프랑스어도 20만 명을 넘던 수강생이 같은 기간 동안 17만 명으로 줄었다. 동양의 언어 가운데 일본어는 2009년도에 최고 7만 2천여 명이었던 것이 2016년에 6만 8천 명으로 하향 곡선을 그리기 시작했고 중국어의 경우도 2013년도에 최고 6만 1천여 명에서 5만 3천여 명으로 줄었다. 그런데 특이한 것은 한국어의 경우 지속적으로 강좌 수가 늘어나고 수강생 숫자가 증가하고 있다. 2002년 미국 전역의 대학에서 한국어 강좌 수강생은 5천 2백여 명이었는데 2016년도의 통계를 보면 1만 4천 명에 육박하고 있다. 거의 3배 정도 증가했다. 외국어 수강생 수가 이렇게 큰 증가 추세를 보여주는 경우는 한국어가 유일하다.

한국어에 대한 관심이 커지고 있는 것은 미국에서만의 일이 아니다. 일본이나 중국의 대학에서는 한국어가 가장 규모가 큰 외국어 강좌 가운데 하나로 자리 잡은 지 오래다. 러시아, 프랑스, 캐나다, 영국 등지의 여러 대학에서 이루어지고 있는 한국어 교육은 이미 높은 수준에 올라 있으며, 동구권의 헝가리, 폴란드, 우크라이나 등지에서는 한국어가 인기 있는 외국어로 손꼽힌다. 베트남을 비롯한 동남아 지역의 여러 대학에서 한국어 교육에 열을 올리고 있다. 인도의 경우도 여러 대학에서 한국어 강좌가 늘어나고 있으며 아프리카 지역의 이집트에서도 한국어 교육이 시작되고 있다. 중남미 지역의 코스타리카, 멕시코, 칠레, 브라질 등지의 대학에서 한국어 강좌를 개설 운영하고 있다. 세계의 여러 대학에서 한국어 교육이 이렇게 확대되고 있는 현상을 보면 한국 문화의 세계적 위상이 몰라볼 정도로 높아졌음을 실감한다. 물론 여기에는 'K 팝'이니 'K 드라마'니 하는 '한류'의 영향도 적지 않게 작용하고 있는 것으로 생각된다.

한국어 교육의 세계적 확산은 한국어 자체가 지니고 있는 문화적 전파력이 그만큼 커지고 있다는 것을 의미한다. 지금 세계는 한국에 대해서 오랫동안 무관심했던 것과는 반대로 한국에 대한 과거의 잘못된 인식에서 벗어나 한국을 새로운 눈으로 이해하려 하고 있다. 이와 동시에 많은 외국의 대학에서 한국에 대해 더 배우고 연구하여야 한다는 움직임이 일어나고 있다. 지금이야말로 해외에 한국문화를 폭넓게 소개하고 그 연구를 더욱 확대 발전시킬 수 있는 아주 좋은 기회이다. 우리는 앞으로 두 번 다시 올지 모르는 이 모처럼의 기회를 놓쳐서는 안 될 것이다.

권영민

1948년 충남 보령 출생. 1971년 《중앙일보》 신춘문예 평론 등단. 저서 『한국 현대소설의 이해』, 『한국 현대 문학의 이해』, 『이상 텍스트 연구』 등. 단국대학교 석좌교수, 『문학사상』 주간. 현재 버클리대 초빙교수.

일본에 있어서의 한국문학

_ 호테이 토시히로(布袋敏博)

(일본 · 와세다대학)

1.

일본에 있어서의 「한국문학」이란 실질적으로 「일본에서 한국문학이 어떻게 연구되고 있으며, 한국문학을 일본 독자들이 어떻게 받아들이고 있는가」를 묻는 것과 마찬가지다. 근래에 일본에 있어서의 한국문학 연구가 상당히 활발해지고 있으며, 한국문학의 번역 출판 작업도 활기를 띠고 있다. 물론 한국과 일본의 당면한 정치적 문제들이 여전히 갈등의 요소로 작용하고 있다는 사실을 전제할 필요가 있다.

2.

일본에서의 한국 근대문학 연구는 오무라 마스오(大村益夫, 와세다대학 명예교수) 교수의 업적을 가장 먼저 손꼽을 수밖에 없다. 최근 오무라 마스오 교수의 오랫동안의 연구업적을 집대성한 저작집이 서울 소명출판에서 모두 6권으로 구성되어 번역 출판되었다. 전체 내용을 보면, 1 윤동주와 한국 근대문학, 2 사랑하는 대륙이여: 시인 김용제 연구(심원섭 역, 2016), 3 식민주의와 문학, 4 한국문학의 동아시아적 지평(곽형덕 역, 2017), 5 한일상호이해의 길(정선태 역, 2017), 6 오무라 마스오 문학 연구 앨범(편집부 편, 2018)으로 이루어져 있다. 각권은 이미 단행본으로 간행된 것이지만 제6권의 「앨범」에는 한국 근대문학 관련 귀중한 사진이 많이 수록되어 있다. 오무라 교수는 85세가 넘은 현재도 계속 연구를 하고 있다. 「식민지문화학회」에 속해 주로 그 기관지인 『식민지문화연구』에 논문 및 시나 소설들의 번역을 발표하고 있으며 현재는 이중섭, 김학철에 관한 작업을 하고 있다. 멀지 않아 이들의 성과도 공표될 것이다.

현재 일본에서 누구보다도 활발하게, 그리고 밀도 깊은 연구를 지속적으로 하고 있는 분이 하타노 세쓰코(波田野節子, 니이가타 현립대학 명예교수)이다. 하타노 교수의 이광수에 대한 연구는 한국에서도 잘 알려져 있다. 또 거기에는 한국의 젊은 연구자들을 키우고 있다는 측면이 있음을 간과할 수 없다. 또한 일본 문부과학성의 과학연구비를 이용한 공동연구를 견인하여 많은 연구자들을 한데 모으는 역할도 하고 있다. 그 중 일부를 소개하면, 「일본어판 「오도답파여행」을 쓴 것은 누구인가」(『상허학보』 42, 2014), 「이광수의 일본어소설과 동우회사건 −「만옹의 죽음」에서 「마음이 서로 닿아야」(『조선학보』 제232집, 2014.7), 『『무정』의 표기와 문체에 대하여」(『조선학보』 제236집, 2015.7), 『이광수−한국근대문학의 조(祖)와 「친일」의 낙인」(2015.6, 중송신서), 『무정』에서 「가실」로−상해체험을 넘어서」(『조선학보』 제249·250집 합병호, 2019.1), 「이광수의 한글 창작과 三·一운동」(『역사평론』 No.827, 2019.3) 등이 있다. 그리고 근래에는 이광수의 문장을 정리한 『이광수 초기 문장집 I (1908~1915)』, 『이광수 초기 문장집 II (1916~1919)』, 『이광수 후기 문장집 I (1939~1945) 소설』, 『이광수 후기 문장집 II (1939~1945) 평론·논설』 등을 내놓고 있다.

　시라카와 유타카(白川豊, 규슈상업대학교수)는 장혁주 연구와 염상섭 연구 및 번역에 전념하고 있다. 염상섭의 『만세전』(2003, 벤세샤)을 번역한 데 이어 2012년에는 『삼대』가 헤이본샤에서 간행됐다. 현재는 『취우』를 번역하고 있다고 한다. 또한 시라카와 교수는 장혁주와 염상섭에 관한 논문을 같이 묶어서 『조선 근대의 지일파 작가 고투의 기적 : 염상섭, 장혁주와 그의 문학』(2008, 벤세샤)을 간행했다. 같은 세대의 연구자인 세리카와 테쓰요(芹川哲世, 二松学舎大学) 교수는, 개화파 망명객인 김옥균, 박영효 등과 교류한 스나가 하지메(須永元, 1868~1942)에 대해 집중적으로 연구하고 있으며 「스나가 하지메와 조선인 망명인사의 교류－김옥균을 중심으로－」(『二松学舎大学인문논총』 제99집, 2017.10.10), 「스나가 하지메와 조선인사와의 한시(漢詩) 교류－「不亦楽乎」에 대하여－」(『二松学舎 창립140주년 기념 논문집』, 2017.10.10)이라는 중요한 논문을 발표했다. 조선 독립운동을 지원한 의사(義士)로 알려지며 조선에 깊이 관여한 스나가의 활동과 생애, 사상에 초점을 맞추어 그 전체상을 밝히려고 한 연구 성과이다. 구마키 쓰토무(熊木勉, 덴리대학)는 이태준의 『사상의 월야 외 5편』을 번역함(2016)과 동시에 이태준에 관한 논문 「이태준의 일본 체험－장편소설 『사상의 월야』의 「도쿄의 월야」를 중심으로」(『조선학보』 제216집, 2010.7)를 발표했다.

　이들 외에도 최태원(도쿄대학)은 진학문에 관한 논문 「어느 식민지 문학청년의 행방 (1) － '몽몽' 시절의 진학문의 일본 유학과 문학 수업」(『상허학보』 제50집, 2017.6)를 발표했다. 도야마대학의 와다 토모미(和田とも美)는 '탈북자 문학'에 착수하여 번역본 『넘어오는 사람, 받아드리는 사람－탈북작가·한국작가 공동소설집』(2017, 아시아플레스·인터내셔널출판부)을 간행했다. 또한 여성문학연구자인 야마다 요시코(山田佳子, 니이가타 현립대학), 조선전쟁기 여성문인에 대한 연구를 하고 있는 니시카와 준코(西川順子, 규슈산업대 외), 동북대학의 사노 마사토(佐野正人), 모더니즘 문학을 연구하고 있는 아이카와 테쓰야(相川哲也, 도쿄대학), 야나가와 요스케(柳川陽介, 서울대학. 올해 가을학기부터 와세다대학 시간 강사가 됨.))등이 있다. 또한 조선대학에는 몇 년 전에 작고한 프롤레타리아문학연구자인 김학렬을 비롯하여 현재 재직 중인 오향숙 교수, 손지원 교수 등이 있다.

이렇게 오랜 연구 경력을 지닌 사람들의 충실한 연구가 이어지고 젊은 세대도 자라나는 가운데, 그간의 특징의 하나로 높은 수준의 박사논문이 몇 편 발표된 것도 주목할 만한 점이다. 예를 들면 다음과 같은 것들이 있다.

와타나베 나오키(渡辺直紀, 무사시대학)는 동국대학교에 임화에 관한 박사논문을 제출했는데 이것은 한국에서 『임화문학비평 프롤레타리아문학과 식민지적 주체』(2018.12, 소명)라는 이름으로 간행되었다. 또한 와타나베는 한 달에 한번 인문평론회라는 연구 모임을 운영하고 있으며 하타노 세쓰코와 같이 양륜으로 계속하고 있다. 근년의 번역서로 김철 『식민지의 복화술들─조선의 근대소설을 읽는다(원제목 〈복화술들〉)』(2017.3, 헤이본사)가 있다. 그리고 재일문학의 장에서도 소개하겠으나 조은미(曺恩美)의 「장혁주의 일본어문학 연구─식민지 조선／제국 일본의 사이에서─」(2016)와 다카하시 아즈사(高橋梓)의 「김사량의 두 언어문학 연구─식민지기의 조선어／일본어로 된 창작을 중심으로」(2018, 둘 다 도쿄외국어대학), 두 논문이 잇달아 발표된 것도 주목할 만한 일이다. 지금까지 장혁주와 김사량은 '친일 혹은 협력과 항일'이라는 이항대립적으로 논의될 때가 많았으나 이 두 편의 박사 논문은 그러한 관점과는 다른 새로운 접근을 보여주고 있어서 흥미롭다. 이토 케이(伊藤啓)는 박사논문 「안회남의 1930년대 소설에 관한 연구─지식인 남성 주인공의 성격과 연애를 중심으로─」를 오사카대학에 제출했다(2014). 그리고 문학이 아니지만 유충희의 『조선의 근대와 윤치호 동아시아의 지식인 에토스의 변용과 계몽』(2018, 도쿄대학 출판회. 박사논문의 단행본화임)이 있는가 하면 박사과정에는 최남선을 연구하고 있는 다나카 미카(田中美佳, 규슈대학) 등이 있다. 전체적으로 연구대상이

다양해진 것도 특징적인 점이다.

3.

재일 조선인 문학에 대해서는 세대가 내려감에 따라 다양화되고 있으며 정의하기가 어려워진 것이 사실이다. 그러한 가운데 재능을 지닌 유망한 젊은이들이 나타났다. 최실(崔実, 1985년생)은 데뷔작인 『지니의 퍼즐』(2016)이 절찬을 받았으며 제59회 군상(群像)신인상을 수상했다. 또한 창작은 아니지만 같은 세대의 젊은 연구자로 재일3세인 박사라(朴沙羅, 1984년생)의 『집의 역사를 쓴다』(2018)는 1세들의 증언을 청취하고 그것을 묶어 재일 조선인 일가의 생활사를 고찰했다.[1] 그리고 중견 작가인 후카자와 우시오(深沢潮)는 『한 사랑 사랑하는 사람들』(2013 후에 『인년을 맺는 사람』으로 개제)에 이어 근작 『바다를 안고 달에 잔다』(2018)에서 아버지의 일기를 통해서 재일 일세의 숨겨진 과거를 밝힌다는 형식으로 재일 조선인의 역사를 그렸다. 또한 '후쿠시마(フクシマ)'의 미나미소마(南相馬)시로 이사해서 활동을 계속하고 있는 유미리는 『국가에의 순서(国家への道順)』(2017)에서 '재일' 문제를 통해서 '국가란? 국민이란?' 이라는 물음을 일본인에게 던지고 있다. 그리고 '후쿠시마' 체험을 바탕으로 최신 희곡집 『동네의 유품(町の形見)』(2018)을 출간했다. 현재 전6권 예정으로 『자선작품집』을 간행 중이다.

이미 한국에 널리 알려져 있는 소설가 김석범은 2005년에 『김석범 작품집』(Ⅰ, Ⅱ)을 내었으며, 2015년에는 『화산도』가 한국에서 번역이 완성됨에 호응하여 이와나미에서 복간되었다. 그 사이에 신작 『사자(死者)는 지상에』(2010), 『과거로부터의 행진』 상·하(2015)를 발표했다. 시인 김시종도

---

1) 비슷한 것으로 『재일 일세의 기억』(오구마 에이지(小熊英二), 강상중 편, 2008.10), 『재일 이세의 기억』(오구마 에이지, 고찬우(高賛侑), 고수미(高秀美) 편, 2016.11. 둘 다 슈에이샤신서)가 있는데 이들도 귀중한 오럴 히스토리 작업이다.

대단히 활발한 활동을 하고 있다. 전12권 예정인 『김시종 컬렉션』(2018~, 제1, 2, 7, 8권 기간)의 간행이 시작되었고, 자전적인 책 『조선과 일본에 산다－제주도에서 이카이노(猪飼野)로』(2015), 사다코 신(佐高信)과의 대담집 『「재일」을 산다 어느 시인의 투쟁사』(2018) 등을 간행했다. 각 작품에 공통된 것은 '재일성'을 묻고 있다는 점이다. 재일 조선인문학을 대변하는 잡지 가운데 『계간 삼천리』, 『청구』, 『민도(民濤)』, 그리고 이들의 여성판이라 할 수 있는 『재일 여성문학 이 땅에서 배를 저어라』로 이어온 전문잡지는 잠시 끊겨 있었으나 오랜만에 종합잡지 『항로(抗路)』(2015, 창간)가 지속적으로 간행되고 있다.

재일 조선인 문학에 관한 두 개의 주목할 만한 연구가 나왔다. 송혜원(宋惠媛, 전·와세다대학)은 지금까지 일본어 작품만으로 논해왔던 재일 조선인문학을, 조선어작품도 포함하여 총정리해서 새로운 재일 조선인문학사를 구상하고 있다. 그 구상의 일단을 박사논문으로 히토쓰바시대학에 제출하고 그것을 수정·가필한 것이 『「재일 조선인문학사」를 위하여 소리없는 소리의 폴리포니』(2014)로 간행됐다. 기존의 재일문학론과 일선을 긋는 역작이다. 또한 송혜원은 이 논문의 자료편이라 할 수 있는 『재일 조선여성 작품집－1945~84』 전2권(2014.1), 『재일 조선인문학 자료집－1954~70』 전3권(둘 다 료쿠인서방(綠蔭書房), 2016.10) 등도 편집, 출간했다. 김달수 연구자인 히로세 요이치(廣瀨陽一, 오사카부립대학 등)는 현재 「김달수 전」을 『이리프스Ⅱ』(이리프스사(솔))에 연재 중이며, 『김달수 소설집』(2014)을 편집·출간하고 2016년 5월에는 『김달수와 그 시대』라는 평전을 간행했다. 김달수는 『나의 아리랑의 노래』(1977)와 『나의 문학과 생활』(1984)이라는 두 권의 자서전을 냈는데, 최효선의 『해협에 서 있는 사람』(1998)이 본격적인 연구서였지만 히로세의 「평전」은 그것들을 훨씬 능가한다. 앞서 언급한 대로 조은미의 「장혁주의 일본어문학 연구」(2016)와 다카하시 아즈사의 「김사량의 두 언어문학 연구」(2018)이 있다.

4.

　일본에 번역 소개된 문학 작품을 놓고 본다면 식민지 시대 대표적인 소설들을 중심으로 한 헤이본사 판 『조선 근대문학 선집』이 가장 체계적인 작업의 결과라고 할 수 있다. 이 전집은 이광수 『무정』(하타노 세쓰코 역, 2005), 강경애 『인간문제』(오무라 마스오 역, 2006), 박태원 외朴 『단편소설집 소설가 구보씨의 일일 : 외 13편』(아마다 요시코 외 역, 2006), 채만식 『태평천하(레디 메이드 인생／민족의 죄인)』(호테이 토시히로 · 구마키 쓰토무 역, 2009), 김동인 『김동인 작품집』(하타노 세쓰코 역, 2011), 염상섭 『삼대』(시라카와 유타카 역, 2012), 이태준 『사상의 월야 외 5편』(구마키 쓰토무 역, 2016), 이기영 『고향』(오무라 마스오 역, 2017) 등이 포함되어 있다. 이 번역 시리즈는 처음에는 총 16권으로 작품을 골라 놓았는데 출판사 등의 사정으로 규모가 축소되어 이번에 나온 『고향』으로 일단 그 역할을 마쳤다. 한국의 동시대 문학의 번역 출판이라면 안우식 씨의 이름이 떠오른다. 그는 몇 년 전에 타계했지만 신경숙의 『엄마를 부탁해』를 2011년에 번역 출판했다. 이 책은 한국은 물론이고 세계 각국에서 베스트셀러가 되었는데, 일본에서는 2011년 1쇄가 나온 후 그해 연말까지 4쇄를 기록했다. 일본에서는 예외적인 일이라 할 수 있다. 그 뒤 안우식은 이문구의 『관촌수필』(2016)을 번역 출판했다.

　그런데 현재 일본에서는 조남주 소설 「82년생 김지영」이 새로운 붐을 일으키고 있다. 이 소설은 번역 출간되자마자 중판되어 삼 개월 정도에 이미 9만 부를 돌파한 대히트를 쳤다. 물론 백만 부를 넘은 한국과는 비교도 안 되지만 일본에 있어 이 판매부수는, 하늘에서 우박이 내려오고 벼락이 몰려온 것과 같은, 문자 그대로 천지뇌동의 대사건이라 하지 않을 수 없다. 그 여파로 작자 조남주 씨를 초청해 도쿄에서 강연회가 열린다든가 번역자인 사이토 마리코 씨가 라디오에 출연한다든가 하는 등 지금까지 볼 수 없던 현상이 나타나고 있다. 물론 이러한 일은 하루아침에 이루어진 것이 아니다. 90년대 초반부터 평론가인 가와무라 미나토 씨를 중심으로 한일 문인들의 교류를 도모하여 계속되어 온 점, 또한 쿠온이라는 작은 출판사「새로운 한국의 문학」시리즈를 꾸준히 간행해 왔다는 점 등 많은 사람들의 지속적인 노력이 결실을 맺고 있는 것이다.

얼마 전에는 박민규의 『카스테라』(사이토 마리코 역, 2014)가 이 해에 창설된 「제1회 일본 번역대상」을 수상해 화젯거리가 됐다. 『엄마를 부탁해』에서 불과 수년 사이에 상황이 크게 달라진 것이다. 어쩌면 『엄마를 부탁해』도 그 추세의 변화에 한몫을 했을 지도 모른다. 최근의 분위기를 보여주는 한국문학 번역 출판 가지 시리즈를 몇 가지 소개하고자 한다. 우선 출판사 쿠온(Cuon)이 기획한 "새로운 한국의 문학" 시리즈가 있다. 여기에는 한강, 『채식주의자』(2011), 김중혁, 『악기들의 도서관』(2011), 구효서, 『나가사키 파파』(2012), 신경림, 『낙타를 타고』(2012), 박성원, 『도시는 무엇으로 이루어지는가』(2012), 김언수, 『설계자』(2013), 김애란, 『두근두근 내 인생』(2013), 은희경, 『아름다움이 나를 멸시한다』(2014), 허형만, 『귀를 엽하다』(2014), 김연수, 『세계의 끝 여자친구』(2014), 황연숙, 『도둑괭이 공주』(2014), 박민규, 『죽은 왕녀를 위한 파반느』(2015), 정세랑, 『이만큼 가까이』(2015), 김연수, 『원더 보이』(2016), 한강, 『소년이 온다』(2016), 편혜영, 『아오이 가든』(2017), 김영하, 『살인자의 기억법』(2017), 한강, 『가만가만 부르는 노래』(2018), 최은영, 『쇼코의 미소』(2018) 등이 포함되어 있다. 이와 비슷한 성격의 시리즈는 쇼분샤가 기획한 "한국문학의 선물"이 있다. 이 시리즈에는 한강, 『희랍어 시간』(2017), 박민규, 『삼미 슈퍼스타즈의 마지막 팬클럽』(2017), 김애란, 『달려라, 아비』(2017), 황정은, 『아무도 아닌』(2018), 김금희, 『너무 한낮의 연애』(2018), 천명관, 『고래』(2018) 등이 있다.

후쿠오카 소재의 출판사 쇼시 칸칸보에서 기획한 "Woman's Best 한국여성문학 시리즈"는 김인숙의 『안녕 엘레나』(2016)를 시작으로 김려령 『우아한 거짓말』(2017), 정유정의 『7년의 밤』(2017), 권여선의 『안녕 주정뱅이』(2018), 편혜영의 『홀』(2018) 등을 잇달아 내놓았다. 출판사 아키소방의 "이웃나라의 이야기" 시리즈에는 정세랑의 『피프티 피플』(2018), 김혜진의 『딸에 대하여』(2018) 등으로 이어진다. 쇼시 칸칸보라는 지방도시 후쿠오카에 있는 출판사가 한국소설의 번역 출판에 나선 것이 눈을 끈다. 아니 후쿠오카는 한국에 가깝고 그 도시에 소재한 출판사가 현재의 한국현대문학을 소개하는 흐름에 참여하는 것은 어떻게 보면 자연스로운 것일지도 모른다. 그런데 일본에 있어 출판은 무어라 해도 도쿄가 중심이며 기껏 쿄토가 포함될 정도인데도 후쿠오카라는 한 지방도시에 있는 출판사(단, 쇼시 칸칸보는 일부 사람들에게는 잘 알려진 이름이 난 출판사이다)도 분투하고 있다는 것에 지 금의 한국 현대문학을 번역, 소개하려는 뜨거운 흐름과 같은 것이 느껴진다.

위의 사례는 시리즈화가 된 것 중 몇 가지를 보여주었을 뿐 이들 이외에도 많은 번역이 이루어졌다. 주목할 만한 작품은 전부 번역하려는 듯한 기세이다. 일본에서 사상 처음으로 일본사람이 리얼타임으로 이웃나라의 동시대 문학을 접하기 시작한 것이다. 한국에서는 일찍부터 일본 현대작가들의 작품이 번역되고 그것들이 베스트셀러가 되는 등 일본의 현대문학이 넓게 수용되었는데, 이제 드디어 일본에서도 비슷한 현상이 일어나기 시작했으니 장히 감회가 깊다. 바라건대 이러한 현상이 일과성의 붐으로 끝나지 않기를 바란다. 지금 나타나고 있는 동시대의 한국문학작품에 대한 깊은 관심이 지속되고 일본과 한국에서 서로 동시대 문학작품들이 당연하듯이 읽혀지게 되기를 간절히 원하는 바이다.

5.

분명히 시대는 변했다. 일본의 대학에서 한국어를 배우려는 학생이 상당히 늘어난 것은 사실이다. 양자에 대한 일본 전체의 정확한 통계를 갖고 있지는 않지만, 와세다대학의 예를 들어보면 1999년에는 한국어 수강생이 약 520명이었다. 그 후 상당한 증가 추세를 보여 2006년에는 1800명에 이르렀다가 감소하여 약 1300명 전후를 유지하다가 2010년, 2011년 무렵부터는 K-pop의 영향으로 다시 급증하면서 예전의 최고치에 필적하거나 그를 능가하는 수준이 되었다. 현재도 일년을 통해 1000명을 넘는 학생들이 한국어를 공부하고 있다.

그러나 전문성이라는 점에서는 어떠한가. 현재 일본에서 한국학부(학과)를 공식적으로 설치한 대학은 거의 없다고 봐도 좋다. 동경외국어대학(東京外国語大学)이나 천리대학(天理大学)에서도 그 명칭이 사라져 버렸다. 다른 학교들의 경우에는, 처음부터 아예 없었거나, 있었더라도 국제교양 등등의 다른 명칭으로 변하면서 그 중 일부로 재편되었다. 어학이라는 점에서 보더라도 수강자 수에 비하면 전임 수가 모자라다. 이는 비영어권의 다른 언어들과 비교해도 그렇다. 문학은 당연히 그 나라, 민족의 언어를 근간으로 한다. 언어 없는 문학 연구가 있을 리 없다. 또 하나의 문제는, 문학을 전문으로 하는 일본인 전임 교원이 늘지 않고 있다는 점이다. 현재 한국근현대문학에 한정하여 대학에 전임 교원으로 재직하고 있는 연구자는 도호쿠대학 : 1, 니이가타대학 : 1, 니이가타현립대학 : 2, 도야마대학 : 1, 와세다대학 : 1, 무사시대학 : 1, 조선대학 : 2, 오비린대학 : 1, 시즈오카대학 : 1, 노테르담여자대학 : 1, 덴리대학 : 1, 히로시마현립대학 : 1, 시모노세키현립대학 : 1, 규슈산업대학 : 1, 구마모토학원대학 : 1 이외에 임기직으로 도쿄대학에 1명, 도쿄외국어대학에 1명, 와세다대학에 1명, 명예교수가 3명 있다. 이상 모두 합쳐 보면 23명이다. 여기에 고전문학(전임 : 3명, 시간강사 : 1명?) 연구자를 더해도, 전부 다해서 30명을 채우지 못한다. 한국어문학과의 설립도 강력히 요청된다. 예를 들어 도쿄외국어대학에는 언어학에 대학 전임은 몇 명 있으나 문학에 관해서는 고전, 현대를 막론하고 한 명도 없다. 와세다대학에도 조선학과 혹은 한국학과와 같은 전문학과가 없다. 만일 전문학과가 설치되면 대학원도 만들 수 있고 전문가, 연구자도 키울 수 있을 텐데 그것도 못하는 상태이다.

한국문학은 이제 대중성은 얻어가고 있다. 다음으로는 전문성을 강화하는 것이 시급한 과제라 하겠으나 이것이야말로 여전히 계속해서 크나큰 장벽이라 할 수 있다.

* 이 글은 지난 4월 미국 버클리대학에서 개최된 〈2019 국제한국문학 학술대회〉의 주제발표 논문을 잡지의 편집에 맞도록 일부 개고한 것이다. 호테이 토시히로(布袋敏博) 교수는 메이지대학 출신으로 서울대학교 국어국문학과에서 문학박사 학위를 받았다. 현재 와세다대학 국제학부 교수로 한국학을 담당하고 있다. 일제 강점기 한국 작가들의 일본어 작품들을 조사 정리하여 체계화하였으며, 한국 근대문학에 관한 많은 논저가 있다.

중국의 한국문학 교육과 한국문학 연구

_ 우림걸(Niu Lin Jie)
(중국 산동대학 교수)

머리말

중국에서의 한국문학 교육은 각 대학 한국어교육의 발전에 따라 전개되었으며, 한국문학 연구는 한국학 연구에 기반으로 하여 발전해 왔다. 냉전과 이데올로기 등 원인으로 1992년 중한 수교 이전에 중국에서의 한국문학 교육과 한국문학 연구는 매우 제한적이었다. 1992년까지만 해도 당시 한국어과가 개설되어 있는 대학은 베이징대학, 연변대학을 비롯한 몇 개밖에 없었으며 한국어 전공 학생의 모집 정원도 불과 100명 정도이었다. 한국문학 교육이라고 할 수 있는 것은 고급한국어 교과서에 수록된 몇몇 작가의 작품일 뿐이며 한국문학에 관한 강좌는 〈한국문학사〉가 전부이었다. 한국문학에 대한 연구는 주로 중국 문학과 관련이 깊은 고전문학에 집중되었다.

1992년 중한 수교 이후, 양국 간 경제협력과 인문교류의 증가에 따라 상대방에 대한 올바르고 깊은 이해가 필요해지면서 한국문학에 대한 교육과 연구도 점차 많아졌다. 한국문학 연구의 기반이라 할 수 있는 중국 내의 한국어학과는 급속하게 신설되어 한국어를 전공하는 학생 수도 폭발적으로 늘어났다. 이를 토대로 하여 중국에서의 한국문학 교육과 연구는 비교적 짧은 시간 내에 많은 성과를 거두었다.

중국 대학의 한국어 교육

중국의 여러 대학에서 한국어가 인기를 얻게 된 것은 대체 다음과 같은 몇 가지 요인이 있다. 첫째 요인은 1992년 수교 이후 중한 양국 간의 기밀한 경제교류와 협력관계이다. 현재 중국은 한국의 최대 무역 파트너이며 교역규모는 3000억 달러에 달한다. 중국에 진출한 한국 기업은 3만 개나 된다. 둘째 요인은 한류의 영향이다. 한국의 TV드라마, 영화, 팝송, 음식 등을 대표로 한 이른바 "한류"는 중국 가정의 안방까지 파고들어 그 문화의 동질성과 배우들의 뛰어난 연기로 중국 관중들을 사로잡았다. "한류"는 중국의 청소년들에게 한국어를 선택하는데 많은 영향을 주었다. 셋째 요인은 중한 간의 인적교류이다. 중한 간의 인적 교류는 2014년부터 이미 1000만 명 시대에 들었다. 양국은 서로 최대의 유학생 규모를 보유하고 있다.

중국에서의 한국어교육은 1940년대 중반부터 시작하여 현재까지 70여 년의 기나긴 노정을 걸어왔다. 그동안 냉전과 이데올로기 등 적지 않은 어려움을 겪어왔지만 중국에서의 한국어 교육은 줄곧 발전해 왔다. 특히 1992년 한중수교 이후, 양국관계 발전에 따른 한국어 인재 수요의 증가에 따라 한국어교육은 대성황을 이루었다. 1992년 한중수교 당시 한국어과가 개설되어 있는 대학은 6개밖에 없었으며 학생 수는 불과 360명 정도였다. 그러나 2018년 중국 교육부의 통계에 의하면 중국 2631개의 대학 가운데 한국어학과가 개설된 대학(교)이 무려 243개교이며 그 중 4년제 대학교

115개교, 3년제 전문대학이 128개교에 달한다. 현재 한국어과 재학생 수는 2만 명을 넘었다. 한국어학과의 지역적 분포도 동부 연해 지역에서 중서부 내륙 지역으로 확대하는 추세다.

중한 수교의 1992년부터 1999년까지의 시기는 중국 한국어 교육의 발전기라고 할 수 있다. 이 시기는 중한 간의 경제무역 협력과 문화교류가 강화되면서 한국어 인재에 대한 수요가 급증하여 한국어교육기관이 양적으로 전례 없는 규모를 이루었다. 이 시기 한국어학과를 6개에서 26개로 급격히 늘어났다. 2000년부터 현재까지의 시기는 중국 한국어교육의 도약기라고 할 수 있다. 한국에서 1997년의 금융위기를 겪고 수많은 중소기업들이 다시 중국에 진출하기 시작하면서 2002년 한·일 월드컵을 성공적으로 개최하는 등으로 인하여 한국어 인재에 대한 수요가 더욱 많아졌다. 이러한 변화에 부응하여 중국의 많은 대학들에서 다투어 한국어학과를 신설하였다. 그 결과 중국에서의 한국어학과는 240여 개나 설립되었다.

중국 대학의 한국문학 교육

중국에 소개되고 있는 한국문학 작품을 보면 한국어 강독 교재에 실려 있는 경우가 많다. 그 중에서는 현대문학은 대다수를 차지하고 있으며 소설과 수필은 가장 많이 수록되었다. 문학 작품을 선정할 때 우선 한국문학 학습과 이해에 일차적인 목적이 있으므로 한국문학사에서의 대표 작가와 대표 작품을 고려하는 동시에 한국어 수준 향상이나 문화에 대한 이해에 도움을 주는 목적도 있다. 아울러 중국 현대사회의 이데올로기나 사회상과 비슷한 시대 배경을 가진 작품, 중국과 관련되는 작가와 작품, 오늘날의 한국 사회, 문화와 한국인들의 의식을 반영해 주는 작품 등 요소들을 종합적으로 고려하면서 작품을 선정한다. 조선문학의 경우에는 한반도 남과 북 양쪽을 포함한 지역학이므로 양쪽 문학을 다 알아야 한다는 인식의 작용에

북한의 문학작품도 선정한다. 예를 들어 산동대학(Shandong University)에서 편찬한 『대학한국어 "한류"』에는 「단군신화」, 김소월의 「진달래꽃」, 김유정의 「동백꽃」, 황순원의 「소나기」, 하근찬의 「수난이대」, 이청준의 「눈길」, 이문열의 「금시조」 등이 수록되어 있다. 베이징대학(Peking University)에서 편찬한 『고급한국어 "한류"』 교과서에는 「춘향전」, 「청산별곡」, 김소월의 「진달래꽃」, 서정주의 「국화 앞에서」, 김춘수의 「꽃」, 황순원의 「소나기」 등이 수록되어 있다.

중국 내 대학 한국어 교육에서 문학교육에 관한 실태를 보면 교과목은 거의 〈한국문학사〉와 〈한국문학작품선독〉 두 개 교과목을 중심으로 진행하고 있다. 일부 대학들에서 다른 문학 교과목도 다양하게 개설되어 있다. 예를 들면 〈중한문학관계사〉, 〈문학비평과 상무문화〉 등이 있다. 〈한국문학사〉와 〈한국문학작품선독〉은 일부 대학에서 필수과목으로 설정하고 있는 것을 제외하고 대부분 대학에서 선택교과목으로 설정되어 있다. 개설 학기는 제4학기에서 8학기까지 배정되어 있으며 제7학기에 배정된 학교가 가장 많다. 배정된 시간은 32시간에서 64시간까지 다르지만 학기당 36시간이 대부분이다.

중국 대학교의 한국문학 석·박사과정은 보통 아시아-아프리카언어문학 전공이나 비교문학과 세계문학전공 하에 설치되어 있다. 아시아-아프리카언어문학전공의 한국 관련 연구방향은 일반적으로 언어, 문학, 역사문화, 번역으로 나누어진다. 한국문학 전공에는 한국고전문학연구, 한국근현대문학연구, 한중비교문학연구 등이 있다. 석사과정 교과목을 보면 대학마다 좀 다르지만 보통 전공 필수과목, 전공 선택과목으로 나누어진다. 산동대학(Shandong University)의 경우 전공 필수과목에는 〈한국학연구입문〉, 〈한중문화교류사〉, 〈한중문학관계연구〉, 〈한중번역이론과 실천〉, 〈한국어교육론〉 등 각 분야의 입문과목을 설치하고 문학전공의 선택과목으로는 〈한국고전문학연구〉, 〈한국현대문학연구〉, 〈한국작가연구〉, 〈한국문학비평연구〉, 〈한국문헌연구〉 등이 있다. 박사과정 교과목 개설도 필수과목과 선택과목으로 나누어지는데 학점 요구는 석사보다 적다. 그런데 보통 박사과정 대학원생은 학술회의를 참가하거나 세미나에서 발표하는 실천과목을 해야 한다. 산동대학의 경우 박사과정 대학원생은 재학동안 15회 이상의 특강을 청강해야 하고 개인 발표는 5회 이상 해야 한다는 요구 사항이 있다.

중국에서의 한국문학 연구

중국에서의 한국문학 연구는 1980년대부터 본격적으로 시작되었다. 한국과 외교관계가 없었던 시기였지만 그 연구대상은 주로 고전문학에 집중되었다. 한국 현대문학에 대한 연구는 1992년 양국 수교 이후부터 시작되었으며 21세기에 들어서야 보다 학술적 가치가 높은 논문이 나오기 시작된 것이다. 한국문학의 연구자는 주로 각 대학 한국어학과에 재직 중인 교수로 구성되어 있는데 고전문학의 경우 중국어문학과 교수도 일부 있다. 중국에서 한국문학전공 대학원 석사과정이 설치된 대학교는 25개, 박사과정이 설치된 대학교는 10개 정도다. 한국문학을 전공하는 석, 박사과정 대학원생들은 한국문학을 연구하는 신진 인재로 성장하고 있다. 현재 중국에서 한국문학 관련 학회는 2개가 있다. 하나는 〈중국외국문학학회〉에 속한 〈한국문학연구학회〉이고 다른 하나는 〈중국비교문학학회〉에 속한 〈중한문학비교연구회〉이다. 두 학회는 매년 한국문학 관련 학술대회를 정기적으로 개최하고 있다.

중국에서의 한국 고전문학 연구는 개혁개방에 따라 시작되었다. 중국에서의 한국 고전문학연구는 시기별로 3단계로 나눌 수 있다. 첫 번째 단계는 1980년대이고, 두 번째 단계는 1990년대이며 세 번째 단계는 21세기 이후이다. 1980년대는 중국에서의 한국고전문학연구의 시작단계이다. 연변대학교, 북경대학교 및 중국 사회과학원 등 소속 학자들이 1980년 7월에 중국 조선문학연구회를 발족하였는데 이를 계기로 중국에서는 한국문학연구가 본격적으로 시작되었다. 이 시기의 대표적 연구 성과로, 위욱승(Wei Xusheng)의 『조선문학사』(1986)를 뽑을 수 있다. 이 저서는 중국어로 쓴 최초의 한국문학사로 중국에서 한국문학사연구의 공백을 메웠다. 그 외에 허문섭(Xu Wenxie)과 이해산(Li Haishan)이 편저한 『조선 고전 작가와 작품 연구』(1985), 허문섭(Xu Wenxie)이 저술한 『조선문학사(고전)』 (1985) 등 저서의 출간은 한국 작가와 작품에 대한 연구가 시작되었다는 것을 말해준다. 또한 이 시기에 학술논문도 게재되기 시작하였다. 허문섭(Xu Wenxie)의 「김시습 및 그의 창작을 논함」(1979)과 양소전(Yang Zhaoquan)의 「명청시기 중조문학의 교류」(1984) 등은 한국고전문학연구에 있어 선구적인 의미를 지니고 있다.

1990년대는 중국에서의 한국고전문학연구가 크게 발전되었다. 전문적 저서와 학술논문이 지속적으로 나타난 것이다. 김병민(Jin Bingmin)의 『조선 중세기 북학파문학연구』(1990), 위욱승(Wei Xusheng)의 『조선에서의 중국문학』(1990), 이암(Li Yan)의 『조선 이조시기 실학파문학개념 연구』(1991), 김관웅(Jin Kuanxiong)의 『조선고전소설의 서사양식 연구』(1991), 채미화(Cai Meihua)의 『고려문학 심미의식연구』(1994), 김호웅(Jin Huxiong)의 『재만 조선인의 문학연구』(1997), 허휘훈(Xu huixun)의 『조선 신화연구』(1999) 등은 대표적 저작이다. 그 중에 김병민(Jin Bingmin)의 『조선 중세기 북학파문학연구』가 한국문학을 대상으로 연구하는 최초의 중국인 박사논문이며 채미화(Cai Meihua)의 『고려문학 심미의식 연구』는 중국에서 조선 민족의 심미의식을 최초로 연구하는 저술이다.

1990년대에 한국의 고전문학을 연구하는 한술논문도 많이 등장하여 새로운 연구 경향을 보여주었다. 첫째, 중국문학과 한국문학 간의 상호 영향과 수평적 비교연구가 대두되었다. 주민(Zhou Min)의 「만당시와 최치원」(1990), 허휘훈(Xu Huixun)의 「도교의 전파와 조선고전문학의 세 가지 흐름」(1994), 류기영의 「소식과 한국 사문학의 관계」(1997), 왕효평

(Wang Xiaoping)의 「당명 소설와 김시습의 금오신화」(1997) 등은 대표적 논문이다. 둘째, 한국 한문시론에 대한 연구가 큰 비중을 차지하였다. 1990년대에 한국 관련 논문이 200여 편에 달하는데 그 중에 80여 편이 한국의 한문시론을 연구대상으로 삼았다. 이는 한국 고전문학 연구자의 이론적 수준이 높아졌다는 것을 말해준다. 장백위(Zhang Bowei)의 「조선고대 한시 총설」(1996), 마금과(Ma Jinke)의 「'유일시화'와 고려시화 '파한집'에 대한 비교」(1992), 온조해(Wen Zhaohai)의 「고려시학에 "미" 심미범주의 심화: 보한집의 심미이론에 대하여」(1997) 등은 모두 한국 시화를 연구하는 대표적 논문이다.

21세기는 한국 고전문학연구의 세 번째 단계로, 중국에서 한국문학연구의 성숙기로 볼 수 있다. 이 시기에 한중 문학연구가 심화되어 가는 동시에 문화간과 학제간의 연구가 등장하기 시작하였다. 최웅권(Cui Xiongquan)의 『조선조 중기 산수전원 문학연구』(2000), 김병민(Jin Bingmin)이 편집한 『한국문학의 비교문학적 연구』(2001), 이암(Li Yan)의 『중한문학관계사론』(2003), 서동일(Xu Dongri)의 『이덕모문학연구』(2003), 마금과(Ma Jinke)의 『중국 강서파에 대한 조선고대 시학의 수용』(2006), 서동일(Xu Dongri)의 『조선조 사신 눈에 비친 중국 이미지』(2010), 채미화(Cai Meihua)와 조계(Zhao Ji)가 편집한 『한국 시화 전편교주』(2012) 등이 대표적 저서다.

21세기에 중국에서의 한국고전문학연구에 많은 성과가 나왔는데 연구 경향에 따라 아래와 같이 4가지로 분류할 수 있다. 첫째, 문헌의 정리와 연구를 중요시한다. 복단대학문사연구원이 편집한 『조선통시사 문헌선편』(2015), 조계(Zhao Ji)의 『족본황화집』(2013), 『명 홍무부터 정덕시기까지의 중조 시가교류계년』(2014) 등이 모두 문헌을 정리하는 것이다. 둘째, 비교시학이라는 연구방법으로 한국문학이론을 체계적으로 연구한다. 서동일(Xu Dongri)의 「이덕모의 시가 본질론」(2005), 정일남(Zheng Rinan)의 「박제가 시론과 시가 연구」(2006), 채미화(Cai Meihua)의 「조선

고대 시론의 심미적 사유방식」(2010) 등이 그 대표적 연구 성과다. 셋째, 문화간, 학제간의 연구방법으로 한국 고전문학을 연구하는 경향이다. 김병민(Jin Bingmin)의 「박지원 소설 '호질'의 원형적 의미」(2002), 우림걸(Niu Linjie)의 「한국개화기 문학과 양계초」(2002), 김건인(Jin Jianren)의 「한국천군계열 소설과 중국 정주이학」(2003), 허휘훈(Xu Huixun)과 우상열(Yu Shanglie)의 「중한 인간문학관련 연구」(2007) 등 연구 성과가 문화와 학제의 경계를 뛰어넘는 새로운 방법으로 한국고전문학을 접근하였다. 마지막으로 비교문학형상학의 연구방법으로 국가 이미지를 연구하는 것이다. 양신(Yang Xin)의 「'조천록'에서의 명나라 중국인 이미지 연구」(2016), 서동일(Xu Dongri)의 「조선조 연행사신이 보는 자금성이미지」(2009), 박옥명(Piao Yuming)의 「동방주의 시각하의 한국여성이미지」(2015)가 대표적 성과로 뽑힐 수 있다.

한국 현대문학 연구 성과로는 1992년 한중 수교 이후부터 2017년까지, 중국 국내에서 출판된 한국현대문학 관련 학술 저서 25종이 있다. 그리고 같은 기간에 발표된 한국현대문학에 관한 석사·박사 학위 논문은 총 188편이고, 학술지 게재 논문은 201편이며, 총 389편으로 된다. 대표적인 저서로는 김병민(Jin Bingmin)의 〈조선문학사(근현대편)〉(1994), 신창순(Shen Changshun)의 〈한국현대문학의 이해〉(2007), 정봉희(Ding Fengxi)의 〈이상의 문학과 이데올로기〉(2007), 조양(Zhao Yang)의 〈중한 근대신소설비교연구〉(2007), 우림걸(Niu Lin jie)의 〈한국전후소설연구〉(2013), 김철(Jin Zhe)의 〈20세기 중한현대문학비교연구〉(2013) 등이 있다. 이들 저서의 저자는 중국에서 한국현대문학을 연구하는 원로 교수도 있고, 젊은 신진 연구자도 있다. 그들의 저서는 중국 국내의 한국현대문학 연구의 현장을 보여 준다.

중국에서 한국 현대소설을 연구 주제로 하는 석·박사 학위 논문 수는 147편으로 한국현대문학 연구에서 절대 다수를 차지한다. 시가와 종합적 연구는 각 14편과 20편이 되고 희극, 수필과 비평에 관한 논문 수는 각 1편,

2편과 3편이 되는 바 해당 분야에서 차지하는 비중이 아주 미미함을 나타낸다. 소설 분야의 연구는 비교문학 연구에서 흔히 사용하는 대비연구의 방법을 사용한 논문이 약 60 여 편 정도가 된다. 연구 대상은 魯迅(Lu Xun)과 이광수, 蕭紅(Xiao Hong)과 강경애, 沈從文(Shen Congwen)과 오영수, 氷心(Bing Xin)과 나혜석, 郁達夫(Yu Dafu)와 현진건, 老舍(Lao She)와 채만식, 丁玲(Ding Ling)과 박화성, 池莉(Chi Li)와 양귀자, 茅盾(Mao Dun)과 이무영 혹은 이기영, 穆時英(Mu Shiying)과 이상, 施蟄存(Shi Zhecun)과 박태원, 張愛玲(Zhang Ailing)과 최정희 등 중한 현대 문단의 저명한 작가들을 포함한다. 그중에서 蕭紅(Xiao Hong)과 강경애에 대한 연구 논문은 4편의 박사 학위논문을 포함해 총 11편이나 된다. 시와 관련된 14편의 논문에서는 한국 시단에서 저명한 시인인 서정주, 이용악, 윤동주, 정지용, 김기림 등에 대한 개별 연구도 있고 모더니즘, 이미지즘 등 문예 사조에 대한 분석도 있다. 물론 한중 양국의 시인에 대한 비교 연구도 있다. 연구 대상이 다양한 반면 논문 수가 적어서 향후 연구자들이 더 개척해야 할 분야라고 본다. 문학비평에 관한 연구논문은 8편이 있고 종합적 연구 논문은 42편인데 그중에서 한국현대문학에 관한 전면적인 논술과 한중 현대문학에 대한 비교 연구도 있다. 학술지에 게재된 논문들의 주제 분포는 앞에서 분석한 학위논문의 주제 분포와 거의 일치된다. 그래서 지금 중국의 한국시가, 수필과 희극에 대한 연구는 아직 매우 미진하다고 할 수 있다. 특히 시는 문학과 문학사의 중요한 구성 부분으로서 한국 학계에서 이를 연구하는 전문가들도 많고 해마다 풍부한 성과를 산출하고 있는 반면, 시 감상 자체의 어려움 등 원인으로 인해 중국에서 한국현대시를 연구하는 전문가들이 많지 않은 실정이다.

중국에서의 한국현대문학 연구는 많은 성과를 거두었지만 문제점도 극명하게 보여주었다. 여기서 문제점과 해결책을 다음과 같이 지적하고자 한다. 우선, 연구주제의 분포에 있어 균형이 잡히지 못했다는 점이다. 통계 자료에 대한 분석을 통해서 중국의 한국현대문학 연구는 주로 소설 분야에 집중되어 있으며 희극, 문학비평에 대한 연구는 거의 공백 상태이고 시에 대한 연구논문도 매우 부족하다. 각 대학 한국어문학과에서 한국 현대시, 희곡, 비평을 전공하는 대학 교수를 영입하여 대학원생을 지도하도록 적극 노력하여 현대문학 연구의 폭을 넓혀야 한다. 둘째, 새로운 연구방법에 대한 도입이 부족하다는 점이다. 한국현대문학에 대한 연구방법에는 전통적 작가론이나 작품론, 그리고 비교연구의 방법에서 아직 크게 벗어나지 못하고 서로 수준이 낮은 중복된 연구논문도 존재한다. 그래서 더 좋은 연구 논문을 산출하기 위해서 세계문학 연구의 최신 방법론을 도입하여 실천해야 한다. 셋째, 차세대 연구진의 양성을 위한 기획이 부족하다는 점이다. 지금 중국에서 한국 문학 석·박사를 모집하는 대학은 적지 않지만 어학이나 고전문학을 전공하는 연구자가 대부분이고 한국현대문학을 전공하는 지도교수와 대학원생은 별로 많지 않다. 한국현대문학 핵심 연구진의 확충이 절실히 필요하다.

중국에서 인문사회과학 연구 분야에서 최고급의 지원 프로젝트는 국가사회과학기금 중대 프로젝트이다. 최근 5년 간 한국문학과 관련된 중대 프로젝트는 1년에 하나 정도 나오고 있다. 한국문학 관련 중대 프로젝트는 한국문학을 전문적으로 연구하는 것이 아니라 대부분 동아시아문학, 중한문학관계 등 큰 연구주제 아래서 한국문학을 다룬다. 중국에서 한국문학 연구의 현 주소를 이해하기 위해 현재 진행 중인 한국문학과 관련된 4개 중대 프로젝트를 다음과 같이 소개하고자 한다.

(1) 동아시아 한문소설 문헌정리 및 연구(2013-2018) : 이 프로젝트는 동아시아 한문소설에 대한 문헌정리와 동아시아 한문소설에 대한 전체적 연구 두 부분으로 구성되어 있으며 국가별 전통적인 연구 방식을 탈피하여 동아시아 한문소설을 하나의 전체로 보고 연구하는 데 목적을 두고 있다. 최대한 동아시아 각국의 한문소설 원문을 수집, 정리함으로써 연구자들에게 믿음직한 학술적 자료를 제공하여 소설사, 비교문학, 한자학 등 다양한 연구 각도를 활용하여 동아시아 한문소설의 발전과정, 중국 모체 문

화와 동아시아 한문소설의 문화적 관계, 동아시아 소설 속의 한자문화 등 연구를 통하여 보다 포괄적인 문화적 연구 체계를 구축한다. 이 프로젝트의 총 책임자는 상하이사범대학의 손손(Sun Xun)교수이며, 참여 학자는 대만의 대북대학, 성공대학, 한국의 고려대학교 등 국내외 대학 소속의 교수 20여 명이 있다.

(2) 중국-한국 3천년 시가교류 편년사(2014-2019) : 이 프로젝트는 시기적으로 고대에서 근대까지 3000년의 기나긴 역사 흐름 속에서 중국과 한반도 간에 벌어진 시가교류의 실상을 전면적이고 체계적으로 정리하여 연구하고자 한다. 프로젝트는 시간 순으로 선진(先秦)-당(唐)나라(기자조선-통일신라), 오대(五代) 송나라 원나라(고려왕조), 명(明)나라(조선왕조 전반기),청(淸)나라(조선왕조 후반기) 4개의 시기로 나누어 진행한다. 연구의 주요내용으로는 중한 양국 시인 간의 기증시, 상대국 체험시, 응답 창화시, 상대국 역사에 관한 시, 상대국 시에 대한 평론, 상대국 시집의 출간, 시인 간의 인적 교류 등을 포함한다. 연구 결과물로는 〈중한 3000년시가교류편년사〉(17권) 발간하고 관련 Database도 만들 것이다. 이 프로젝트의 총 책임자는 남개대학의 조계(Zhao Ji)교수이며 참여 학자에는 국내외 여러 대학의 교수 20여 명을 포함한다.

(3) 20세기 동아시아 항일서사 문헌정리 및 연구(2015-2020) : 이 프로젝트의 연구대상은 20세기의 동아시아의 항일서사다. 동아시아의 지역 범위는 중국, 한국, 북한, 몽골 그리고 일본 등을 포함한다. 항일서사의 내용으로는 각국의 항일문학, 반전문학, 저항문학, 항일구국문학, 민족독립문학 등을 포함한다. 항일서사의 장르로는 시가, 소설, 희곡, 산문, 수필, 보고문학, 실기문학 등 모두 포함한다. 이 프로젝트에는 일제시기 중국에서 활동했던 수많은 한국 문인들의 문학작품을 새로 발굴하였으며, 이는 한국문학 연구에 매우 의미 있는 연구가 된다. 연구 결과물로는 〈20세기 동아시아 항일서사 자료총서〉(20권), 〈20세기 동아시아 항일서사 연구총서〉(8권) 발간할 것이다. 이 프로젝트의 총 책임자는 산동대학의 우림걸(Niu Linjie) 교수

이며, 참여 학자로는 중국의 산동대학, 연변대학, 중국해양대학, 일본의 고베대학, 대만의 정치대학 등 국내외 대학 소속 교수 20여 명이 포함된다.

(4) 중한 근현대문학 교류사 문헌정리 및 연구(2016-2021) : 이 연구 프로젝트는 튼튼한 자료 발굴과 정리를 바탕으로 하여 근현대(1840-1949) 중한 양국 문학교류의 역사를 재조명하고자 한다. 주요 연구내용으로는 중한 문학교류 관련 자료의 발굴과 정리, 중한 문인들의 인적교류와 사상의 전파, 상대국 문학작품의 번역과 평론, 상대국 체험과 문학서사 등을 포함한다. 이 연구의 결과물로는 〈중한근현대문학교류자료집〉(10권)의 발간과 함께 Database도 구축할 것이다. 이 프로젝트의 총책임자는 연변대학의 김병민(Jin Bingmin) 교수이며, 참여 학자는 중국 연변대학, 남경대학, 상하이외국어대학, 한국의 이화여자대학교, 전남대학교 등 국내외 대학 소속의 교수 20여 명이 포함된다.

결론

중국에서의 한국문학 교육과 연구는 외형적 성장을 이루었을 뿐 아니라 내적인 변화와 성장 또한 만만치 않다. 한국과의 교류가 직접적으로 확대되면서 중국 내 한국문학의 전반적인 역량이 강화되었고, 소수 민족 교육이나 정치 외교적 필요에서 진행되어 국가 정책적인 차원에서 접근되던 것이 실용적이고 문화적인 차원으로 변화되었다. 여기에 한국국제교류재단, 한국학중앙연구원을 비롯한 한국의 다양한 기관과의 교류를 바탕으로 학술적 영역 또한 다양하게 확장되고 심화되고 있다.

현재 중국의 한국문학은 다양한 연구기관과 학회에서 매년 개최되는 국내 및 국제 학술세미나처럼 고전 시화, 탈 경계 서사, 작가의 외국체험, 중국문학의 한국서사 등을 주제로 하는 한국문학과 관련된 다양한 영역과 범주를 넘나들며 성장하고 있다. 중국의 한국문학 관련 연구 기관은 한국의 고유한 학문을 연구 개발하는 기관으로, 양국 간의 학술교류를 강화하여 양국의 우의를 증진시키며, 나아가 동아시아 문명의 정체성을 밝히고 동양문화에 대한 이해의 폭을 넓히는 역할을 실천적으로 모색하는 도정에 놓여 있다. 이제 중국의 한국문학은 단순히 한국문학을 전파하는 특정한 지역 중 하나에 그치는 소극적인 역할에 머물지 않는다. 해외 한국문학의 역량을 확대하는 실천적인 장이면서 동시에 한국 내 학계와 상호협력, 교류하면서 한국 내 한국문학의 성과 또한 다시금 확인하게 하는 동반자적 지위에 가까워지고 있다.

한국문학의 외연과 심화

버클리 시의 서정성과 다양성
- 유봉희, 윤영숙, 김복숙, 엔젤라정의 시

_ 김완하

문학은 무엇인가라는 물음에 대한 답은 우리가 어떠한 상황에 놓이느냐에 따라 다를 수 있다. 그 상황 중에 하나를 해외에서 살아가는 분들의 입장으로 생각해보는 것은 문학의 의미를 일깨워주는 한 지름길이 될 것이다. 필자가 2009년 여름으로부터 1년간, 그리고 2016년 봄부터 1년간 두 번 미국 버클리대에서 연구년을 보내며 미주 지역에서 문학을 하는 분들과 함께하며 경험한 입장에서 그것은 더 절실한 문제로 다가온다.

바다를 항해하는 배는 해저의 깊은 곳까지 다 헤아릴 수 없을 것이다. 뿐만 아니라 바다 속에는 수많은 바다가 들어 있어 더 큰 물의 세계를 이루는 것이다. 그러니 이민자로서 미주 지역의 깊은 바다를 헤쳐 나아가며 그들 스스로의 삶에 얼마나 깊이 밀착되어 있는지 묻지 않을 수 없다. 그러므로 그 깊은 해저를 운행하는 잠수함도 어두운 바다 속을 이동하기 위해서는 나침반과 항법일지가 필요할 것이다. 바로 그 나침반과 항법일지의 하나가 문학이라 하겠다.

2016년 봄에 필자는 두 번째 연구년으로 다시 UC 버클리를 찾았다. 2010년부터 이어오는 버클리문학강좌를 전후반기로 나누어 버클리문학아카데미로 열었다. 주변의 교포 문인들은 바쁜 삶 가운데도 두세 시간의 거리를 달려와 특강에 참여하곤 했다. 그들은 희미해진 기억의 저장소를 뒤져 모국어의 빛을 새롭게 일구어내려 노력하였다. 이어지는 아카데미를 통해 문학적 열정이 다시 살아나고 모국어의 감각도 꽃피기 시작했다. 드디어 3명의 시인이 첫 시집을 냈다. 그들은 시를 쓴지 30년 이상이 되어서 첫 시집을 내고 뛸 듯이 기뻐하였다. 또 한국까지 달려와 『버클리문학』 출간행사에 참여한 분들의 고국과 문학사랑은 실로 감동스럽기도 하였다. 이민의 삶 한가운데서도 문학의 엄격성과 진정성을 결코 잊지 않으려 노력하는 분들. 때로는 그 엄격성이 너무 강해 유연함이 많이 필요한 분들도 만날 수 있었다.

그 가운데 빛나는 시적 성취를 보여주며 한국문학의 새로운 가능성을 열어주는 분들도 있었다. 필자는 버클리문학을 통해서 그러한 가능성을 새로이 발견하며 우리 문학도 태생적으로 국제화에 맞물려 있다는 것을 깊이 깨닫게 되었다. 그 중에 버클리문학의 핵심 멤버이며 시적 성취를 보여주는 유봉희, 윤영숙, 김복숙, 엔젤라정 시인을 만날 수 있었던 것은 필자에게 국제화를 향한 문학적 행보에 중요한 계기가 되었다.

그들이 펴낸 4권의 시집은 해외에서 펼쳐지는 한국문학의 실체다. 앞으로 '시와정신국제화센터'의 활동을 계기로 한국문학도 국제화를 향해 한층 더 새롭게 펼쳐나갈 것을 다짐해 본다.

1. 아득하고 아련한 것과의 대면

유봉희 시인은 제4시집의 맨 앞에 다음의 시 「보고 싶다 세바람꽃」을 수록하고 있다. 대체적으로 시인들이 시집의 제일 앞에 수록하는 시는 선별 과정에서 고심한 결과일 것이다. 그것은 시집의 첫 장을 열어주는 역할을 하면서 동시에 독자들을 그 시집 속으로 끌어당기는 효과를 갖고 있기 때문이다. 그러므로 시집을 읽기 위해서는 제일 앞의 시를 살펴볼 필요가 있다.

지금 바람 불겠다 너의 계곡에
잔가지 햇살 아침 안개 헤치며
너에게로 팔 뻗겠다
천 미터 해발 높이 바람 좋아하는 세바람꽃*

아득하고 아련한 것과의 대면, 너를 만나면
요즘 담담해서 미안하고
덤덤해서 죄스러운 날들에게
푸른 파도로 뛰는 가슴 보여줄 수 있겠다
한 뼘 그늘 마당에서 바장이는 내 시에게
바람 속 영근 네 향기가
정수리 한번 흔들어줄 수 있겠다
바둥거리는 큰 뿌리도 없이 나이테도 없이
빙하기를 타고 한라산과 백두산 습진 곳에
찬 뿌리 내린 내력 한 자락 풀면
바림해가는 귀향길 새롭게 만날 수 있겠다

너를 만나러
먼 여행 끝자리 다시 시작으로
한라산으로 가야지
백두산으로 가야지

* 빙하기부터 한라산과 백두산 고지에서 자생
__「보고 싶다 세바람꽃」 전문__

이 시는 유봉희의 시집 맨 앞에 수록되어 시집 속으로 독자들을 안내하는 출구의 역할을 하고 있다. 그만큼 시인의 이 시에 대한 배려와 애정은 각별한 것이다. 또한 이 시에서 필자는 해설의 제목으로 "아득하고 아련한 것과의 대면"을 따오기도 하였다. 그러므로 이 시를 분석해봄으로써 시인에게 아득하고 아련한 것들에 대한 의미를 짚어볼 수 있을 것이다.

이 시에서 아득하고 아련한 것은 자연과 생명의 시원으로부터 이어져 오는 순수성을 동반하고 있다. 그것은 한반도의 '한라산'과 '백두산'을 그 공간적 배경으로 하고 있는 것으로 시인의 모국에 대한 사랑과 그리움을 보여주고 있다. 이 시의 시어로 '바람', '귀향', '여행'을 통해서 시인은 자신의 정체성을 찾아가려 한다. 이 시의 중심 이미지 '세바람꽃'은 "천미터 해발 높이 바람 좋아하는" 습성을 가지고 있다. 그것은 세속적인 가치보다는 신성하고 초월적인 세계를 지향하는 것이다. 이제 이 시집에서는 그러한 의미의 구체화가 펼쳐질 것이다.

유봉희 시인은 우리에게 무엇보다 저력이 있는 시인으로 알려져 있다. 그는 시인에게 가장 중요한 상상력과 감수성을 두루 간직하고 있다. 그의 시는 감각적이고 상상적인 측면에서 남다른 면모를 보여주기 때문이다. 또한 그의 시에 형상화된 시간과 공간의 영역은 대단히 광대하다. 뿐만 아니라 그의 시에는 리듬과 운율이 기본적으로 깔려 있다. 이러한 점들은 무엇보다 시인이 오랫동안 시에 공을 들여온 증거라고 말할 수 있는 것이다.

우선 그의 시에는 감각적인 면이 상상력과 잘 맞물려 있다.

서쪽 밤하늘에
잘 벼린 금빛 칼날

칼끝을 안으로 오므려
제 몸을 향하고 있다

한 뼘씩 자기의 그늘
다 밀어내면

끝내 칼끝 맞물려 잠그고
둥글게 금빛 차올리겠지만

오늘은 제 안에 그늘 무성한
초승달
_「그늘을 밀어내다」 전문

이 시에 나타나는 상상력은 날카롭다고 지적할 수 있다. 초승달을 칼끝으로 연결시키는 것은 어느 정도 보편적인 것이다. 그런데 시인은 "칼끝을 안으로 오므려/ 제 몸을 향하고 있다"고 했고, "한 뼘씩 자기의 그늘/ 다 밀어내면"이라고 하였다. 빛과 어둠의 역설적인 면으로 가장 밝은 것의 안쪽은 가장 어두운 것일 터이다. 날카로운 초승달이 안쪽으로 밀어내는 그늘로 인해서 초승달은 빛으로 차오른다는 의미이다. 칼끝을 제 몸 안쪽으로 향하여 고누면서 어둠을 밀어냄으로써 빛으로 차오르는 것이 초승달이라는 역설인 것이다. 이로써 '초승달'을 통해서도 인간사의 보편적인 삶의 깊이를 꿰뚫고 있는 것이다.

빗방울 떨어진다
호수 위에 날개를 편다
동그라미를 친다

남에게도 나에게도 아끼던
동그라미를
빗방울이 제 날개를 펴 만든다

산 넘고 들을 건너 온 물방울이
그래도 세상은 백 점짜리라고
너에게도 백 점을 주고 싶다고

자꾸 동그라미를 그리며

호수를 건너간다
세상을 건너간다
_「빗방울의 날개」 전문

　이 시에서 보여주는 시인의 상상력은 매우 역동적이다. 또한 생의 순간
성을 넘어 영원한 삶의 보편성을 지향하고 있다. 빗줄기가 수직의 선을 이
으며 떨어져 호수 위에 그려내는 동그라미로 시인은 생의 순환과 환원의
측면을 감각적으로 형상화하였다. 호수 위에 떨어지는 동그라미를 빗방울
의 날개로 인식하는 시인의 상상력은 대단히 독특하고 직관적이다. 빗방울
이 동그라미를 그리며 떨어지는 모습을 호수를 건너고 세상을 건너간다고
표현함으로써 우리 삶의 순간성을 연민의 시선으로 포착하는 것이다. 쉬
지 않고 이어지는 빗줄기는 호수 면에 닿아 스러지며 순간적으로 원을 그
리고 사라지는데 이는 우리의 짧은 생을 의미하기 때문이다.

지팡이를 잡으면 두 손은 사라진다
무거운 머리 가는 목에 받쳐 들고
도심을 종종거리며
우리를 가혹하게 부리던 그 손

이제 솔바람이 가시엉겅퀴 머리속 길을 내면
먼 기억을 불러다가 덧칠하기
다시 네 발로 걷기
퇴행도 연습이 필요하구나

"섬마섬마"
내 어머니 나를 일으켜 세우던 소리
"섬마섬마"
저 바다와 산이 나를 일으켜 세우는 소리
_「퇴행退行 연습」 부분

이 시의 상상력은 문명에 찌든 우리 삶으로부터 자연으로 회구하려는 의식을 지향하고 있다. 유봉희 시인의 시에는 자주 자연과 문명의 대조적인 모습이 나타난다. 퇴행은 인간이 자연으로 돌아가는 과정이고 어린아이로 돌아가는 과정이다. 시간을 소급해서 거슬러 올라 우리 인류가 진화를 거쳐 오늘에 이르기 전으로 돌아가는 것을 의미한다. 이를 신화적 상상력에서는 '시간의 소거(消去)'라 한다. 마지막 부분에 '섬마섬마' / 내 어머니 나를 일으켜 세우던 소리/ '섬마섬마' / 저 바다와 산이 나를 일으켜 세우는 소리"에는 시인의 퇴행에 대한 의지가 지배하고 있다. 네발로 기어 다니던 때의 인간은 문명 이전의 상태를 의미한다. 그로부터 '섬마섬마'라는 어머니의 목소리는 우리를 일으켜 세웠다. 모국어의 힘을 암시하는 것이다. '섬마섬마'를 "바다와 산이 나를 일으켜 세우는 소리"라고 함으로써 자연도 우리 인간과 함께 해왔음을 암시하는 것이다.

이 시에서 확인할 수 있듯이 유봉희 시인의 시에는 시간과 공간의 규모가 대단히 크고 넓게 나타난다. 그런 점에서도 그의 시는 신화와 원형적 사유를 바탕으로 한다고 할 수 있다. 그만큼 그의 시는 인류의 보편적 심상에 깊이 닿아 있는 것이다. 이점에서 그의 시는 우리에게 친숙하게 다가오며 재미있게 읽히는 것이다.

이상에서 보았듯이 유봉희 시인의 시에는 시간과 공간의 영역이 광대하게 전개된다. 이러한 점이 다음의 시에서는 그의 상상력의 한 흐름과도 직접 연결이 되고 있다.

저 멀리 높이 불 밝힌 창

내 전생에 지구 밖 허공에 불 켜 놓은 창

이생에 올 때 끄는 것 잊어버렸네

밤마다 몇백 광년 달려와서 나를 일깨우지만

내세에도 진즉 잊은 듯 끄지 않을 것이네

_「하늘의 창」 전문

    위의 시에서는 시간이나 공간의 영역이 거의 무한대에 이르고 있다. "저 멀리 높이", "내 전생에 지구 밖 허공", "밤마다 몇백 광년 달려와"가 그러하고, 쉼 없이 이어지는 '이생'이나 '내세' 등도 그러하다. 이러한 것은 곧 유봉희 시인의 상상력의 본질을 드러내주고 있다. 무엇보다도 그의 상상력은 현실을 초월하는 데 있다. 그것은 '하늘의 창'이라는 매우 추상적인 세계를 통해서 드러나는데, 시인은 그곳에서 남들이 보지 못하는 허공 속의 창을 엿보고 있기 때문이다. 그것은 초스피드의 시대에 신의 창을 엿보는 느림의 미학과 그 여유로 자리하는 지혜에서 비롯한다.

    아울러 그의 시에는 리듬과 운율이 튼튼하게 구축되어 있다. 그만큼 그의 시는 오랫동안 습작으로 상상력과 함께 시 형식의 토대가 단단하게 짜여 있는 것이다.

> 허공을 마름질해 집 한 채 튼튼하다
> 부채 살 햇살 한 켜 온누리 금밭
> 사냥터에 은구슬 금구슬 곱고 고와라
> 이슬이나 먹고 살라지 바람이나 마시라 하지
>
> 머뭇거리던 거미가 아침이슬 털어낸다
> 청비바리 같은 은구슬 금구슬 떨어진다
> 금강산도 식후경 사랑도 식후경
> 이슬이나 먹고 살라지 바람이나 마시라 하지

_「거미와 금강산」 전문

    위 시는 짧지만 이번 시집에서도 성과 있는 시로 꼽을 수 있다. 이 시에는 리듬과 운율이 확연히 드러나고 있다. 이 시는 시조의 마지막 종장을 두 개의 장으로 늘여놓은 것 같은 느낌을 갖게 한다. 주제의 무게를 의식하지 않고 자유로운 상상력과 리듬으로 연결시킨 이 시는 시를 읽는 재미를 느끼게 한다. 그만큼 시에서 율동은 중요한 것이다. 아울러 두 연의 말미에 동일하게 배치한 시 구절 "이슬이나 먹고 살라지 바람이나 마시라 하지"는 이 시에 리듬을 형성해 동적인 활력을 불어넣고 있다. 이 시는 앞으로 유봉희 시인이 좀더 염두에 두어도 좋을 가능성을 보여준다.

그렇다면 유봉희 시인에게 아득하고 아련함이란 구체적으로 무엇을 가리키는 것일까. 이제는 그것을 좀더 미시적으로 확인해 보도록 하자.

> 찰랑이는 물가에서
> 돌들은 하나같이 둥그러지고 있었다
> 살아 온 내력이 같아서인지
> 둥글게 사는 것이 한 생의 목표인지
> 누가 그들의 속내를 들여다 볼 수 있을까
>
> 몽돌은 저마다 색과 무늬를 입고 있다
> 소금기 절은 상처가 제 무늬로 떠오르기까지
> 바람과 파도는 얼마나 긴 시간을 치유의 입술로 보냈을까
> 그 아득한 걸음 문득 엄숙해져
> 사열대 지나듯 돌밭을 걷다가 돌 하나 집어들었다
> 몸통엔 파낸 듯 알파벳글자와 흘림 철자가
> 뒤 암반에는 수사슴 한 마리가
> 선사시대를 뛰어 넘어오고 있다 .
>
> 아무래도, 어느 멀고 먼 시간 넘어서
> 어떤 이가 보낸 메시지인 것만 같아
> 마음은 금방 날아오를 날갯짓으로 부풀어 오르지만
> 내 어리석음은 바다 깊이로 내려앉아 있고
> 나의 지혜는 물 위에 살얼음 같아서
> 건너갈 수가 없구나
> **_「몽돌을 읽어보다」 부분**

이 시에는 공감각적인 표현이 나타난다. 몽돌을 '보다'라고 해야 할 것을 '읽는다'고 하였다. 보는 것은 인식하는 것이기에 가능한 것이다. 아울러 몽돌을 통해서 시각과 청각적인 면이 겹쳐지고 있다. 또한 손에 들고 만지면 촉감으로도 느껴지기에 이 시는 한 사물을 대하는 오감의 조화가 다채롭게 전해져오고 있다. 몽돌은 자연의 흐름에 동화되면서 둥글어진다. 그리고 그것은 바로 우리 삶이자 우리 생이라는 점을 강조하는 것이다.

이렇듯이 우리 삶도 함께 부대끼면서 둥글어지고 서로를 닮아가게 마련이다. 즉 서로 다른 개체들이 어울려 조화를 이루는 몽돌처럼 서로의 삶의 간극을 채워주면서 하나의 세상을 일구어가는 우리 삶을 의미하는 것이다. 그것을 유봉희는 아득하고 아련한 것으로 파악한 것이다. 우리 모두에게 그것만큼 아득하고 아련한 것이 또 어디에 있겠는가.

위 시에는 '몽돌'이라는 무생물을 통해 그점을 그려내고 있다. 다음 이어지는 시에서는 '해국'이라는 식물을 대상으로 그것을 드러내고 있다.

바다 절벽 한끝에 꽃이 되었습니다
홀로움의 무게는
발밑으로 떨어지지만
기다림의 무게는
포물선을 그리며 멀리 날아갑니다
그래서 해국이 피어있습니다

어젯밤 바다 바람 매몰차도
꽃잎에 내린 이슬
칠흑의 울음을
정갈한 한 방울로
끝내는 비단구름 씨앗으로
받아놓았습니다

한 번뿐인 눈 맞춤으로도

그대가 그곳에 있어서
또 하나의 길이 환해집니다
 _「해국이 핀다」 전문

　아름다움은 '해국'처럼 절벽 위에 가까스로 피어 있는 것이다. 그만큼
아득하고 아련한 것이다. "바다 절벽 한끝에 꽃이 되"어 핌으로써 그것은
더 아름답게 보이기 때문이다. 그것은 또한 '홀로움'과 '기다림'을 품고
있다. 그 고결한 모습과 자태를 통해 시인은 "한번뿐인 눈 맞춤으로도" 길
이 환해진다고 고백한다. 그 절대의 순수성과 아름다움 그리고 생명의 가
치를 간직하고 있는 시원의 모습을 시인은 아득하고 아련한 것이라 말하
는 것이다.
　유봉희 시인의 시집에서 우리가 눈여겨보아야 할 것은, 그리고 앞으로
유봉희 시인이 좀더 밀고 가도 좋을 것은 무엇일까. 그것은 앞의 시 「거미
와 금강산」에서도 언급했듯이 시적 긴장감을 풀고 여유와 위트, 재치로 나
아가는 것이라 할 수 있다. 그것은 곧 삶에 대한 여유와 아이러니로 제시
할 수 있다. 그 한 예로 시인은 미국 문화 속에서 체험한 내용을 다음과 같
이 형상화하고 있다.

그때 그 오라버니
겨우 한 모금 마신 위스키 병을
태평양에 통째로 쏟아붓던 그날

해 넘어가는 바다에 낚싯대를 던져 놓고
갯바위에 앉아 멀리 배 한 척 눈 흘기고 있을 때
갑자기 정복을 차려 입은 한 남자가
옆자리 위스키 병을 가리키더란다.
"벌금을 내겠어요, 아니면 바다에 쏟아 붓겠어요"*

아까워서 어찌 했을까 우리 육촌 오라버니

그래도 지나가던 물고기 한 마리
때맞추어 마신 위스키
우럭 한 마리, 묵직하게 낚싯대에 매어달리더란다

그 오라버니, 원투낚시 멀리 던지던 버릇으로
큰 바다 건너 여기까지 흘러왔을 터인데
지금도, 우럭 한 마리의 무게로 두 발을 딛고 있을까

＊도수 높은 주류를 바닷가에서 마시는 것은 위법.

_「물고기가 마신 위스키」 부분

　이 시는 한국 상황으로는 절대 이해가 되지 않는 문화의 한 단면을 제시하고 있다. 바닷가에서 낚시를 하며 곁에 두었던 위스키를 경찰이 보고 쏟아버리도록 종용하는 것은 문화의 차이로 한국에서는 적용 대상이 아니다. 술을 턱없이 좋아하던 육촌오빠의 해프닝이 이 시의 중심 내용이다. 그리고 그것은 이민의 삶에서 겪었던 문화적으로 색다른 경험일 것이다. 그래서 무엇보다 우리는 한 에피소드에서 발생하는 웃음을 느끼면 될 것이다. 그것은 이 시의 표면에 드러나 있는 의미이기 때문이다.

　그런데 그 이면에 우리는 심층적 의미를 읽어내야 할 것이다. 그것은 시인이 겪어온 이민 생활의 어려움 속에서도 숱한 삶의 순간들을 떠올리게 한다. 물론 이 시의 내용처럼 재미로 받아들이고 넘어갈 것도 많이 있을 것이다. 그러나 차마 말하기 어려운 여러 가지 일도 있었을 것이다. 슬픔과 눈물을 동반했던 여러 사정도 있었을 것으로, 시인은 그것들 모두를 연민의 시선으로 감싸 안는 것이다. 육촌오빠가 문화적 차이로 경험한 일을 통해 이민의 삶에서 웃지 못 할 많은 일들을 품어주려는 것이다.

　또한 그의 시에서 앞으로 좀더 주력해 갈 방향으로 동심에 대한 관심도 지적할 수 있다. 그의 시적 가능성을 동심의 한 측면으로 짚어보는 것이다. 그것은 아이러니와 연계되어 있기도 하다. 그래서 이민의 삶의 고단함과 어려움을 치유해주는 기능으로 작용하는 것이다.

꽃삽을 들고
세 살짜리 아기가
엄마 따라 뒷마당으로

어제 밤비로 촉촉한 텃밭에
상추 고추 십고
파프리카 오이 모종도 심는다

아기가 흙 묻은 꽃삽을 들고
'엄마, 드럼스틱나무도 심자'
'아'
목에 걸려 나오지 못하는 대답

드럼스틱과 치킨의 관계를
어떻게 설명할까
저 맑고 빛나는 눈에
(엄마 노릇 하기 싫다)

* 드럼스틱(Drum Stick) : 닭다리

_「드럼스틱」 전문

　이 시는 시인이 미국 생활에서 아이의 동심으로 인해 겪은 해프닝을 상황의 아이러니로 보여준다. 문화적 차이와 그 한계를 잘 설명할 수 없는 엄마의 고충이 재미있게 형상화되어 있다. 그러나 이 시는 엄마로서의 어려움만 읽어서는 안 된다. 무엇보다 아이의 천진난만함과 상상력에 공감하면서 입가에 미소를 지어야 할 것이다.

　또한 그의 시에서 동심의 세계를 쫓아가다 보면 색다른 지점에 닿기도 한다. 그러한 예로 다음의 시는 짧지만 암시하는 바가 크다.

새끼 고양이가 둥근 벽시계 앞에 앉아 있다
초침 따라 쫓아가는 고양이의 눈

눈 마주칠 때마다 소리 지르며 도망가는 저것은
장난감인가 한번 먹어본 멸치인가
밖으로 도망도 못가고 한자리 뱅글거리는 저것을
잡다가 주인께 자랑해야지
발톱까지 뽑고 앞발을 올려 초침을 잡으려다 힘만 빼고
의자 위에 털실타래로 낮잠에 잠겼다

_「고양이」 전문

이 시에 보이는 것처럼 시인은 고양이의 움직임을 방치하지 않고 거기서 웃음을 이끌어내고 있다. 시인의 관찰력은 고양이의 행동을 따라 움직이고 있다. 시인이 고양이의 입장이 되어 그 상황을 해석하려 한다. 시점의 변화가 이 시에 웃음을 유발하는 것이다. 고양이는 초침을 따라 움직이다가 낮잠으로 빠지고 만다. 시인은 고양이의 천진난만함과 귀여움을 눈여겨보는 것이다. 사물에 대한 애정과 관심이야말로 시의 출발점이다. 그것이 바로 유봉희 시인이 말하고자 하는 것이다.

이러한 점들은 앞으로 유봉희 시인이 좀더 깊이 천착해 밀고 갈 부분으로 제시해두고 싶다. 그것을 통해 우리 삶을 좀더 유연하게 해주고 새로운 시각으로 열어줄 것이기 때문이다. 거기에서 문화의 색다른 경험을 이끌어내는 시적 성과를 얻을 수 있고, 그의 시도 더 깊이 열릴 수 있을 것으로 확신한다.

앞으로 유봉희 시인의 시와 함께 버클리의 문학이, 더 나아가 미주의 우리 문학이 발전해 가리라 생각한다. 그래서 그동안 필자가 함께 했던 미주의 시간과 순간들은 영원히 지나가버리는 것이 아니라 믿는다. 그것은 모국어 안에 둥지를 틀고 그 안에서 새로운 모습으로 부화하여 새 희망을 안고 솟아오를 것이라고 확신한다. 유봉희 시인의 정제되고 압축된 언어와 단단한 상상력의 깊이가 한껏 유연해짐으로써 삶을 더 깊고 따뜻하게 그리고 웅숭깊게 품을 수 있기를 진심으로 기대한다.

2. 삶을 향한 열정과 소통의 욕구

윤영숙 시인은 시를 쓰기 이전부터도 화가로서의 삶을 살아왔다. 그는
또한 사진에도 일가견을 가지고 있다. 그러므로 시와 그림과 사진, 이 모
두를 아울러야 윤영숙 시인의 예술가적 삶의 면모는 비로소 정체를 드러
낸다. 그가 추구해온 이렇게 다양한 예술에 대한 관심과 활동은 무엇을 의
미하는가. 그것은 모두 다름이 아니라 이 세상의 삶을 향한 표현과 소통의
욕구로 파악된다.

그는 이미 샌프란시스코의 아트 콘테스트에서 '대상(Grand Prize)'을
수상한 바 있다. 2012년 포스터 시티에 있는 페닌슐라 유대인커뮤니티센
터(Peninsula Jewish Center)는 지역 내 아티스트를 대상으로 미술 작품을
공모했는데, 윤영숙이 응모한 작품 '캘리포니아 스트리트의 오후(Califor-
nia Street Afternoon)'가 영예의 대상을 차지했다. 한인 여성으로서는 유
일하게 출품하여 대상을 받은 윤영숙의 작품은 샌프란시스코에 있는 거리
를 소재로 구성한 작품이다. 그가 캔버스에 아크릴로 그린 이 작품은 하루
종일 분주했던 거리가 저녁이면 적막해져 차갑고 생명력이 없는 것 같지
만, 제각기 서로 다른 빛으로 비추어주고 있어 따뜻한 생명력을 느끼게 하
고 있다. 그는 이 작품에 더한 작가의 말에서 "사람들은 모두 퇴근한 오후.
적막한 빌딩 숲, 캘리포니아 스트리트. 빌딩마다 남아 있는 불빛이 하루 동
안 일어난 일들을 기억하고 있다"고 하였다.

또한 그는 작거나 큰 행사 때마다 사진기를 메고 나타나서 매순간의 장
면을 카메라에 담는다. 그동안 버클리문학협회의 일거수일투족은 다 그의
카메라에 담겨 있어 그는 그야말로 살아있는 버클리문학의 자료관이기도
하다. 그런 점에서 그의 의식세계는 빛과 어둠의 조화를 관통하며 셔터를

누르는 순간의 포착과 기억에 집중하고 있다. 그에게 아름다운 순간이나 인상적인 일들은 모두 그의 표현 욕구를 발동시켜 주는 것이다.

그의 시 쓰기도 이러한 연장선상에서 이루어지는 것이라고 말할 수 있다. 그가 가지고 있는 화가로서의 역량이나 사진작가로서의 감각은 모두 그의 시 쓰기에 반영되어 나타난다. 이번에 펴내는 그의 첫 시집의 성과에도 그동안 윤영숙 시인이 추구해온 삶의 종합적인 의미가 담겨 있다고 해야 할 것이다.

윤영숙의 시에서 먼저 눈에 띄는 것은 그의 시에는 무엇보다 이미지가 선명하다는 점이다. 그 이유로 그의 시는 대상에 대한 관찰과 묘사에 집중하고 있다는 점일 것이다. C. D. 루이스는 시를 언어로 그린 그림이라고 했거니와, 시를 쓰는데 대상을 세밀하게 관찰하고 그곳에서 시상을 가다듬고 그것을 묘사에 의해서 잘 표현해내는 것은 대단히 중요한 표현 방법일 것이다. 그 결과 형상을 통해서 인식을 드러내게 되기 때문이다. 그것이 바로 문학적 형상화인 것이다.

> 신호등이 바뀐다
> 똑 똑 똑
> 하얀 지팡이 두드리며 길 건너는 사내
> 검은 썬글라스 잘 어울린다
>
> 우리들보다
> 멀리 더 깊숙이 세상을 듣고 보고
> 하얀 지팡이 끝으로
> 온 세상을 살피는 사람
>
> 자기 키만큼이나 커다란 기타
> 등 뒤에 메고
> 똑 똑 똑 세상을 두드리는 저 사내

살아온 세월이
노래처럼 들려온다
등 뒤에 매달린 기타 속에서

하얀 지팡이로
이 세상을 보듬고 가는 사람
_「기타」 전문

　이 시는 신호등 앞에 멈추었다가 신호가 바뀌자 길을 건너가는 한 사내의 모습을 중심으로 표현하고 있다. 이렇듯이 그의 시에서 이미지에 대한 관심은 중요한 미적 장치가 되고 있다. 바로 이러한 점은 그의 화가로서의 체험을 반영하고 있다고 판단한다. 한 사내는 신호등 앞에 멈추어 서 있다. 이윽고 신호가 바뀌자 그가 지팡이를 두드리며 길을 건너가는 광경이 눈앞에 펼쳐진다. 마치 그것은 우리에게 영상이나 그림처럼 다가오는 것이다.
　시의 후반부에 등장하는 "자기 키만큼이나 커다란 기타/ 등 뒤에 메고/ 똑 똑 똑 세상을 두드리는 저 사내"에서는 이 시의 전반적인 주제가 드러난다. 사내는 앞을 보지 못하는 맹인이다. 그래서 검은 선글라스를 썼다. 시인은 그 사내의 검은 선글라스가 아주 잘 어울린다고 했다. 그 사내는 지팡이를 짚고 길을 살피며 간다. 그런데 그의 등 뒤에는 자신의 키만큼이나 큰 기타가 매달려 있다. 이러한 상황은 상당히 기이한 모습으로 보인다. 어쩌면 사내는 기타를 연주하여 팁으로 생활을 하고 있는지도 모르겠다. 하지만 시인은 그것을 어떤 여유로 강조하고 있는 것 같다. 그 사내에게 등 뒤의 기타는 시름을 달래주는 음악으로 이 세상과 소통하게 하는 것이다. 나아가 사내는 이 세상을 향한 육신의 눈을 비우고 영혼의 눈을 떴는지 모른다. 그리고 소리를 통한 영혼과의 교감으로 더 깊은 생의 발걸음을 대딛고 있는 것이다.
　윤영숙 시인은 누구보다도 좋은 시를 쓰고 싶어한다. 그동안 그가 30여 년의 긴 시간 동안 써온 시를 정리하여 이제야 첫 시집을 내는 것도 그 결과

일 것이다. 그런데 그동안 썼던 많은 시들이 어디론가 사라져서 겨우 그 일
부를 이 시집에 모았다고 한다. 그러면서 그는 이제까지 살아온 자기 삶을
돌아보는데 이는 시를 통해서 자신의 지난 시간을 반성하고 있는 것이다.

> 푸대접 받는 시. 들. 이.
> 토라져서
> 속살거린다
> 내게
> 숨어버리자고
>
> 칭찬
> 인색함에 익숙한
> 제 속이 모두 드러날까
> 떨고 있다
>
> 벌거벗은 언어들
> 보여지는 게
> 부끄러운 게다
>
> 옷을 입자
> 옷을 입자고
>
> 숨자
> 꼭꼭 숨어 버리자고
> 속살거린다
> **_「나의 시」 전문**

이 시에 보이듯이 윤영숙은 첫 시집에서 시에 대한 생각을 많이 보여주
고 있다. 제목에서 암시하고 있듯이, '나의 시'들이 내게 시에 대하여 더
많은 관심을 요구한다. 그의 시들은 이제 꼭꼭 숨어버리자고 보챈다. 그

동안 푸대접을 받아온 시들이 반란을 일으키기 시작한 것이다. 그래서 시인과 함께 어디론가 사라져버리자고 투정을 부리는 것이다. 이러한 표현은 자신의 시들을 더 많이 사랑하지 못한 것에 대한 스스로의 자책을 의미하는 것이다.

시를 쓰는 일은 무엇보다도 부끄러움을 깨닫는 과정이라고 해도 과언이 아닐 것이다. 그 부끄러움은 일차적으로 그동안 좋은 시나 자신이 만족하는 시를 쓰지 못한 것을 자책하는 의미일 것인데, 그것은 바로 자기 삶에 대한 점검이나 성찰과 비례하는 것이다. 그러므로 시를 통한 자기 부끄러움의 고백이란 삶에 대한 반성으로 직결된다.

위의 시는 윤영숙이 얼마나 평소에도 좋은 시를 쓰고 싶어 하는지를 잘 보여준다. 그동안 그가 써왔던 시는 "벌거벗은 언어들"이라고 제시하였다. 그래서 다른 이들에게 "보여지는 게/ 부끄러운" 것이었다. 이제는 "옷을 입자/ 옷을 입자고" 강조한다. 물론 그의 욕구는 노력을 통해서 좋은 결과로 나타날 때 가치를 가질 수 있을 것이다. 그러나 생각해보면 좋은 시를 쓰고자 하는 욕구를 통해서 자기 삶을 성찰하고 진실을 찾아가려는 노력으로 전개시켰다면 그것은 이미 큰 가치를 갖는 것이다. 시적 완성을 추구하는 과정은 곧 삶에 대한 탐색을 의미하며 그것을 통해서 삶을 정화시켜 왔다면 그것 또한 얼마나 가치 있는 일인가.

두 손 잡는다 숱한 언어들

줄창 걸어오고 뜀박질하며
이 세상을 살아온
우리들 언어

슬픔과 기쁨 구별할 수 없는
한 덩어리로
갈증난 목을 축이려고
세상을 헤매고 다녔지

고통과 설레임 속에 만나는
우리들 언어는
매 순간 새롭게 태어나고
첫눈을 맞는 아이들처럼 키들거리고

마침내
귀가 열린 우리 언어는
떨리는 가슴을 열고
찬 공기 들이마신다

시리도록 신선한 우리 언어
이제는
들리기 시작한다
_「대화」 전문

　이 시는 언어를 통한 소통의 참된 의미를 표현하고 있다. 대화란 나와 상대가 함께 하는 최고의 언어 행위일지 모른다. 언어가 담당할 수 있는 역할은 서로간의 내면을 열어서 두 세계가 조화를 이루게 한다. 대화도 이러할진대 자신의 내면 가장 깊은 곳의 영혼을 밖으로 드러내 독자들과 소통하는 최첨단 언어행위인 시는 그 얼마나 경이로운 것인가.

　러시아의 언어학자이고 문학평론가들인 야콥슨이나 바흐친은 문학을 작가와 독자가 메시지를 주고받는 대화의 상황으로 이해하였다. 그런 점에서 윤영숙의 이 시 「대화」는 더 큰 의미를 일깨워준다. 시인은 "고통과 설레임 속에 만나는/ 우리들 언어는/ 매 순간 새롭게 태어나고/ 첫눈을 맞는 아이들처럼 키들거리고"에서 언어가 새롭게 태어나는 순간의 경이로움과 설렘을 표현하였다. 그런 점에서 일상의 대화를 넘어서 내면의 진정한 대화는 "마침내/ 귀가 열린 우리 언어는/ 떨리는 가슴을 열고/ 찬 공기 들이마"시면서 밖으로 살아나오는 힘이 있는 것이다.

이렇게 윤영숙 시인은 언어에 대한 진정한 관심을 이어간다. 다음의 시도 그러한 연장선에서 이해가 된다.

다리가 있다면
너의 섬과 나의 섬 이어지는 그것은
알 수 없는 부호
의문으로 연결되겠지

아직은 이 부호들 풀 수 없지만
언젠가
너희 언어 알아들을 날이 오면
알 수 없던 부호가 풀려
너의 섬에 가볼 수도 있겠지

보일 듯 말 듯
안개 속에 갇혀 있는 너의 섬 바라보며
가늠해 본다
바다 갈매기 날고 있는 고향 같은 곳

언제일까
우리 몫으로 남겨질 그날
부호가 풀리는 날은

언제쯤일까
기다림 끝나는 날은
_「알 수 없는 부호」 전문

윤영숙 시인은 우리의 삶은 "알 수 없는 부호"라고 한다. 그렇듯이 우리는 모두 하나의 섬으로 떨어져 존재하고 있는 것이다. 사람들 사이에 섬이 있다고 했던 정현종 시인의 시처럼 말이다. 그래서 나와 너의 부호는 애초부터 베일에 싸여 있는 것이다. 그래서 우리들은 모두가 서로에게는 알아들을 수가 없는 부호로 존재할 따름이다. 그래서 우리는 상대의 섬에는 가닿을 수도 없고, 가서 볼 수도 없는 것이다. 그러므로 우리의 삶은 그것을 풀어가는 과정이라고 하였다.

이점에서 윤영숙이 시를 쓰는 참된 의미가 무엇인지 밝혀지고 있다. 사회 속에서 우리는 서로 단절된 섬과 떠도는 부호들이다. 이러한 존재 속에서 다른 이들의 언어를 알아듣게 되고 부호가 풀리는 날을 맞이하기 위해서 노력하는 것이다. "부호가 풀리는 날"과 "기다림 끝나는 날은" 바로 세상과의 진정한 소통이 이루어지는 날일 것이다. 그의 삶은 곧 진정한 소통을 원하는 것이며 그 노력이 시를 쓰는 것으로 나타난 것이다.

앞서도 거론했듯이 윤영숙 시인의 시에는 그의 화가로서의 삶과 사진작가로서의 체험이 깊이 반영되어 있다. 그것은 화가의 관심과 사진작가로서의 관점이 예술 간의 차이를 넘어서도 서로 소통하면서 창작의 에너지로 연결되는 것이다.

> 그냥 회색인 줄 알았지
> 자세히 살펴보니
> 그림자 시시때때로 변한다
>
> 그림을 그리며 전에 보이지 않았던 색들
> 하나씩 나를 찾아와 말 걸어오면
> 가슴이 둥당거린다
>
> 해 뜨는 시간, 빛나는 오렌지 색
> 그러다간 햇빛에 밀려 서서히 탈색
> 해질녘 가만히 가라앉는 보라색
> 나무 그늘 안에 쉬고 있는 연두색
>
> 모든 그림자

살아온 시간의 색들이 숨어있다
저를 비추어주는 빛의 마음 따라
온갖 다른 색깔로 생을 고르며
말 걸어온다

나의 그림자

착하게 채워 줄 그 빛은 어디서 오나
　_「색깔의 그림자」 전문

　이 시에서도 드러나듯이 윤영숙의 시와 그림과 사진을 아우르는 최종적 관심은 다 자신의 삶으로 귀결이 된다. 이 시의 마지막 부분인 "나의 그림자// 착하게 채워 줄 그 빛은 어디서 오나"에서 알 수 있듯이, 그는 생의 완성을 가늠하는데 있어서도 색깔과 그림자라는 회화적 요소와 사진의 기법을 끌어들이고 있는 것이다.

　또한 그는 색깔의 단면만을 보는 것이 아니다. "색깔의 그림자"라는 은유를 통해서 시각적인 것과 그 이면의 깊이와 관심을 제시하고 있다. 바로 이러한 점은 화가와 시인의 감각이 잘 결합된 결과일 것이다. 그의 화가로서의 체험은 "그림을 그리며 전에 보이지 않았던 색들/ 하나씩 나를 찾아와 말 걸어오면/ 가슴이 둥당거린다"에 잘 나타난다. 또한 "모든 그림자/ 살아온 시간의 색들이 숨어있다/ 저를 비추어주는 빛의 마음 따라/ 온갖 다른 색깔로 생을 고르며/ 말 걸어온다"에서는 삶의 의미로 연결시켰다. 그리고 마지막 부분에서는 "나의 그림자// 착하게 채워줄 그 빛은 어디서 오나"라는 반문을 통해서 자기 생을 응시하고 있다.

　윤영숙 시인의 시를 대하면 고향에 대한 그리움과 부모님에 대한 애정 그리고 가족과 자녀, 손녀에 대한 관심이 큰 비중을 차지하고 있다. 그만큼 그에게서 가족을 중심으로 하는 혈육과 고향에 대한 애정은 강한 정서적 힘으로 작용하고 있는 것이다.

빗소리 들리는 새벽
어두움
내려앉은 잔디 위에
유년의 노래 너울거린다

짙푸른 향기 날리던 동네 그 자리인데

낯선 발자국 소리

유년시절 이야기 들릴 것 같아
귀 기울이면
빗소리만 수런수런

잠깨어 설레이던 가슴
새벽 빗소리 적신다

얼마만큼이나
멀리 가버린 걸까
내 유년의 시간들
그 동네 그 자리에 와 있는데
보이지 않으니
    _「그 동네」 전문

　이 시에는 현실 너머의 저편에 존재하는 유년의 세계에 대한 그리움을
담고 있다. 그만큼 윤영숙의 시에는 과거의 그리움과 간절함이 묻어나고
있는 것이다. 위 시에서도 빗소리를 들으면서 유년의 그리움을 떠올린다.
비가 내리던 날의 기억이 되살아나면서 유년의 그 동네를 그리워하고 있
다. 그것은 그가 이민으로 미국에 옮겨와 살기 이전의 시간대를 응축시켜
놓은 것이다.
　"얼마만큼이나/ 멀리 가버린 걸까/ 내 유년의 시간들/ 그 동네 그 자리에

와 있는데" 에는 자신이 지나온 시간을 거슬러 올라가서 그 그리움을 강조한다. 사실 이 시의 그리움이란 새삼스러운 것은 아니다. 그것은 누구에게나 다가오는 보편적인 정서일 것이다. 모든 것은 지나가고 그 자리에 우리만 시간의 더께를 더해가면서 낡은 모습으로 서 있기 때문이다. 그러나 윤영숙 시인의 의식 속에서는 그러한 시간이 더할수록 유년이나 그 이전의 시간을 향하는 그리움이 강하게 자리 잡는 것이다. 그리고 바로 그러한 그리움으로 인하여 윤영숙 시인은 시를 쓰게 되는 것이다.

어제
고향에 눈 내렸다는 소식 듣고
꿈속 고향을 찾아가 보았다

우리가 눈싸움 하던 언덕
여기였나 저기였나 헤매고 다녀도
찾을 수 없었다

따끈한 사과차 마시던
조그만 찻집 보이지 않았다

눈 위에 가득 뿌려놓은 웃음 조각들
온데간데없고

휑하니 비어 있는 가슴으로
차가운 눈발 날려올 뿐이었다

눈물이 날 것 같아
얼른 돌아서고 말았지

그래도 더 찾아보아야 할 것을
돌아와 생각하니 후회 뿐

다시

찾아가 볼 생각이다

내일

고향에 내린 눈을 찾아서

_「고향에 내린 눈」 전문

　이 시에도 앞의 시에서처럼 자연 현상과 연관이 되는 추억 속에서 출발
하고 있다. 그것은 눈이 내리는 고향의 모습을 떠올리는 것이다. 눈이 내리
는 풍경은 곧 바로 어린 날을 대표하는 고향의 간절한 모습으로 통한다. 겨
울로 접어들고 자연의 모습들이 고즈넉함 속에 잠겨 있는 순간 하늘을 메
우면서 내리는 눈발의 모습은 실로 추억을 일깨우는 것이 아닐 수 없다. 그
것은 고향을 떠났던 사람들도 돌아와 함께 기쁨을 나누는 설날과도 통하는
것이다. 그러므로 눈이 내릴 때는 문밖으로 귀를 열고 떠난 사람이나 멀리
있는 가족들을 상기하게 될 것이다.

　또한 윤영숙 시인은 이민을 온 이후로 샌프란시스코 인근에서 살아가며
눈이 내리는 풍경을 쉽게 볼 수 없었을 것이다. 함박눈이 쏟아지는 풍경이
란 그의 의식 속에서 고향의 가장 강렬한 기억으로 자리하고 있을 것이다.
그러기에 그의 그리움은 더 큰 것이다. 고향과 눈의 연관은 계절적 감각과
유년을 연결시키면서 고국에 대한 그리움을 짙게 착색시키고 있는 것이다.
그리고 그 사라진 고향과 유년의 보이지 않는 시간대를 향해서 그는 표현
과 소통의 강한 욕구를 드러내 보이는 것이다.

　윤영숙의 시가 보여주는 전체적인 흐름은 삶에 대한 표현과 소통의 욕
구로부터 출발하고 있다. 그가 시로, 그림으로 또 사진으로 자신을 표현하
는 것은 모두 다른 사람들과 함께 소통하고 싶은 의지로부터 출발하는 것
이다. 그의 시는 최근에 이르면 삶의 깊이로부터 길어 올려진 울림을 보여
준다. 그의 시는 이제 젊음의 열정이나 몸부림, 사랑을 향한 뜨거운 목마름
등을 벗어나서 천천히 생을 관조하고 그 이면에 숨 쉬고 있는 생의 가치를

조망하는 단계에 이르고 있다는 판단이다. 이제 시인은 그의 연륜의 힘으로 하여 그만큼 여유와 깊이를 갖게 되었다는 것이다.

　그의 시는 이제 현란한 언어의 표정들과 움직임이나 다양한 기법에 의한 언어미학적 차원을 넘어서 생을 관조하기에 이른 것으로 보인다. 전자가 지향하는 외향적 면모들은 이제 서서히 생의 이면을 지향하는 내면으로 고개를 돌리고 있다. 그렇다. 진정한 소통은 깊은 내면으로 가닿는 것일지 모른다. 밖으로 드러나는 큰 소리가 아니라, 겉으로는 드러나지 않은 의미까지를 짐짓 파악할 수 있는 단계, 바로 그것이 참다운 소통이고 참다운 시의 영역이라 생각한다.

　　　　천천히 씹고
　　　　천천히 삼킨다

　　　　천천히 말하고
　　　　천천히 생각한다

　　　　발자국 안에 쌓여 있는
　　　　수많은 시행착오
　　　　훌훌 털어내고

　　　　천천히 세상을

　　　　들여다본다
　　　　어머니처럼
　　　　_「나무」 전문

　위 시는 간결하지만 그야말로 나직하게 천천히 음미해보면 깊이가 느껴진다. 이제 생의 후반에 도달한 시인의 삶에 대한 통찰이 읽혀지기 때문이다. 이제 젊은 날의 재빠른 움직임과 민첩한 활동은 잠시 숨을 고이고 서 있다. 그리고 윤영숙 시인 자신의 내면을 향해서 한껏 눈을 돌린다. 그리고 마음의 문을 여는 것이다.

이 시는 '나무'라는 객관적 상관물을 통해서 자신이 바라보는 세상의 표정을 보여준다. 그동안 우리는 모든 걸 빨리 빨리 이루려고 그 얼마나 숨가빠 달려온 것인가. 그렇게 시간을 소비하면서 달려온 우리들의 삶은 이제 그 숨 가쁜 호흡을 가다듬으면서 잠시 멈추어 서 있어야 할 때가 된 것이다. 그것은 마치 인디언들이 숨 가삐 박차를 가해 말을 달리다가 뒤쫓아 오는 영혼이 따려와 자기 몸속으로 스며들도록 한동안 서서 기다려주듯이 말이다. 그리고 그러한 의미가 바로 윤영숙 시인의 시 쓰기인 것이다.

다시, 그의 아트 콘테스트 대상작 '캘리포니아 스트리트의 오후(California Street Afternoon)'에 대한 작가의 설명을 읽어보면서 그의 시에 대한 전반적인 의미를 가늠해본다. 그것은 앞으로도 그의 시가 나아갈 방향으로 감지되기 때문이다.

"이 작품은 샌프란시스코에 있는 캘리포니아 스트리트를 소재로 구성한 것이다. 하루 동안 몹시 분주했던 거리가 저녁이면 적막해진다. 높다란 빌딩들과 많은 창문들. 건물이나 창틀은 모두 가로 혹은 세로 직선으로 연결되어 있어서 차갑고 생명력이 없는 것 같지만, 이 선들 안에 제각기 다른 빛으로 색깔로 비추어주고 있어서 따뜻한 생명력을 느끼게 한다. 하루 종일 빌딩 안에서, 혹은 캘리포니아 길에서 일어났던, 크고 작은 일들을 말해주고 있는 것 같은 상상을 해본다. 이제는 더 이상 쓸쓸하지도 않고, 적막감도 사라지고 오히려 재미있고 따뜻한 캘리포니아 스트리트를 꿈꾸어본다." - '작가의 노트'에서

이 "차갑고 생명력이 없는" 비정한 세계 속에서도 "제각기 다른 빛으로 색깔로 비추어주"면서 "따뜻한 생명력을 느끼게" 하는 것이 바로 그의 화가와 사진작가로서의 삶이며 또한 시 쓰기일 것이다. 윤영숙 시인의 첫 시

집의 출간을 진심으로 축하하며 큰 박수를 보낸다. 또한 앞으로 그의 시가 삶을 향한 열정과 진정한 소통의 욕구에 의해서 더욱 빛나는 생명의 울림으로 가득 차오를 것을 간절히 기대한다.

3. 생명과 사랑으로 키우는 푸른 세상

김복숙 시인이 그 첫 시집을 내는 과정은 대단히 감동적이기도 하였다. 김 시인이 그동안 걸어온 문학의 길을 아는 입장에서 그것은 퍽이나 열정적이었다. 미국 이민의 삶에서 오는 시련 속에 모국어를 지키는 것도 쉽지 않은 마당에 그 모국어로 시를 쓴다는 어려움을 새삼 말해서 무엇하랴. 그러므로 김 시인이 그 어려움의 한 복판으로 힘차게 걸어가면서, 추구해온 이 첫 시집은 누구라도 축하해 마땅하다.

김복숙의 시세계는 크게 보아 자연물을 대상으로 하여 생의 긍정적인 세계를 그려내고 있다. 그의 시에는 생명의 뿌리의식이 돋보인다. 그의 시는 수직의 힘으로 일어서려는 역동적인 힘을 느끼게 한다. 그의 시 어느 것을 읽어보아도 이러한 모습은 쉽게 발견할 수 있다.

> 밤 깊어도
> 무슨 사연에
> 눈 감지 못하는가
>
> 홀로의 들판에
> 남루한 옷 날개 달고
> 해 저물도록
> 참새 오기만 기다린다
>
> 바람은 허기진 배 채우고
> 남은 시간 모르는 채

말없이 있는 것만으로
할 일 다하는 건가

자신을 내려놓은 들녘
소매 끝 맴도는 햇살에
생명 감기는 소리
푸른 세상 키운다

_「낮달」 전문

　위 시는 서정시의 전범을 모여주고 있다. 또한 이 시는 김복숙 시인 시세계의 전체적인 흐름을 보여주고 있다. 서정시는 자아와 세계의 동일성을 추구한다고 할 때, 위 시에서의 '낮달'은 동일성의 시적 상관물로 자리한다. 그러므로 낮달은 곧 시인 자신이다. 그는 밤 깊어도 눈을 감지 못한다. 어두운 들판에서도 해가 저물도록 참새가 오기만을 기다린다. 그러나 바람은 여유를 가지고 있으면서도 모르는 채 말없이 있기만 할 뿐이다. 이 부분은 김복숙이 보여주는 세계인식인 셈이다. 그 안에서 시인은 자신의 의식을 내보인다. 김 시인은 자신이 처한 시련과 현실을 넘어 푸른 세상으로 나아가고자 한다. 끝내 시인은 자신을 내려놓은 들녘에서 생명이 감기는 소리를 들으면서 푸른 세상을 키우고자 하는 것이다.

　그렇다. 김복숙 시인의 첫 시집 제목 '푸른 세상 키운다'는 이 시에서 비롯하는 것이다. 그러므로 그의 시집은 그가 펼치고자 하는 푸른 세상을 담아놓은 것이다. 이제 그가 추구하는 푸른 세상으로 함께 가보도록 하자.

　김복숙의 시에는 수직의 정신과 생명과 사랑의 푸른 힘이 살아 있다. 그가 제시한 첫 시집의 세계는 대략으로 살펴보아도 '낮달', '나무', '레드우드', '겨울나무', '폭설', '풀섶', '우물' 등 자연 사물과 이미지에서 잘 드러난다.

그대 곁에 있어
든든하고 포근합니다

가지 사이 노래하는 새들
그 장단에 성장하는 줄기
멈추지 않는 흔들림에도
작은 꿈 조각 서로 나눕니다

달빛 쏟아지는 속삭임
소슬한 바람 산길 험해도
구름은 흐르고 흘러
잎새마다 인사 나누며
산울림 품에 보듬어줍니다

높고 울창한 숲
낮은 기슭에도
늘어진 새 잎새마다
빛나는 이슬 눈망울
하늘을 담아 내리는 뿌리는
비로소 생명 나뭇가지 뻗는다

_「키 큰 나무」 전문

　이 시는 시인이 각별히 애정을 가지고 있는 작품으로 파악된다. 그러므로 이 시에 등장하는 시적 상관물로서의 '키 큰 나무'는 다양한 의미로도 해석된다. 그것은 그가 사랑하는 주변의 사람들과 그가 마음에 새기고 살아가는 종교적인 표상으로도 볼 수 있다. 그것은 또한 자신의 내면에서 굳게 버티면서 자신을 지켜주는 신념일 수도 있다. 그것은 강직한 모습을 지니고 있는 듯하다. 그렇지만 "노래하는 새들", "성장하는 줄기", "작은 꿈 조각", "달빛 속삭임", "빛나는 이슬 눈망울"이 함께 하여 섬세함을 잃지 않는다. 시인은 언제라도 그 품안에 산울림을 품어 안으려 한다. 뿌리로는 하늘을 가득 담아 내리면서 위로는 생명 나뭇가지를 힘차게 뻗는 것이다.

　이러한 강한 생명력의 상징으로서 나무는 넉넉하게 주변을 품어내며 생의 영역을 넓혀가려는 것이다. 그러한 점은 다음의 시에서도 주목되고 있다.

　　　　하늘 향해 오른 만큼
　　　　뿌리 깊은 줄 몰랐다

　　　　걸음 멈추고,
　　　　한곳에서 만난 뿌리들
　　　　함께 버티며 견뎌내는 순간
　　　　드높은 위상도 질서가 있다

　　　　시간 더할수록 어둠을 껴안고
　　　　달 속에 햇빛 묻혀도
　　　　홀로 우뚝 서 솟기보다
　　　　나뭇결 사이 다독인다

　　　　우러러 보노라면
　　　　높은 하늘 아랑곳하지 않고
　　　　대지를 위하여
　　　　꿈의 온기 꿈틀거리며
　　　　풀꽃 하나도 끝내 안아주는 그들
　　　_「레드우드」 전문

　레드우드는 하늘 높이 자라는 나무의 상징이다. 숲속에서 중심으로 우뚝 서 자리하면서 자신만을 뽐내거나 자랑하지 않는다. 그러므로 이 시에는 시인의 상생의지와 따뜻한 공동체 의식이 살아 있다. 그것은 시 구절에서 힘겨운 순간도 "함께 버티며 견뎌내는" 것이며, "어둠을 껴안고/ 나뭇결 사이 다독"이는 것이다. 또한 "대지를 위하여/ 꿈의 온기 꿈틀거리며/

풀꽃 하나도 끝내 안아주는" 그런 것이다. 이 시에서 레드우드는 나무가 내포하고 있는 상징성에 깊이 뿌리를 내리고 있는 것이다.

　이러한 나무의 이미지는 김 시인의 시에서는 시련 속에 서 있는 모습으로 보다 구체적으로 형상화되기도 한다. 그것은 '겨울 나무' 인 터이다. 나무와 겨울의 연결은 생명과 반생명의 대극적인 조합이라 할 수 있다. 그러므로 시인에게는 겨울 속의 나무야말로 진정한 나무라고 말하고 있는지도 모른다.

　　　밤마다 내리는
　　　안개빛 속삭임에
　　　바스락바스락
　　　몸 비비는 소리

　　　어떤 시련도 피하지 않고
　　　꼿꼿이 받아 내는 가슴
　　　세상을 향해
　　　마음 비우는 산울림

　　　계곡 따라 흐르는
　　　서늘한 물 속에
　　　몸을 숨겨도

　　　밤새
　　　스산한 바람에 떨며
　　　차가운 기운 스며 올라도

　　　세월과 견디며
　　　기다리는 나무처럼
　　　다시 태어나리

　　　산기슭마다 심어 놓은

푸른 시절
추억을 살려
다시 키워내리
_「겨울 나무」 전문

겨울나무의 모습이야말로 그 얼마나 강인함의 표상인가. 그것은 이 시의 둘째 연에 집약적으로 표현되어 있다. 시인은 "어떤 시련도 피하지 않고/ 꼿꼿이 받아 내는 가슴/ 세상을 향해/ 마음 비우는 산울림"으로 형상화하고 있다. 김복숙 시인의 시에서 이러한 뚜렷한 의지의 자세는 결코 유연함과 섬세함을 잃지 않는다. 이 시에서도 겨울나무는 밤이 새도록 스산한 기운이 스며도 힘겨운 세월과 함께 견디어내면서 기다리는 나무로 다시 태어난다. 그리하여 산기슭마다 심어 놓은 푸른 시절의 추억을 살려 다시 키워내려는 의지를 품고 있는 것이다.

이어서 김복숙의 시는 나무의 주변에 드리워지는 현상과 그 사실에 주목하고 있다.

불빛 사이로
꽃 그림자 왈칵 쏟아내
덮고 감춘 흔적

순식간 희게 물든 세상
하늘 아래
저리 지울 것 많은가

뒤뜰 장독대
동구 밖 정자나무
학교 가는 길에
금방 지워지는 발자국

참새 떼들도 지금

어딘가에서
길 헤매고 있을까
시린 발 동동거릴까
_「폭설」전문

　이 시에는 '폭설'이 드리우는 정황을 통해 삶의 힘겨운 순간을 넘어서는
지혜가 엿보이고 있다. 그것은 김복숙의 시에서 동심적인 상상력으로 이어
지고 있다. 폭설은 때에 따라 인간에게 큰 재해로 다가오기도 한다. 폭설은
인간의 길을 허용하지 않고 새로운 세상을 만들기도 한다. 폭설은 "꽃 그
림자"로 표현되고 있으며, 지운다는 동사로 연결된다. 그러면서 "순식간
희게 물든 세상/ 하늘 아래/ 저리 지울 것 많은가"라는 표현 속에 동심의 호
기심이 얼비친다. 이러한 시인의 시선은 동심으로 파악되기도 한다. 그것
은 유년의 추억으로 돌아가서 "뒤뜰 장독대", "동구 밖 정자나무", "학교
가는 길" 등을 떠올리게 한다. 이 부분에서는 역설적 의미가 작용하고 있
다. 그것들이 "금방 지워지는 발자국"이라는 표현에 의해서, 눈에 덮임으
로서 오히려 추억은 환하게 살아난다는 의미로 읽을 수 있기 때문이다.
　김복숙 시인이 간직하고 있는 동심은 유년의 고향으로부터 잠재되어 온
것이다. 이는 미국에 이민을 와서 살아가는 사람들의 공통적인 심리적 현
상이기도 하다. 그들의 고향과 연관되는 의식세계는 대략 그들이 이민을
떠나온 시점의 모습을 그대로 가직하고 있다. 마지막 연에서 "참새 떼들
도 지금/ 어딘가에서/ 길 헤매고 있을까/ 시린 발 동동거릴까"라는 표현은
동심의 극치에 도달하는 것이다.
　김복숙의 이번 시집은 이민사회 속에서 모국어를 갈고 닦는 지난한 과정
으로 시를 쓰려는 노력으로 이루어졌다. 그러한 면들은 그의 시에서 시를
쓰는 노력으로 나타나기도 한다.

　　그리움 전하려 하면
　　썼다가 지우고

밤 깊을수록
촉수보다 밝아지는
기억들

어떤 순간도
접지 못해
이을 수 없네
_「풀섶」 전문

　이 시에는 시 쓰기의 어려움이 솔직하게 표출되어 있다. '풀섶'은 하나
의 시상을 떠올리고 전개해 가는 시작의 장을 의미한다. 그의 시에서 3연
8행의 비교적 짧은 시이지만 내면의 심리를 잘 드러내준다. 그의 시 쓰기
는 어떤 그리움에서 출발한다. 이점에서도 그는 서정시인의 면모를 보여준
다. 밤이 깊도록 시를 쓰면서 그의 기억들은 촉수보다도 더 밝아진다. 시인
에게는 이렇게 많은 기억들이 살아나면서 어떤 순간도 접지 못해 이을 수
가 없다고 고백하는 것이다. 그의 기억의 풀숲에는 그리움으로 존재하는
것들이 많다. 시를 쓰려고 하는 시간 동안 그것들은 더욱 더 또렷하게 모습
을 드러낸다. 그러나 시인은 그 순간들은 접을 수가 없는 까닭으로 잊지를
못하는 것이다. 그렇다. 시를 쓰면서 어떤 한계에 도달하여 절망해본 경험
이 왜 김복숙 시인에겐들 없겠는가.
　더 나아가서 김복숙 시인의 시에는 기독교적 내용을 담고 있는 시들도
여러 편 있다. 아래의 시에서는 그러한 내용을 쉽게 확인할 수가 있다.

웃음꽃 피며 재잘거리는
그 앞에 있노라면
듬뿍 길어 가져오고 싶다

솟아나는 바닥
고갈된 이끼 털어내고

깊은 한숨 소리 쏟아내는
그 앞에 있노라면
나를 말갛게 헹구고 싶다

돌담에 걸려 맴도는
구름 영혼의 수레
들리고, 들릴 것만 같은

그 앞에 있노라면
길어낼수록 깊어지는
생명의 말씀

_「우물」 전문

　이 작품에도 김 시인의 시에 드러나는 특성이 잘 반영되어 있다. 그의 시는 무엇보다도 이미지가 뚜렷한 모습으로 제시된다. 시는 이미지로 그린 언어의 그림이라고 하지 않던가. 우선 '우물'이라는 중심 이미지가 눈에 들어온다. 우물은 항상 새로운 물의 용솟음을 통해서 충만한 믿음의 속성을 대변하는 것이다. 그런데 그것은 "웃음꽃 피며 재잘거리는" 모습으로 묘사되고 있다. 그만큼 그의 신앙은 하나님에 대한 친근감과 정감어린 모습을 보여준다. 시인은 우물에서 "듬뿍 길어 가져오고 싶다", "나를 말갛게 헹구고 싶다"고 하였다. 이 시에는 신앙의 간절한 회구와 염원이 담겨 있다고 말할 수 있다. 기독교적 신앙의 대상으로서 하나님에 대한 사랑의 깊이는 "길어낼수록 깊어지는/ 생명의 말씀"이라는 구절에 집약되어 있는 것이다.

　이러한 신앙의 모습은 그의 이민의 삶과도 연관을 갖는다. 그것은 그만큼 자신의 삶이 감싸 안아 오르고 싶은 대상이기 때문이다. 그것은 또한 그의 삶이 지향하고자 하는 부분이면서 시를 쓰려는 의미와도 깊이 연관되는 것이다. 김복숙 시인의 이러한 삶의 모습은 강인한 생명력의 상징으로서 그려지고 있다. 그것은 나팔꽃의 이미지로 형상화되고 있다.

마음에 담은 소리
말할 수 없고
눈으로 읽는 뜻
글과 달라 흔들려도
이해할 수 있는 마음

눈빛 마주친 이웃
여기가 먼 나라인지
말 배우는
거기가 먼 나라인지

나도 모르게
투박한 말 건네도
시간 흐르면 알리라고

곁에 있어야 할
눈망울로 태어나라고
  _「나팔꽃」 전문

   나팔꽃의 강렬한 생명력은 그것을 바라볼수록 우리의 내면과 너무 닮아 있다. 이민의 삶에 있어 모국어에 대한 열망만큼 그것을 지켜내는 것은 그리 쉽지 않다. 더욱이 이민족의 언어에 대한 표현에서도 크게 자유롭지 못한 불편함은 미국에서의 삶을 매우 불안정하게 한다. 그때마다 시인의 내면에 있는 나팔꽃의 강렬한 생의 의지가 살아나는 것이다. 벽을 타고 오르거나 바지랑대의 끝을 향해서 맹렬하게 기어오르는 나팔꽃. 그 삶의 그늘진 땅으로부터 빛을 향해 아나가는 뜨거운 향일성. 그것은 김복숙 시인의 시에서 '수직'이라는 이미지로 형상화된다. 다음의 시가 바로 그러한 것을 잘 담아내고 있다.

   나무 자체

미더운 의지로 솟는
너희 바라보면
그것만으로 힘난다

나무는 의연히 산을 지키듯
너희 강건한 모습으로

하늘은 나무에게
필요한 양지 공급하고
세상은 너희에게
세계를 이끌어 갈
샘솟는 약속 나누어 주는

너희를 보면
탁 트인 바다 같은
흐뭇한 미래 보인다
　_「수직」 전문

　김복숙 시인의 모국과 모국어에 대한 사랑은 남다른 데가 있다. 그는 수
년간 재미한국학교 북가주협의회 소속 산호세 한국학교 교장과 알마덴 한
국학교 교장의 역할을 맡아서 적극적으로 노력해 왔다. 그러한 것도 시를
쓰는 의미와 함께 모국어를 사랑하려는 노력과 연관을 가지고 있다. 이 시
에는 차세대들의 성장을 진심으로 기뻐하는 시인의 마음이 숨김없이 드러
나고 있다. 마치 한 그루의 나무를 키우면서 그 나무가 가지를 뻗고 잎을
피우면서 서로 어울려 숲을 이루는 과정을 바라보는 눈물겨운 심정이 담담
하게 묘사되어 있다. 시의 제목 '수직' 이 암시하는 바도 상징적인 의미로
읽을 수 있다. 그 노력은 다음의 시 「푸른 교실」로 이어진다.

한국어와 역사 배우며
어렵고 힘들지라도

교실에서 만난 우리
서로 알기 원하고

꿈 나누는 정원에
새들 조잘대는 둥지에
노래하고 꽃 피우며
함께 하며 나누고

세상에서
배우고 알아가는 일
모르는 것 있음은
부끄러운 일 아니다

우리는
보란 듯이 어우러져
아름드리로 하나 되는
푸른 교실

_「푸른 교실」 전문

이 시에는 김복숙 시인이 시를 쓰는 궁극적인 의미가 담겨 있다고 할 수
있다. 그의 내면에는 시를 향한 강인한 의지와 열망들이 자리하는데, 그것
은 집약적으로 '푸른'이라는 의미와 통한다. 시인은 자기만의 좋아하는
색상이 있을 것이다. 그 색상은 그 나름의 의미를 간직하고 있다. 김복숙
시인이 좋아하는 '푸른' 색은 생명과 사랑으로 채워지는 것을 의미한다.
요컨대 그의 시는 생명과 사랑으로 키우는 푸른 세상인 것이다.

또한 교실이라는 단어에 담긴 의미는 이 세상을 바라보는 시인의 자세
라고 말할 수 있다. 김복숙 시인은 한국학교 교장으로 수년간 매우 열성
적으로 학생들을 가르쳐온 바가 있다. 그렇듯이 시인 또한 어느 면에서는
모두 이 세상의 선생이고 그런 의미에서 이 세상은 교실이라는 의미를 읽
을 수 있다.

앞에서 살펴본 대로 김복숙의 이번 첫 시집은 뚜렷한 특색을 가지고 있다. 그의 시는 무엇보다도 생명의 가치와 사랑의 의미를 추구하고 있다는 점이다. 김 시인이 시를 쓰는 자세는 대단히 성실하다. 그가 시에서 모국어의 본령을 지키려는 의지와 모국에 대한 정서를 잘 간직하려는 노력이 돋보인다. 그의 시에는 생명에 대한 사랑과 주변의 삶에 대한 애정이 여실히 반영되어 있다.

첫 시집은 아직 하나의 방향으로 시세계를 규정하기에는 일정한 한계가 있다. 아니, 반드시 한계가 있어야 한다. 왜냐하면 첫 시집 그곳에는 무한히 열려 있는 가능성의 세계가 반드시 담겨 있을 것이기 때문이다. 그러므로 김복숙 시인도 너무 급히 발길을 서둘지 않아도 좋겠다. 그의 첫 시집에도 이제 첫 걸음을 내딛는 애틋함이 배어있기 때문이다. 김복숙의 첫 시집 『푸른 세상 키운다』 출간을 진심으로 축하한다. 이제 김 시인은 이어지는 제2시집을 향해 푸르게 푸르게 걸어가기 바란다!

4. 생에 대한 연민과 아이러니

엔젤라 정의 첫 시집에는 인간과 자연을 바라보는 연민의 시선과 아이러니가 펼쳐지고 있다. 또 그는 인간과 자연의 간극에서 발생하는 아이러니에 대해서도 시적 관심을 기울인다. 그의 시는 우리에게 친근함과 함께 매우 재미있게 다가온다. 그의 시가 재미있게 읽히는 이유는 그의 시에 나타나는 위트와 재치로 파악할 수 있다. 엔젤라 정 시의 친근함은 무엇보다 시적 인식으로 아이러니를 통해 표출되는 것이다.

아이러니는 수사학에서 의미를 강조하거나 특정한 효과를 유발하기 위해 자기가 생각하고 있는 것과는 반대되는 말을 하여 그 이면에 숨겨진 의도를 은연중 나타내는 표현법을 말한다. 우리 인생에서 가끔 사건이나 그것의 연속이 기대하고 있던 것과는 정반대로 전개될 때 이를 아이러니하다고 한다. 흔히 운명의 장난이라는 말은 이러한 의미를 더욱 간결하게 표현해 주는 것이다. 아이러니는 의도적인 무지를 이용하여 상대방을 점차 모순으로 빠져들게 함으로써 스스로의 무지를 깨닫게 하는 대화의 방법으로도 사용된다.

문학 작품에는 크게 언어적 아이러니, 구조적 아이러니, 극적 아이러니의 방법이 활용된다. 먼저 언어적 아이러니는 표면적 진술과 다른 암시적 의미를 가지는 진술, 대사, 제스처 등을 통해서 등장인물들을 조롱하거나 대립적인 상황을 드러내는 것이다.

구조적 아이러니는 언어적 아이러니가 일시적인 효과를 가지는데 반하여 아이러니의 이중적 의미가 보다 지속적으로 작품의 구조에 반영되는 것을 말한다. 주로 순진하고 어리숙한 주인공이 등장하여 독자나 관객으로 하여금 우월한 해석자의 입장에 서게 하고 비판적 인식을 얻게 하는 한편 통쾌함을 느끼게 해준다.

극적 아이러니는 극이나 소설에서 관객이나 독자는 모두 알고 있는 사실을 등장인물들은 모르는 채 사건이 진행되는 것을 의미한다. 가령 인간이 자신의 재앙의 진원지가 스스로임을 발견하는데서 오는 극적인 아이러니를 깨닫게 한다. 이러한 비극적 아이러니는 운명의 아이러니라고도 한다. 또한 극적 아이러니는 희극적으로도 나타나는데, 특정 사실을 모르는 채 행동하는 희극적 인물의 실수나 우스꽝스러운 행동으로 웃음을 유발하는 것이다.

엔젤라 정의 시세계를 이루는 다양한 요소들 가운데서 우리는 그의 시에서 아이러니와 풍자의 미학을 눈여겨보아야 할 것이다. 그러한 것들은 미국에서 외국인으로 살아가면서 경험하는 다양한 체험들을 여유 있게 바라보게 하는 미적 장치로 작동하고 있는 듯하다. 차이라는 것은 다른 것이지 틀린 것이 아니다. 그러므로 그것은 존중되어야 할 것이기 때문이다. 엔젤라 정이 가지고 있는 아이러니 정신은 이민 사회를 살아가면서 겪게 되는 어려움을 여유롭게 받아들이게 하는 힘으로 작용한다. 나아가 문화의 차이를 통해서 새로운 가치를 발견하고 그것을 깊이 있게 수용하게 하는 지혜로도 작용할 것이다.

엔젤라 정의 시집에서 가장 먼저 눈에 띄는 것은 서로 다른 문화에 대한 표현이다. 그리고 문화의 이질적인 차이에서 발생하는 갭(gap)을 여유 있게 바라보면서 웃음의 동력으로 연결시킨다. 거기에서 아이러니가 형성되고 있다. 그리고 그 차이에서 발생하는 웃음에는 통찰과 직관이 작용하는 것이다.

문화를 보는 관점으로는 상대적 입장과 절대적 입장으로 나눌 수 있다. 문화의 절대적 개념은 자문화 중심주의라고 할 수 있다. 자기 문화만 중요하고 다른 문화에 대해서는 배타적으로 여기는 것이 그것이다. 그러나 문화는 상대적이라는 관점이 중요한 것이다. 이른 바 문화상대주의로서 이는 글로벌 시대에 무엇보다도 당위성을 갖는 것이다. 요컨대 모든 문화는 그 고유의 가치를 갖는다는 관점에서 문화는 상대적인 것이다.

이러한 점에서 엔젤라 정은 한국 여성으로서 미국에 이민을 와서 결혼하고 살아가며 서로 다른 문화를 체험한 내용을 시적으로 표현하고 있다. 다음의 시를 통해서도 그것을 확인할 수 있다.

> 어렵사리 그이가 직장을 잡은 이래
> 한 달에 두어 번 쏠쏠한 용돈을 준다
> 파랑색을 좋아한다고 하는 내게
> 컴퓨터 앞에 장난스레 펼쳐놓은 지폐들
> 해마다 이맘 때 봄이 되면
> 새 흙을 구해 꽃나무 가꾸고
> 화창한 하늘 보며 홈디퍼로 달려가
> 달기똥을 사서 가든에 뿌렸다
> 그 사람 붉은 얼굴로 꼬집는 말
> 내가 준 돈으로 똥을 샀다고!
> _「용돈」 전문

이 시에는 이야기가 들어 있는데 그것이 아이러니를 형성하고 있다. 그러므로 이 시는 상황의 아이러니라 할 수 있다. 짧은 시이지만 서로 다른 문화의 차이를 재치 있게 표현하였다. 어렵게 직장을 구한 남편은 월급을 받아 아내를 위해서 푸른 지폐를 펼쳐놓는다. 아내는 그것으로 봄에 꽃나무에 주려고 닭기똥을 샀다. 그리고 보니 결국 용돈으로 똥을 산 격인데. 이 시는 짧지만 마지막 부분 "내가 준 돈으로 똥을 샀다고!"의 극적인 반전으로 분위기 변화를 꾀한다. 마지막 부분에서 이 시의 내용을 역동적으로 이끌어 시적 메시지를 환기시켰다.

어쩌면 남편이 준 용돈으로 닭기똥을 사서 꽃나무에 주고 그 나무가 꽃을 피운다면 그것 이상 좋은 선물은 없을 것이다. 그러나 그것은 용돈을 주는 남편의 예상에 대해서는 여지없이 벗어난 행위일 것이다. 그러기에 남편으로서는 기쁨 반 서운함 반으로 복합적인 감정에 놓인 것이 분명하다. 이러한 에피소드를 통해서도 한 편의 재미있는 시가 나왔다면 남편의 용돈은 그야말로 시인에게는 최상의 선물인 셈이다.

다음의 시는 위 시의 연장선상으로 추측된다. 위의 시는 남편의 아내에 대한 선물이었다면 다음의 시는 시인이 아내로서 남편에게 주는 선물이라고 할 수 있다. 또한 위의 시처럼 남편의 행위도 의외로 나타남으로써 부부간에 일 대 일의 무승부를 기록하는 것인지도 모른다.

> 그이가 좋아하는
> 바트렛 배나무를 뜨락에 심었다
> 하얀꽃 향기 맡고
> 하얀꽃 보며
> 맘도 하얘지던 이른 봄
> 어느새 배나무 알차게 열매 맺었다
> 통통하고 달디 단 배를 골라
> 그에게 건네주었지만
> 그는 먹지 않았다
> 마켓에서 사온 검증 없이는

먹지 않는다는 결벽증
나는 팔짱을 끼고 앉아 생각해 본다
그는 왜 나에게 구혼을 했을까
어떤 검증이
그 사람 마음에 찍힌 걸까?

　_「그 사람」 전문

　이 시에도 이야기가 들어 있다. 일상에서 경험한 일을 통해 미국문화에 대한 이해를 보여준다. 이 시도 상황의 아이러니라 할 수 있다. 이로써 서로 다른 문화의 차이를 넌지시 제시하고 있다. 그것으로 사랑의 이면에 대한 한 단면을 제시하고 그것에 대한 물음과 의문을 동시에 제기하는 것이다.

　아내는 남편이 좋아하는 바트렛 배나무를 뜨락에 심고 가꾸었다. 나무가 자라서 하양 꽃이 피어 꽃도 보고 향기도 맡고 어느새 배나무에는 열매가 맺혔다. 아내는 기쁜 마음으로 남편에게 그것을 따다 주었으나 남편은 검증이 되지 않은 것이라고 먹지 않았다. 이 시는 아내와 남편의 서로 다른 생활 패턴에서 비롯하고 있다. 남편은 "마켓에서 사온 검증 없이는/ 먹지 않는다는 결벽증"을 가지고 있다. 그러기에 아무리 내가 정성으로 심고 가꾼 배나무에서 열린 배를 지성으로 건네주어도 먹지 않는다. 시적 화자는 그런 남편에게 자신은 무슨 연유로 선택이 되었을까 하는 물음을 제기하면서 웃음을 유발시키는 것이다. 독자들도 어떠한 기준으로 남편이 아내를 선택했을까 생각하면서 입가에 미소를 짓게 된다. 그리고 보면 상호텍스트적인 관점에서 이 시는 위의 「용돈」에서 화자가 한 행동에 대한 남편의 반격으로 읽을 수 있는 재미가 있다.

　이렇듯이 엔젤라 정의 시에는 일상의 소재 선택에서 오는 리얼리티와 자유로운 상상력이 돋보인다. 다음의 시에서는 활달한 상상력의 면모를 읽을 수 있다.

　새로운 정책으로

들어선 이빨 공화국이다
어깨를 나란히 하고
혁명군처럼 들어앉았다
일용할 음식을 씹어주던
이빨들이
끝내는 낡아서 하나 둘씩
금이 가고 병이 들어
뿌리까지 뽑혀 나갔다

그 자리에 새하얀 인공치아들
민생을 위해
새 약속으로 나선 새 정부
행복을 위한 공약은 상아빛이다
가지런히 자리 잡은
각료들 웃음은 이빨 공화국의
미래를 향한다

이만만 하면
잘 씹히고 탈나지 않은 민생
그대들의 미소에
세상 아름다워지는
그대들 달변에
덩달아 춤추는 행보
평화의 약속을 수호하는
이빨 공화국
아직은 내게 낯선 동반자
_「이빨 공화국」 전문

이 시는 발상이 대단히 새롭고 제목이 참신하다. 이빨을 통해서 인간의
삶에 대한 풍자를 보여주고 있다. 이번 첫 시집에서 엔젤라 정이 보여주는
사회에 대한 비판의식이나 풍자의 미학은 그의 시가 앞으로도 지속적으로

추구해가야 할 가능성의 세계로 제시할 수 있다. 위 시는 시인의 상상력과 비유가 무엇보다도 돋보인다. 그 결과로 이 시는 우리에게 매우 재미있게 다가온다. 이러한 점은 엔젤라 정이 시의 미적 장치로 활용하고 있는 풍자와 해학의 정신에서 비롯하는 것이다.

이 시는 시인이 자신의 내면에 존재하는 다양한 모습들을 이빨로 비유하면서 객관화하고 있다. 자신의 내면에 존재하는 다양한 모습들을 객관화하기 위한 이미지로 이빨을 등장시켜 비유적으로 표출하는 것이다. 여러 개의 이빨들이 조화를 이루어서야 음식을 먹고 소화할 수 있듯이 우리 사회 또한 민생을 위해서는 다양한 부분들이 조화를 이루어야 하는 것이다. 시인은 사회적인 문제에 접근할 때 자칫 따분하고 지루해지는 것을 막기 위해서 우리와 가장 가까운 신체의 일부인 이빨을 비유적으로 수용하였던 것이다.

엔젤라 정의 시에 나타나는 리얼리티는 그의 생활 속에서 시의 소재를 찾는 데서 비롯된다. 그 가운데서도 그가 새와 함께 해온 일상을 드러낸 시는 우리에게 매우 재미있는 경험으로 다가온다. 다음의 시는 그러한 대표적인 작품으로 주목된다. 그의 시집 제목도 이 시에서 비롯하는 것이다.

귀염둥이 새 룰루가
자판기를 두드리는
내 어깨에 앉았다가
팔목으로 내려온다
같이 놀아 달라고
머리를 긁어 달라고
자꾸 신호를 보내온다
모르는 척
바쁜 손가락이 컴 위를 달리는데
아우치
괘씸했던지 섭섭했던지

룰루가 팔뚝을 물었다

물린 팔을 잠시 놓고 창밖을 보니
계절은 어느새 숨 가쁜 삼월
문턱 닳게 분주한 사춘기 딸년 보듯
자꾸 보채는 룰루가 마음 쓰인다

평생 짝을 만나
먹이도 나눠 먹고
날개도 서로 비비고
머리도 콕콕 찍어주는
짝꿍놀이도 모르고
집안에 머물러 있는 나의 새

오늘은 웬일인지
노처녀 시절 뒤안길에서
어머니 편치 않은 마음 한켠을
길게 바라본다
 _「룰루가 뿔났다」 전문

　이 시는 화자가 키우고 있는 새 룰루와의 정감어린 관계를 그려내고 있
다. 어느 날 바쁜 일에 빠져 있는 화자에게 룰루가 다가와서 팔뚝을 물고
콧잔등을 할퀴면서 함께 시간을 보내자고 보채는 상황이다. 그런데 룰루
는 짝이 없이 홀로 살아오고 있다. 그래서 시인은 "평생 짝을 만나/ 먹이
도 나눠 먹고/ 날개도 서로 비비고/ 머리도 콕콕 찍어주는/ 짝꿍놀이도 모
르고/ 집안에 머물러 있는 아기 새"를 보면서 자신의 노처녀 적 어머니의
애가 탔을 마음을 간절하게 되새겨보는 것이다.
　이 시에서는 바쁘게만 살아가는 시인의 일손을 놓게 하고 그런 뒤에 자
신의 주변을 돌아볼 수 있게 하는 계기를 룰루라는 새가 만들어주고 있다.
비로소 시인은 일상에 묶여 살아가면서 소외되고 개별화된 세계를 인식한

다. 룰루라는 새 한 마리를 통해서 현대 사회의 분절된 모습들을 상기시킨다. 그리고 그것을 연민의 시선으로 바라보고 있는 것이다. 인간 세상에 대한 비판적 시각을 룰루라는 새를 통해서 야기시켰다는 점에서 이 시는 아이러니 기법으로 읽을 수 있는 것이다.

위 시에 나타나는 새에 대한 시인의 연민의식은 대단히 인상적이다. 그렇듯이 엔젤라 정의 시에는 대상에 대한 연민의 시선이 그 대상과의 깊은 연대감을 갖도록 통로를 열어주는 것이다. 다음 시에서는 복숭아나무를 통해서도 그러한 의식세계의 전개를 보여준다.

처음 보았을 때
단아한 분홍 원피스를 입고 서 있던
애송이 복숭아나무
먼 뜰에 있는 너를 안으로 불러
창가 옆으로 옮겨 앉히고
길고 긴 겨울밤이 새면
그 화사한 입술에
잠을 설치게 하는 너를 보며
세월 가는 무상을 잊으려 했는데
어느새 가슴처럼 부풀어 오른 열매 맺어
달콤하고 시크한 사랑까지
선물로 안기는 너를 보며
너를 집안에 놓으면
여자가 바람을 피운다는데
나는 근황에 너를 보며
가슴이 유년처럼 부풀어 오른다.

_「복숭아나무」 전문

이 시에는 우리 생에 대한 연민의식이 두드러진다. 복숭아나무를 통해서 무한한 자연에 대한 인간의 유한성을 견주어 보여주고 있다. 무한한 자연 앞에 놓인 유한한 인간의 한계를 인식하고 그것을 조화롭게 받아들여 시적으로 승화시키는 것이다. 시인의 연륜이 깊어지면서 대상을 보고 인식하는 태도의 변화를 발견할 수 있다.

이 시는 아이러니 기능을 통해 시적 형상화를 이루고 있다. 아이러니 가운데 상황의 아이러니라 할 수 있다. 옛부터 복숭아나무는 도화색이라고 하여 집주변에서는 멀리해 왔다. 그런데 시인에게 복숭아나무가 가지고 있는 금기의 내용은 세월이 지나고 중년을 넘어선 이후에 새롭게 받아들여지게 된 것이다. 인간이 만들어놓은 관념과 고정관념을 새로운 시각에서 바라보려는 것이다. 시인에게는 복숭아나무가 상징하는 여색으로서의 금기를 넘어 여유를 가지고 그것을 새롭게 바라보게 된다. 생의 어떠한 문제일지라도 이제는 일정한 거리를 두고 객관적으로 바라볼 수 있는 여유를 지닐 만큼 생이 깊어진 것이다.

또한 엔젤라 정은 이민사회 속에 살아가면서도 한국여자로서의 정체성을 간직하려는 노력을 잃지 않으려 한다. 그러한 구체적인 노력으로 된장을 담그는 체험을 몸소 겪는 것이다. 그리고 그 안에서 시적인 소재를 찾아 그것을 아이러니로 형상화한 것이다.

> 엘레이 갯마을 교회에서 만든 유기농 메주를 샀다
> 갈라진 틈으로 프릿한 곰팡이가 살갑다
> 꼭 장을 담가야겠다는
> 다짐을 했던 해도 지나갔고
> 벼르고 미뤘던 세월 앞에
> 한국여자라는 자존심이 슬금슬금 고개를 든다
> 조상이 즐겨먹던 애심까지 함께 버무려
> 간장도 된장도 고추장도 담아야겠다고
> 꼭 하겠다는 고집까지 꾹꾹 눌러
> 오늘은 장을 담근다
>
> 메주콩을 더운 물에 불리고
> 삶아놓은 생끗한 콩알을

절구 대신 믹서로 쌩쌩 갈아
소금을 곱으로 간을 맞춘 된장
고매하고 그윽한 항아리 속으로
흔쾌한 시집을 보낸다

어렵고 힘든 시집살이
햇님도 따뜻이 감싸주는 은혜
원망도 미움도 잘 삭혀지고
환생하여 태어난 노란 생성
숙성된 된장을 풀어 국을 끓이고
무법자 암세포가 두려워하는
신비의 묘약

선혈의 탯줄로 이어온
우리 어머니 마음 담그는 날
한국여자 이름으로
된장녀가 되는 날.

_「한국여자 이름으로」 전문

　이 시에서는 엔젤라 정의 개성이 강하게 느껴진다. 시에 전개되는 상황
은 특별한 것은 아니지만 후반으로 가면서 긴장감을 불러일으킨다. 이 시
의 도입부는 정감 있게 전개되어 잔잔한 재미를 느끼게 한다. 그러나 이 시
의 마지막 부분에 가서 "한국여자 이름으로/ 된장녀가 되는 날"에서는 극
적인 반전을 꾀하면서 시인의 위트와 재치를 느낄 수 있게 한다. 이 시의
백미는 이 부분에 놓여 있다. 된장녀란 말은 2006년 야후 코리아가 조사한
인터넷 신조어와 유행어 가운데서도 1위에 오른 단어가 아니던가.
　이 시에는 된장의 발효미학이라 할까 하는 부분을 눈여겨볼 만하다. 시
인이 생의 신산고초를 겪고도 그것을 다 감싸 안는 삶의 지혜가 엿보인다.
된장을 담그면서 그 체험을 통해 어머니의 삶을 새로운 시선으로 바라보게

되는 것이다. 한국여자의 삶 속에 깊이 자리하고 있는 된장의 의미와 한국여자의 심성을 깨닫는 것이다. 시인은 그동안 힘겨운 어머니의 삶을 연민으로 바라보았다. 그러나 시인이 스스로 된장을 담그면서 비로소 어머니의 삶과 깊이 화해한다. 그리고 그것을 대단히 소중한 의미로 받아들이는 것이다. 그래서 스스로 한국인으로서의 자부심과 긍지를 깨닫고 인내하는 삶의 간절함을 체험하는 것이다. 그렇다. 시인은 궁극적으로 한국여자가 되고 싶은 심정을 간절하게 토로하는 것이다.

이렇듯이 엔젤라 정이 시를 쓰며 아이러니를 통해 깨닫게 되는 것은 우리 생의 진정한 가치와 의미일 것이다. 또한 삶의 진수란 무엇인가를 깨닫고 그것을 지향해가려는 게 그의 시가 추구하는 방향일 것이다. 엔젤라 정은 시 쓰기를 통해서 자기완성을 꾀하고 있다. 그는 시를 쓰며 우리 생의 의미를 반추한다. 그리고 그 의미를 새롭게 묻고 있는 것이다.

그러는 과정에서 엔젤라 정은 이제 생을 넉넉하게 바라볼 여유를 갖게 된다. 그는 미국에서 삶의 다양한 면들을 두루 겪고 깨닫게 된 삶의 혜안으로 생을 통찰하고 있다. 그 결과로 이제 그는 진정한 한국여자의 마음으로 살아가고자 하는 것이다. 이러한 것은 그가 살아온 삶의 여유로 나타나는데, 이는 시적 인식 방법으로서의 아이러니로부터 가능했던 것이다.

엔젤라 정의 시세계를 일별해 보았다. 그의 시에는 패러독스와 아이러니, 해학과 위트와 재치, 능청스러움과 여유, 통찰과 직관이 엿보인다. 그의 시는 은근과 끈기, 골계미, 비장미, 비극과 희극 등의 시각들이 함께 열려 있다. 이러한 점들은 그의 시의 특이성으로 파악되며 색다른 점으로 이해할 수 있다. 또한 그의 시는 미국문화에 대한 문화적 차이를 지혜롭게 받아들이고 삶의 여유로 승화시킨다. 이러한 점은 글로벌 시대에 걸 맞는 사유로도 읽을 수 있다. 엔젤라 정은 개인적 체험의 특수성을 바탕으로 보다 보편적인 사유로 나아가려는 면모를 보여준다. 아울러 그의 시에는 상상력의 스펙트럼이 넓고 언어의 운용이 대단히 과감한 면도 파악된다. 그의 시세계는 이러한 점이 두루 가치 있게 여겨지는 것이다. 앞으로 이러한 면을 좀더 집중적으로 탐구해 간다면 그의 시세계는 더 큰 진폭으로 확장되어 갈 것이다.

다시 한 번 그의 시가 좀더 깊이 있게 추구하며 밀고 나아갈 방향으로 활달한 상상력과 자유분방한 언어의 운용을 제시한다. 또한 소재를 더 다양한 영역까지 넓혀 가면서 시 쓰기를 전개했으면 하는 바람을 전한다. 엔젤라 정이 서 있는, 한국여자로서 미국에서 살아가는 과정은 두 문화의 간극이자 충돌이라 할 수 있다. 그동안 그것이 개인적으로는 삶의 시련으로 다가왔을 것이다. 그러나 그 시련은 바로 엔젤라 정이 시로 나아가는 출구가 되어온 것이다. 그런 성과가 이번 첫 시집에도 나타나 있거니와, 앞으로는 그 이면까지도 깊이 있게 성찰하고 언어의 새로운 지평을 과감하게 열어 간다면 반드시 더 좋은 시를 쓸 것으로 확신한다. 첫 시집 출간을 진심으로 축하하며 시인의 앞날에 큰 영광이 함께 하기를 기원한다.

샌프란시스코는 누구나 금방 금문교를 떠올릴 것이다. 그런데 나는 금문교를 만나러 갔다 와서 세 번 놀랐다. 우선 그곳에 가서 우리가 들었던 명성만큼 그것이 쉽게 다가오지 않아 놀랐다. 또한 그곳의 금문교 주변에 덮인 안개 때문에 그것을 좀체 자세히 볼 수 없어서 놀랐다. 기어이 여러 차례 금문교를 찾아가 이곳저곳을 살핀 뒤에야 전체적인 모습을 느낄 수 있는데, 더욱이 놀라운 건 그곳을 떠나와서다. 1년을 보내며 여러 번 그곳을 찾아가도 자주 덮여있던 안개로 금문교의 온전한 모습을 보지 못했다. 그런데 돌아오면 그곳을 찾아가 보았던 많은 풍경들은 지워진 채 금문교만 홀로 우뚝 솟는 것이다. 더욱이 한국에 돌아와서는 모든 풍경들이 안개 속으로 사라져버리고 금문교만 어둠을 뚫고 솟아올라 보름달처럼 환히 떠올랐기 때문이다.

그렇게 한참 지난 뒤에야 보이는 것들이 있다. 어쩌면 그것이 진실일지 모른다. 당장 눈앞에서는 감정에 치우치다가 지난 뒤에야 그 실체와 의미가 제대로 보이는 것들. 나에게 버클리에서의 시간들은 정말 그렇게 다가온다.

김완하

1987년 『문학사상』 신인상 당선. 시집 『길은 마을에 닿는다』, 『그리움 없인 저 별 내 가슴에 닿지 못한다』, 『네가 밟고 가는 바다』, 『허공이 키우는 나무』, 『절정』, 『집 우물』, 저서 『한국 현대시의 지평과 심층』 등. 시와시학상 젊은시인상, 충남시협 본상 등 수상. 한남대 문예창작학과 교수, 계간 『시와정신』 편집인 겸 주간. 〈시와정신국제화센터〉 대표.

계몽과 반계몽의 길항관계

_ 송기한

1. 근대의 명암

20세기는 합리주의의 역사와 더불어 시작되었다. 합리주의란 쉽게 말하면 인간으로 하여금 납득할 수 있게 하는 상황이나 사건의 전개를 말한다. 그것이 신비주의나 모호주의 혹은 직관의 반대편에 서서 20세기 지구를 지배하게 된 것도 이 속에 내재된 과학의 매혹에 있다. 무언가 증명되지 않은 것, 납득할 수 없는 것들은 모두 인과론 앞에서 더 이상 버티지 못하고 몰락해버린 것이다.

과학이 전능하는 시대에 그러한 합리주의라든가 이성이 모든 사유체계의 꽃으로 자리잡는 것은 당연하다고 할 수 있다. 설득이나 이해의 담론이 그만큼 인간생활과 불가분의 관계에 놓여 있다는 반증이 아닐 수 없다. 중세의 신비주의를 믿고 나선 합리주의가 전지구상에 떨친 맹위와 그것에 대한 무한한 신뢰는 기독교적인 신을 능가하는 대체자 역할을 하게 된다. 그렇기에 그것은 중세적 의미의 신과 같은 역할을 수행하게 되었고, 그 당연한 결과로 인간의 주된 사유체계로 자리잡게 되었다. 그것의 생명력이랄까 지배력이 계속 일관되어 이어져왔다면, 인간은 더 이상 어떤 유토피아에 대한 갈증을 드러내지 않았을 것이다.

그러나 아쉽게도 인간은 신을 대신한 합리주의나 이성에 대해 그것이 처음 뿌리내린 때만큼이나 절대적인 믿음을 보여주지 못했다. 도대체 이런 불신은 어디에서 기인하는 것일까. 실상 인류가 지구상에 출현한 이후 인간이 바라던, 혹은 이상화시킬 수 있었던 유토피아가 단 한 번이라도 존재했었을까 하는 의구심이 자리하고 있었던 것은 어김없는 사실이었다. 실낙원에 대한 원체험이랄까 종교의 신성성은 그런 불연적인 간극을 잘 말해주는 반증이었다. 인간이란 애초부터 낙원상실을 전제한 후 존립했다는 사실이야말로 유토피아에 대한 모상을 제대로 말해주는 것이 아닐까 한다. 어떻든 인간은 신이 부여한 그 이상지대로의 길을 영원한 꿈으로 간직한 채 살아갈 수밖에 없는 슬픈 운명을 갖고 태어난 존재이다. 절대자가 처음 인간에게 길을 열어 보여준 이후에 더 이상 접근하기 어려웠던 에덴 동산이야말로 인간이 처음 체험했던 완벽한 유토피아였다. 그러나 그것은 순간이었고 일회성에 불과한 체험이었다. 역사상 단 한 번이라는 희소적 가치가 있었기에 기독교가 존립할 수 있는 근거도, 인간의 이상이나 꿈도 마련되었다.

따라서 낙원에 대한 그리움을 간직하고 살 수밖에 없었던 인간의 꿈이 잃어버린 동산이었음은 지극히 당연한 일일 것이다. 이를 낙원에의 회복운동이라 한다면, 20세기를 이끌었던 합리주의 정신도 그 연장선에서 받아들여져야 하는 것이 타당할 듯하다. 중세의 신성을 대신할만한 대체물로 과학이나 계몽, 합리주의가 채택된 이유도 낙원에의 도정이라는 인간의 영원한 꿈이 반영된 결과이기 때문이다. 그럼에도 현재의 주체들이 신성을 초월할만한 어떤 것으로 지금 여기에 드리워져 있는 합리주의의 이상을 제대로 받아들이고 있는 것일까? 이러한 질문 앞에 서 있는 것만으로도 인간의 본질을 묻는 것이 아닐 수 없으며, 또한 그것은 태초 이래로 인류가 모색해 왔던 낙원의식에 대한 마지막 종착역일 수도 있을 것이다. 그러나 이런 거대 회의 앞에 자유롭게 그 해법을 말할 수 있는 주체는 아무도 없을 것이다. 또한 그것이 어떤 모양새가 되어서 유토피아라는 꿈으로 현상되는지에 대해서도 쉽게 응답할 수 없을 것이다. 인류의 영원한 꿈이 어느 한순간의 계기나 적절한 매개에 의해서 해결될 성질의 것은 아니기 때문이다.

거대한 야망과 원대한 꿈을 갖고 출발한 합리주의의 이상은 이렇듯 유토피아에 대한 인간의 갈증을 완벽하게 해소시켜주지 못했다. 그러한 실패는 어쩌면 원죄의 터울을 쓸 수밖에 없다는 인간의 존재론적 숙명이나 종교의 원리를 확증시켜 주는 단적인 사례가 될지도 모를 일이다. 어떻든 중요한 것은 유토피아가 쉽게 실현될 수 없었다는 것, 그리하여 그 반성적 과제로 새로운 패러다임을 찾아나설 수밖에 없다는 것이 인간의 숙명이랄까 도정일 수밖에 없다는 사실을 반증했다는 점일 것이다. 이러한 실패가 보여주는 교훈을 어떻게 받아들여야 할 것인가. 이 모색 앞에 우리가 해야 할 목표라든가 이상이 내재해 있는 것은 아닐까. 전쟁이나 환경의 공포와 같은 인간조건의 열악성이 합리주의의 좌절을 말해주는 것이거니와 이는 분명 근대의 그림자에 해당할 것이다. 이에 대한 냉철한 직시와 그 해법에 대한 이해야말로 근대의 어두운 그림자를 벗어던지게 하는 올바른 해법이 아닐까 하는 것이 필자의 판단이다.

2. 근대와 자연의 대결

과학의 발전과 그 장밋빛 전망 아래 시도된 근대화가 인간에게 많은 가능성을 열어준 것은 틀림없는 사실이다. 인간은 질병이나 자연의 고통으로부터 상당 부분 벗어날 수 있었고, 그 덕택에 자연적 수명 또한 많이 연장되었다. 그러나 이 보다 더 큰 혜택이랄까 은혜는 어떤 알 수 없는 불확실성에서 인간이 해방되었다는 사실에서 찾아야 할지도 모르겠다. 알 수 없는 미래에 대한 공포 때문에 저 멀리 허공 중에 별을 띄우고 그것을 인간의 구세주로 믿기도 했고, 또 자신을 둘러싼 물상들에 어떤 선험적 가치를 부여해서 인식의 안식처로 간주하고자 했던 것이 근대 이전의 인간형이었다. 그러나 합리주의 사고 태도의 확산은 그러한 모호성, 불가해성으로부터 인간을 해방시켰다. 이는 어떤 신비주의의 감옥으로부터 탈출했다는 단순한 결과가 아니라 인간에게 어떤 확실성을 부여해주었다는 점에서 커다란 의미를 찾아야 할 것으로 보인다. 개념 없고 모호한 신비주의만큼 인간을 옭매는 덫도 찾기 어려운 까닭이다.

과학에의 전능현상이 가져온 변화는 이렇듯 대단한 것이었다. 그리고 그러한 변화들이 인간으로 하여금 무한 가능성을 부여한 것도 사실이다. 중세의 신이 주재했던 일들을, 과학의 이름을 빌어서 이제는 인간이 주재하는 것처럼 상황은 역전되어 있었던 것이다. 그러나 중심에는 항상 권력과 힘이 자리할 수밖에 없는데, 그러한 전능주의는 또다른 부정성을 배태시켰다. 근대를 어두운 그림자 속으로 몰아간 인간의 무한 욕망이 바로 그러하다. 모호한 신비주의로 무장한 것이 신의 영역이었다면, 정확한 합리주의로 무장한 것이 과학의 영역이었다. 과학의 전능으로 무장한 인간의 욕망은 무한 증식하는 바이러스처럼 퍼져나가기 시작했다. 그것의 과도한 팽창이야말로 근대 사회의 인간 원형이 되어버린 것이다. 이렇듯 인간은 세상을 바꿀 힘과 능력을 중세의 신 못지 않게 행사할 수 있는 영향력을 갖게 된 것이다.

제어되지 않은 능력이 인간에게 주어졌을 때, 주변의 자연환경들은 이 영향으로부터 벗어나기 힘든 위기를 맞게 되었다. 이른바 자연과 인간의 거침없는 대결, 끝없는 대결이 펼쳐지게 된 것이다. 자연이 인간을 지배하는 것이 아니라 인간이 자연을 지배하는 새로운 패러다임의 시대를 맞이하게 된 것이다. 이 역전관계가 파생시킨 제반 문제들이 근대성의 역사철학적인 과제가 되었음은 잘 알려진 일이거니와 이제 자연은 인간의 힘 앞에 속절없이 무너질 수밖에 없는 운명을 맞게 되었다.

　욕망이 있는 곳에 파괴가 있었고, 전쟁이 있었다. 뿐만 아니라 그것이 있는 곳에 권력 또한 존재했다. 그리고 중심화된 권력들은 다시 인간의 욕망을 거대화시켰다. 그런 힘들이 모인 결과가 제국주의의 횡포로 현상되었거니와 근대를 알리는 20세기 초에 펼쳐진 지구상의 수많은 전쟁들은 그러한 부정성들의 단적인 예라 할 수 있다.

　그러나 여의주를 입에 문 인간이 자연에 대한 최후의 승리를 보장하는 것은 쉽지 않은 일이었다. 오늘날 지구상에서 펼쳐지고 있는 인간에 대한 자연의 역습들은 인간의 욕망이 얼마나 허무했던 것인가 하는 것을 여실히 보여주고 있기 때문이다. 전지구적으로 문제시되고 있는 지구 온난화라든가 환경의 공포들은 인간의 생존조건을 근본적으로 뒤흔들기 때문이다. 또한 과학의 전능에 의해 만들어진 무기들은 부메랑이 되어서 인간의 심장을 겨냥하고 있다.

　인간은 이제 자신이 만들었던 과학의 힘으로도 어찌할 수 없는, 그러한 공포에 시달리는 슬픈 존재, 역설적 존재로 전락해버렸다. 인간에 의해 저질러졌던 무한 욕망들은 이제 나아갈 방향을 상실한 채 공포의 어두운 그림자에 의해 갇히기 시작한 것이다. 과학에 의해 해결될 수 없는 질병들이 서서히 밀려들어와 인간의 삶을 훼손시키고 있고, 신이 부여했던 인간의 유기적 조직들은 그 완전성을 잃어버리고 점점 불구화되어 버렸다. 신이 사리진 자리에 들어선 합리주의 정신은 이제 자신의 자리를 잃고 방황의 길로 접어들기 시작한 것이다.

　이 참담한 결과에 대해 인간은 자신에게 주어졌던 전능의 칼을 버리고 삶의 진정성이 무엇인지에 대한 고민의 늪 속으로 빠져들었다. 그 해결의 실마리를 찾는 것, 그것만이 지금 여기의 인간들이 할 수 있는 최대의 과제로 떠올랐다. 자연과 인간 사이에서 벌어졌던 팽팽한 긴장관계가 더 이상 의미없다는 것을 알기 시작한 것이다. 인간은 자연의 일부라는 사유, 아니 인간은 자연 그 자체라는 사유만이 가장 시효적절한 것이라는 태도가 전지구인들의 머리 속으로 침투해들어오기 시작한 것은 여기에 그 원인이 있었다.

3. 합리주의와 자연의 조화

인간과 자연이 공존할 수 있는 가장 좋은 조건은 인간이 자연의 일부라는 인식이 있어야 가능할 것이다. 인간은 어떻든 이 지구상에서 살아야 하고, 또 계속 존재해야 하는 것이기에 이들의 공존이란 서로 분리시켜 논의하기 어렵기 때문이다. 다른 말로 하면, 그것은 중세의 신의 위치를 대신한 인간의 욕망이 제어될 수 있는가의 문제와 관련되어 있다. 이는 욕망의 날개를 부추긴, 합리주의가 남긴 어두운 그림자와도 밀접한 상관관계를 갖고 있다. 현재의 위기는 어떻든 인간의 욕망이 극한으로 나아가면서 생겨난 문제들이다. 그것이 있는 곳에 파괴가 있었고, 훼손이 있었기 때문이다. 무한증식하는 욕망의 관점에서 보면, 자연은 그저 손쉽게 손에 넣을 수 있는 공짜에 불과했다.

공짜 앞에서 인간의 욕망은 브레이크 없는 기관차였고, 그 끝은 알 수 없는 무한지대의 숲을 향해 나아가고 있었다. 그리고 이런 문제와 더불어 현재가 위기의 관점에서 이해된다고 할 때, 또 하나 주목해봐야 할 것이 있는데, 그것은 바로 이성의 전능현상이다. 합리주의에 기초해 있는 것이 이성이다. 따라서 그것은 욕망과 대척점에 있는 것이다. 그러나 근대의 제반 요건이 성숙되면서 이성의 전능 현상 역시 현재의 위기와 불가분의 관계에 놓여있다는 점은 부인하기 어렵다. 현재가 위기의 관점에서 인식될 경우, 인간의 욕망과 이성은 똑같은 위치에 놓여 있기 때문이다.

근대 산업사회가 정착되면서 이성은 본능이라든가 욕망과 같은 무정형의 것들의 희생 위에서 정초되었다. 근대의 철학자들은 그것이 어떻게 형성되고, 또 어떻게 근대 사회의 지배요소로 자리잡는가에 대한 문제를 자신의 연구주제로 삼아왔다. 그들 가운데 대표적인 경우가 푸코다. 그가 사유한 인식성이라든가 제도는 이성이 성장해나가는 과정을 예리하게 보여주었다. 그는 근대식 병원이라든가 감옥이 광기와 같은 비이성의 영역들을 어떻게 억압해 왔는지를 집중적으로 포착해낸 바 있다. 합법적인 제도를 통한 광기의 추방이야말로 근대 사회를 성립시킨 근간이었다고 그는 말하고 있는 것이다.

인간이 근대식 제도의 아우라로부터 벗어나는 것은 쉬운 일이다. 어쩌면 그러한 일탈은 비사회적인 일이고, 공동체의 구성원으로 편입되기를 거부하는 일이 될지도 모른다. 그런데 여기에 제도 속에 내재된 함정이 도사리고 있다. 이 기막힌 모순이야말로 근대의 제도가 갖고 있는 아이러니가 아닐 수 없다. 근대를 태동시킨 것은 제도에 의해 교양화된 이성의 전능 현상이었다. 이성적인 것만이 합리주의의 영역에 포섭될 수 있었으며, 여타의 것들은 비이성의 영역으로 치부되었던 까닭이다. 이성이 지배하는 건강한 사회를 위해 그러한 광기들은 철저하게 희생된 것이다. 그런데 이성이랄까 합리주의가 완숙된 사회일수록 제도들이 갖는 역동성들은 푸코가 사유했던 시기의 그것을 능가하는 양상을 보여주고 있다. 제도가 이렇게 광범위하게 끼치는 영향은 근대 초기의 그것과는 정반대의 양상을 띠고 있다는 점에서 주목을 요하는 것이 아닐 수 없다. 근대 초기의 제도가 비이성의 억압과 이성의 전능이었던 바, 그것의 전능현상은 자연의 제반 양상을 압도하는 형국으로 현상되었다. 반면 후자의 경우는 정반대의 모양으로 기능한다. 인간에 의해 지배되던 자연이 오히려 철저히 보호받는 제도로 전화된 채 나타나고 있는 것이다. 제도의 그러한 뒤바꿈이랄까 역할 변경은 근대가 나아가야 할 방향을 제시하고 있다는 점에서 매우 바람직한 일이 될 것이다.

제도의 역능변화는 지구촌 어느 한 곳의 문제에서 그치는 것이 아니라 전세계적인 현상이다. 그러한 기능은 우리의 경우도 예외가 아니다. 그러나 그것이 보다 철저하게 기능하고 있는 것은 미국의 경우이다. 일찍이 아메리카의 땅은 인디언이 지배하고 있었다. 이들의 삶은 지극히 자연적인 것이어서 인공의 그것과는 무관한 촌락형태를 이루고 있었다. 여기에는 중심도 없었고, 권력화된 힘도 존재하지 않았다. 그러나 자연과의 유기적 삶을 살아온 이들의 삶은 소위 근대적인 것들에 의해 철저하게 파괴되는 슬픈 운명을 맞게 된다. 이들의 종말은 자연의 종말과 동일한 것이었으며 근대 속에 드리워진 어두운 그림자의 한 표징을 말해주는 것이었다.

인디언의 소멸은 곧 자연의 소멸과 똑같은 것이었다. 이들이 사라진 후 전세계적으로 근대의 불온한 현상들이 몰려들었다. 지구는 전쟁의 공포에 휩싸였다. 근대의 어둠이 밀고들어올 때, 아메리카에는 다시 근대가 실험되는 또다른 장이 마련되고 있었다. 이곳은 근대의 불온한 힘들을 추동하는 과학과 무기의 기지로 바뀌고 있었다. 근대는 이 땅에서 풍요를 누렸고, 이성과 합리주의의 꽃들은 찬란히 개화되었다. 미국은 곧 근대의 징표이자 합리주의의 본고장이 되어버렸다.

그러나 어느 한쪽의 붕괴가 다른 쪽의 성공을 보증하는 것이 아님은 지극히 상식에 속하는 문제이다. 전지구촌화라는 레테르가 말해주듯 유기적 질서의 파괴는 한쪽만의 낙원을 보증해주지 못한 것이다. 지구의 모든 곳에서 불어오기 시작한 유기적 질서에 대한 회복의 외침들은 그 단적인 사례가 아닐 수 없었다. 그 연장선에서 미국 사회가 다시 보여준 것은 제도의 힘이었다. 그것은 근대의 어두운 그림자를 빛으로 바꿔주는 아이러니컬한 매개 구실을 하기 시작했다. 모든 것은 자연에 우선시될 수 없으며, 인간의 욕망 또한 철저히 그것에 종속되어야 한다는 것이 여기서 펼쳐진 제도의 논리였다. 이 제도는 자연과 자연적 가치를 철저히 보증하는 힘의 상징으로 그 역능이 바뀌어버린 것이다. 따라서 그것은 계몽이 시작되는 시기의 제도와는 전연 다른 양상을 띠고 있었다.

유기적 단일성에 초점을 맞춘다면, 제도를 통해서 자연과 합리주의가 공존할 수 있다는 것이 미국식 근대의 요체라 할 수 있을 것이다. 이런 제도를 통해서 근대를 초극하고 인간답게 살 수 있다는 것이 이들의 감각이다. 이는 절대 이성에 바탕을 둔 헤겔 식 논리에 가까운 것인데, 여러 다양성을 하나로 통일시켜서 자연이라는 거대한 성채로 묶이게 하는 방식이라 할 수 있다. 비록 제도의 힘을 빌린 것이지만 인간이 거대 자연의 일부에 불과하다는 것을 인식시켜준다는 점에서 이는 매우 의미 있는 것이라 할 수 있다.

4. 자연 속의 인간 혹은 인간 속의 자연

제도에 의한 인간과 자연의 조화는 근대가 직면한 과제를 어느 정도 해결할 수 있다는 점에서 긍정적인 것이라 할 수 있을 것이다. 무한히 팽창하는 욕망을 다스릴 수 있는 것은 교육에 의해 길들여진 틀보다는 절대적인 힘에 의해 쉽게 통제될 수 있기 때문이다. 그러나 이러한 편리성에도 불구하고 그것이 갖고 있는 한계 또한 만만치 않은 것이 사실이다. 이런 틀에 의해서 자연의 절대적인 가치라든가 존재의 의의들은 충분히 보존될 수 있을 것이다. 그럼에도 그런 강요된 조화는 인간에 의한, 인간을 위한 보존 방식일 뿐이다. 여기에는 자율도 기능하지만 오히려 강제가 더 큰 힘을 발휘하는 경우라 할 수 있다.

따라서 제도에 의한 강요는 그것이 가지고 있는 효율성에도 불구하고 여러 가지 부작용이 노정되지 않을 수 없다. 이는 인간의 가치가 궁극적으로 어떤 모양이 되어야 할 것인가의 문제와도 불가분의 관계에 놓이는 것이라 할 수 있다. 근대성이란 인간이 어떻게 인간답게 살 것인가 하는 것과 결부된 문제이다. 그런데 과연 그러한 힘들이 인간다운 삶의 조건과 얼마나 근접해있는가는 심각히 고려해야 할 문제라고 생각된다. 조화란 애초부터 힘이 존재하는 한 성립할 수 없는 것이기 때문이다.

그리고 또 하나 주목할 것은 그런 강요된 화해가 인간과 자연의 거리를 오히려 멀게 할 수 있다는 점이다. 공유할 수 있지만 공유할 수 없다는 역설적 감각이 오히려 이들 사이에서 거리감을 발생시킬 수 있기 때문이다. 금지의 원칙이 작용할 때, 이 역설적 거리는 더욱 큰 힘을 발휘한다. 따라서 그러한 거리감들이 조화 감각을 무너뜨리게 하는 것은 당연한 이치일 것이다.

인간의 삶을 올바른 방향으로 개선시켜 나가는 것이 근대성의 과제라 한다면, 이를 어떤 모양새로 이루어낼 것인가 하는 것은 근대인의 숙명과도 같은 것이다. 과연 제도의 문제로 이를 해결하는 것이 가능한가. 아니면 근대를 탄생시킨 이성의 전능현상과 인간의 무한 욕망만이 지금 여기를 이끌어가는 근본 동인이 되는 것일까. 자연은 오직 기술적 지배대상만으로 존재하는 것일까. 이런 의문들에 대해 답하는 것이 쉬운 일은 아니지만, 인간의 의식이나 자연에 대한 태도가 어떤 것이냐에 따라 적절한 해법을 찾는 것이 가능하지 않을까 한다.

인간과 자연의 조화는 인간이 자연의 일부 혹은 우주의 일부라는 인식이 선행될 때 가능해진다. 인간은 애초부터 자연적인 존재였다. 원근법이 없는 세계에서 순환론적인 삶을 살아온 것이 인간이었기 때문이다. 그러한 인간을 자연으로부터 분리시킨 것은 과학이었고, 계몽이었으며, 근대였다. 현재가 위기의 관점으로 이해된다면, 그것은 근대가 파생시켜 놓은 부정적인 결과에 그 원인이 있다. 따라서 본연의 인간 혹은 인간과 자연이 하나의 유기적 전체로 되돌아가기 위해서는 근대 이전의 삶의 양식을 회복하면 그만일 것이다. 지극히 당연하면서도 단순한 일 같은 그런 회복의 과제가 그러나 그렇게 쉽게 해결될 수 있는 성질의 것은 아니다. 그것은 인식의 문제이고 교양의 문제이면서 교육의 문제이기 때문이다.

이런 해법은 앞서 이야기한 대로 제도를 통해서 가능할 지도 모른다. 그러나 중요한 것은 그런 외적인 것보다도 내적인 문제에 그 핵심이 놓여 있는 것이 아닐까 한다. 곧 인간의 의식을 어떻게 가져가야 하는 것인가의 문제인데, 실상 이러한 의문들은 그 동안 시인들이 끊임없이 사색해왔던 문제 가운데 하나였다. 우리 시사의 경우 20년대의 자연파가 그러했고, 30년대의 『문장』이 그러했다. 뿐만 아니라 해방 직후의 '청록파'의 경우에서도 그런 노력의 일환을 찾아볼 수가 있다. 그 가운데 특히 주목의 대상이 되는 것이 '청록파'의 경우인데, 이들 구성원 가운데 하나인 조지훈의 시를 통해서 그 가능성을 타진해보기로 하자.

실눈을 뜨고 벽에 기대인다 아무 것도 생각할 수가 없다

짧은 여름밤은 촛불 한 자루도 못다 녹인 채 사라지기 때문에 섬돌 우에 문득 석류꽃이 터진다

꽃망울 속에 새로운 우주가 열리는 波動! 아 여기 太古적 바다의 소리 없는 물보라가 꽃잎을 적신다

방 안 하나 가득 석류꽃이 물들어 온다 내가 석류꽃 속으로 들어가 앉는다 아무 것도 생각할 수가 없다
_조지훈, 「花體開顯」 전문

근대인의 비극은 자연과의 거리에서 비롯되었다. 소월의 비극이 '저만치'(「산유화」) 떨어진 청산과의 거리에서 시작되었듯이 근대인의 운명도 소월의 그것과 똑같은 것이었다. 근대화가 진행됨에 따라 인간들은 잃어버린 본향에 되돌아가기 위해 지난한 노력을 거듭해왔다. 그러나 인간 앞에 가로놓여 있는, 쉬울 것 같지만 그러나 쉽지 않은 그곳으로 이들은 쉽게 나아가지 못했다. 그들 앞에는 근대라는 단절의 강이 놓여 있었기 때문이다. 이를 뛰어넘기 위한 시도가 소월에게는 한으로 구현되었고, 이상화에게는 동굴로 향하고자 하는 가열찬 의지로 표명되었다.

조지훈의 인용시가 말하고자 하는 것도 소월이나 상화의 그것과 동일하다. 「화체개현」의 주제는 인간이 어떻게 하면 자연과 동일화할 수 있는가 하는 과정, 그리고 그 마지막 모습이 어떤 것이어야 한다는 것을 잘 일러준 모범답안과 같은 작품이다. 이 시는 자연과 분리된 인간이 다시 그곳으로 합일해 들어가는 과정을 적실하게 보여주고 있다. 이 작품은 이렇게 구성

되어 있다. 우선 여기서 석류꽃은 막 개화하려 한다. 일종의 탄생이 시작되는 것이다. 그러나 그것은 자연의 단순한 법칙을 뛰어넘어서 우주가 새로이 시작되는 원시성으로 치환된다. 곧 그러한 과정이 태초의 시공성으로 전화되면서 기독교적 낙원의식으로 승화되는 것이다. 성서에 의하면, 태초에는 탄생만이 존재했다. 인간 이전의 세계, 새로이 탄생한 자연 그 자체만이 존재했는데, 인간의 영원한 유토피아인 에덴동산이 바로 그러하다. 모든 것이 유기적 완결성으로 구현되어 있는 이곳에서 자아가 취할 수 있는 것은 아무 것도 없다. 어떤 것을 행할 수 있다는 것은 자의식이 있기에 가능한 일일 것이다. 그러나 석류꽃이 터지는 태초의 우주 속에서 나라는 작은 자아는 그것의 일부로 구현될 뿐 어떤 자율적 근거도 상실하게 된다. 즉 아무 것도 할 수 없는 것이다. 석류꽃이라는 자연과 나라는 존재는 방안으로 상징된 우주의 공간 속에서 완벽한 하나의 모습으로 새롭게 태어난다. 이런 합일화된 상태에서 '내가 생각할 수 있는' 자율적 존재로서의 나는 존재하지 않게 된다. "나는 생각한다 고로 존재한다"가 아니라 "나는 생각하지 않는다 고로 존재하지 않는다"로 비코기토의 세계로 전화되는 것이다. 이런 비인식성이야말로 잃어버린 낙원에의 회복의식이며, 자연과 하나가 되고자 하는 인간의 영원의 꿈일 것이다.

계몽이라든가 합리주의는 그것이 시도된 역사와 전능한 힘에도 불구하고 많은 부정성을 남겨왔다. 어제의 진실을 오늘의 허구로 바꾸어 온 것이 합리주의의 역사였다. 그러한 불완전성들이 인간으로 하여금 다시 완전성에 대한 그리움으로 추동시킨 것은 다시 균형을 잡아가는 오뚝이의 원리를 보는 듯한 착각을 불러일으킬 정도였다. 그리고 영원을 잃은 인간이 다시 그것을 그리워하는 모습이란 어찌보면 종교의 원리와 밀접한 상관관계가 있는 듯 생각된다. 분화와 다양성을 감안하면 이런 갈래들은 동일한 원천에서 얻어진 것이라는 지극히 뻔한 결론을 얻을 수도 있을 것이다. 그러나 단순성이나 기계성이 이 세상을 이끌어가는 중심 동인은 아닐뿐더러 또 그런 단일한 계기성이 권장될 만한 질적 가치가 있는 것도 아니다.

여러 다양한 가면을 쓰고 등장한 근대의 얼굴이 어느 한가지 모습만으로만 구현되는 것은 불가능한 일이다. 뿐만 아니라 그러한 갈등이나 영원의 상실이 단일한 경로로 치유되거나 회복되는 것 또한 불가능하다. 근대의 간극을 초월하기 위해 수많은 도정과 과정이 진행되었음에도 불구하고 그것이 어떤 뚜렷한 정점으로 귀결되지는 못했기 때문이다. 그 도정 속에서 나름의 근거와 힘을 갖고 있는 경우가 제도를 통한 압박이었다. 건강한 제도와 힘들은 일탈을 제어하는 데 어느 정도 긍정적인 효과를 끼쳤는데, 아름답게 보존된 자연과 이에 어우러져 평화로운 공존을 모색하는 미국의 모습은 일정 정도 성공을 거둔 듯이 보였다. 그러나 뒤집어보면 이런 제도의 기계적 적용은 인간과 자연의 거리를 좁히는데 있어서 많은 효과를 거두지 못했다. 그것은 단지 자연을 위한 인간 본능의 단순한 억제일 수 있기 때문이다.

항상 강조되는 것이긴 하지만, 자연스럽다는 말이 소중할 때가 있다. 아니 그것은 인간과 자연의 조화라는 국면에서 볼 때, 경우에 따라서는 절대적이어야 할지도 모를 일이다. 그러기 위해서 필요한 것은 강요된 힘이 아니라 자율적 주체의 능력에 있을 것이다. 결핍에 따른 자기조정의 능력만이 현재의 위기를 극복하는 좋은 수단이 될 수도 있기 때문이다. 그런 면에서 인간은 자연의 일부이고, 자연 또한 인간의 일부일 수 있다는 조화감만이 근대를 초극하는 필수불가결한 요건이 되는 것은 아닐까 한다. 따라서 자연과 인간은 하나이며, 어떻게 인간적인 개체성을 상실해나갈 것인가 하는 것이 지금 여기의 사람들이 당면한 최대 과제라고 할 때, 조지훈의 「화체개현」이 시사하는 바는 지극히 크다고 하겠다. 하나의 우주 속에서 나와 자연은 결국 동일한 하나라는 인식이야말로 근대를 초월하는 가장 유효적절한 매개이기 때문이다.

송기한

1991년 『시와시학』으로 비평 당선. 주요 저서로 『1960년대 시인 연구』, 『한국 현대시와 시정신의 행방』, 『한국 시의 근대성과 반근대성』, 『현대시의 유형과 인식의 지평』, 『정지용과 그의 세계』 등이 있음. 2011년 버클리대 객원교수. 현재 대전대학교 국어국문학과 교수.

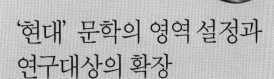

'현대' 문학의 영역 설정과 연구대상의 확장

_ 이용욱

1. 근대, 탈근대, 현대

가라타니 고진은 일본의 근대문학은 1980년대에 끝났다고 이야기한다. 1990년대, 정확하게는 나카가미 겐지가 죽은 다음부터 근대문학의 종언이 시작됐다는 것이다.[1] 이제 소설 또는 소설가가 중요했던 시대가 끝났고, 소설이 더 이상 첨단의 예술도 아니며, 영구혁명을 담당하지 못하는 시대가 도래하면서 근대문학의 종언은 근대소설의 종언이라고 해도 무방해졌다. 무엇보다 소설이 지켜왔던 역사와 사회 · 개인에 대한 지적이고 도덕적인 책무, 재현과 성찰, 반성과 저항의 가치들은 사라지고 유희와 쾌락의 글쓰기가 소설이라는 이름으로 소비되고 있을 뿐이다. 그리고 이것이 여전히 소설이라는 이름으로 팔리고 있는 배경에 우리 같은 지식노동

―――――――――
1) 가라타니 고진 저, 조영일 역, 『근대문학의 종언』, 도서출판 b, 2006, pp.46-47.(부분 발췌)

자들이 있다.

> 설령 문학이 죽었다고 해도 문학 행위는 계속된다. 그 열기가 더 달아올랐다고
> 는 결코 말할 수 없고 오히려 점점 더 대학이라는 테두리 속에 한정되는 경향을
> 보이고 있지만 – 중략 – 각종 문학상들도 더욱 빈번하게 수여되고 있다. 그리고
> 그 질이야 어떻든지 간에, 활자화된 문학작품들도 꾸준히 증가하고 있다. 부지런
> 한 문한비평가들과 학자들은 주로 아카데미 안에서 문학 이론과 실제 비평을 모
> 두 과잉생산해내고 있다.[2]

대학에 문예창작학과를 개설하고, 현대문학사 시간에 이광수부터 호명
하며, 학술대회 때마다 얼마 되지 않은 청중들 앞에서 일제강점기하 소설
을 힘주어 설파하는 우리가 이미 꺼진 근대소설의 운명을 끝까지 붙잡고
있는 것이다.

필자 역시 한국 근대문학의 종언을 1980년대로 본다. 근대소설의 특징
은 리얼리즘에 있는데 이광수의 계몽주의 리얼리즘에서 시작된 근대문학
은 1980년대 사회주의리얼리즘문학에 이르러 정점에 다다랐으며 마침내
역사, 사회, 정치의 격변기를 거쳐 1990년대 포스트모더니즘에 그 자리를
넘겨주고 만다.

한국지성사에서 1990년대를 포스트모더니즘의 시대라 불러도 과언이
아닐 만큼 90년대 문화예술 전반에 포스트모더니즘이 미친 영향은 지대
하다. 철학적인 포스트모더니즘은 1960년대 프랑스에서 본격화된 철학적
흐름과 관련되어 있다. 구조주의와 포스트구조주의 등으로 흔히 분류되는
이 흐름은 근대 철학이 서 있는 지반을 공격한다. 데카르트 이래 근대 철학
이 발 딛고 있던 '주체'라는 범주, '진리'라는 범주 등을 비판 내지 해체
하며, 세계나 지식이 하나의 단일한 전체일 수 있다는 '총체성' 개념을 비
판한다.[3] 근대문학 리얼리즘이론의 토대가 됐던 '총체성'과 '주체', '진
리'가 해체되면서 포스트모더니즘의 탈근대성은 선명하게 부각된다.

---

2) 앨빈 커넌 저, 최인자 역, 『문학의 죽음』, 문학동네, 1999, p. 15.
3) 이진경 편저, 〈문화정치학의 영토들〉, 그린비, 2007, p. 245.

그렇다면 1990년대 탈근대시기에 발표된 소설들은 더 이상 근대문학이 아닌가? 그렇지 않다. 오히려 1990년대는 한국 문학사에서 가장 빛나는 시기였다. 장정일, 신경숙, 윤대녕, 은희경 등 90년대 한국문학을 밝혔던 빛나는 별들은 근대문학의 세례를 받은 마지막 수사들이다.[4] 근대문학은 종언을 고했지만 소설은 역사와 사회에 대한 도덕적 책무로부터 자유로워지면서 한결 가볍고 감각적인 방식으로 독자들을 매혹시켰다. 1990년대는 근대소설이라는 촛불이 꺼지기 직전에 가장 밝은 回光返照(회광반조)의 시기였다.

시대 구분은 시대 정신의 변화를 경계를 삼으며, 무 자르듯이 명확하게 구분할 수 없다. 시대와 시대는 겹치고 혼재되어 서서히 그러나 분명히 앞으로 전진하다 어느 순간 전시대는 완전히 사라지고 새로운 시대만이 남게 된다. 근대의 시작을 구텐베르크의 인쇄기의 발명에서 찾지만 실제 산업혁명과 근대소설의 발전은 한참 후였다. 『데카메론』과 『돈키호테』는 새로운 형식(소설)이 아니라 익숙한 형식(로망스)을 차용해 창작되었고, 세계관과 소재 역시 중세적이었지만 주제의식의 탁월함으로 근대소설의 맨 앞자리에 놓이게 되었다. 1990년대는 근대와 탈근대가 혼재했던 과도기였기 때문에, 근대소설의 마지막 장이 될 수 있었다.

종언은 그 당대가 아니라 후대에 선언된다. 1980년대를 근대문학의 종언이라고 선언한 가라타니 고진의 책이 2006년에 한국어로 번역 출간되었을 때 국내 학자들의 반응은 크게 세 가지로 요약된다. 1) '근대문학'이 쇠퇴하고 있다는 일반론에는 찬성하지만, 그렇다고 '문학'이 가진 본래적인 의미까지 사라진 것은 아니기에 '근대문학 이후의 문학'에서 가능성을 찾자는 주장, 2) 한국문학은 제대로 된 근대문학조차 가져본 적이 없기 때문에 '종언'이라는 것 자체가 말이 안 된다는 비판, 3) '근대문학의 종언'은 남의 집 이야기이며 한국문학은 오히려 중흥기를 맞이하고 있다는 낙관주의이다.[5] 그리고

---

4) 2000년 이후 그들의 소설이 더 이상 빛나지 않은 것은 문학적 영감과 상상력, 감수성이 더 이상 시대와 조응하지 못했기 때문이다. 그들은 철저히 90년대식 작가들이었다.
5) 조영일, 「이젠 '그들만의 문학' …근대문학은 끝났다」, 한겨레 인터넷판, 2007. 10. 19.

10년이 지난 지금, 한국의 근대문학은 어떻게 되었는가? 21세기에 여전히 근대문학이 유효하다고 믿고 싶은 것일 뿐, 근대문학은 이미 사라졌다. 문학이 사라진 것이 아니라 근대문학이라는 특정한 예술 관념이 더 이상 우리를 설득시키지 못하게 되었다.[6]

1980년대를 근대의 마지막 시기로, 1990년대를 근대에서 벗어나려는 시도가 사회 전반에 걸쳐 진행된 탈근대의 시대로 본다면, 현대의 시작은 2000년 이후부터 시작된다. 필자는 문학적 관점에서 현대의 시작을 보여주는 두 가지 상징적인 사건을 '귀여니의 인터넷소설'과 '아이폰의 등장'으로 본다. 근대의 끝자락에 태어난 귀여니(1985년생)는 탈근대의 시기에 10대를 보내고 마침내 2001년 인터넷 사이트의 소설 게시판에 『그놈은 멋있었다』를 연재하면서 2000년대 초반 인터넷소설 붐을 일으켰다. 인터넷소설의 문학적 가치는 논외로 하자. 귀여니가 중요한 것은 그가 근대문학이라는 특정한 예술 관념으로는 도저히 포획할 수 없는 기묘한 소설을 써내면서 하나의 문화 현상을 이끌어냈다는 것이다. 소설의 형식을 취했지만 도저히 소설이라고 읽을 수 없는 인터넷소설은 지금은 웹소설로 명칭이 바뀌었고 귀여니의 영향을 받은 아마추어 작가(사실 작가라기보다는 컴퓨터와 인터넷과 게시판이라는 디지털 문학 툴을 적절하게 사용할 줄 아는 유저라는 표현이 더 어울리는)들이 지금 인터넷 소설 게시판을 점령하고 있다.[7]

귀여니가 하나의 문학 현상으로 근대문학의 종언에 조종을 울렸다면 2007년 6월 세상에 첫 선을 보인 아이폰의 등장은 미디어에 대한 근대적 관습을 송두리째 바꿔 놓았다. 수신자와 발신자가 구분되고, 선형적 구조

---

6) 고전주의적 진리미학의 이론을 완성했던 헤겔이 '예술의 종언'을 얘기했을 때, 그것은 곧 20세기에 예술에 발생할 어떤 사건의 미학적 예언이었다고 할 수 있다. 실제로 20세기에 헤겔이 염두에 두고 있는 그런 예술은 최종적으로 종언을 고했다. 하지만 그것은 예술의 종언이 아니라 어떤 특정한 예술관념의 종언이었다고 볼 수 있다. 헤겔의 예술관념은 20세기에까지(가령 게오르그 루카치를 통해) 영향력을 잃지 않았으나, 이미 20세기의 예술실천은 헤겔 류의 진리미학으로는 설명이 불가능한 상태로 접어들었다. 대상성의 상실(추상회화), 무조음악(쇤베르크)의 등장, 의미의 배제(다다이스트)는 헤겔 미학이 존립할 기반 자체를 무너뜨렸다. - 진중권, 진중권과 함께하는 미학기행(1), 동방미디어(주)

7) 이 부분에 대한 논의는 한혜원의 「한국 웹소설의 매체 변환과 서사 구조 – 궁중 로맨스를 중심으로」(『어문연구』 91집, 어문연구학회, 2017)를 참조할 수 있다.

의 단방향 소통 형식을 지니며, 공공의 이익을 우선하는 콘텐츠로 구성된 전통적 미디어는 아이폰의 등장으로 매체로서의 파급력과 영향력을 급속히 상실하게 된다. 신문이 근대의 시작을 알렸다면 아이폰은 현대의 시작을 선언한다.

아이폰으로 대표되는 스마트폰을 한마디로 정의하면 일인 미디어 다중 플랫폼이라는 것이다. 인류가 문명을 시작한 이래 단 한번이라도 개인이 매체를 24시간 사적으로 소유했던 적이 있었던가를 생각해보면 손 안에 들고 다니는 스마트폰은 가히 혁명적인 도구이다. 세상의 모든 길과 통하는 이 디지털 플랫폼은 세상을 바라보는 시야와 소통의 구조, 해석의 방식을 현대화시킨다. 물리적 공간, 물리적 도구, 물리적 형식이 우선시됐던 근대와는 달리 현대는 네트워크가 더 중요시된다. 정보화혁명의 마중물인 인터넷이 네트워크-공간이라면 스마트폰은 네트워크-도구이고, SNS는 네트워크-형식이다. 공간, 도구, 형식 앞에 네트워크가 붙게 되면서 우리는 초연결망사회로 진입하게 되었고, 이 현대성의 기표들은 새로운 매체미학의 등장으로 이어진다.

매체미학의 변화는 자연스럽게 예술미학의 변화로 연결되는데 지금까지 근대, 탈근대, 현대의 구분에 논의를 토대로 문학의 변화를 요약하면 다음과 같다.

필자가 근대와 탈근대, 현대의 시기 구분을 한 이유는 우리가 지금 어느 시대에 서 있는가를 확인하기 위해서이다. 우리는 근대에 태어났지만 지금은 현대에 살고 있다. 그리고 현대문학을 연구하는 연구자이다. 근대문학을 현대문학이라고 위장하기에는 우리 앞에 놓인 문학의 현실이 녹록치 않다. 문학의 마지막 보루인 아카데미에서조차 현대문학 연구를 시작하지 않는다면, 문학은 정말 종말을 고하게 될지도 모른다.

2. 현대문학의 개념과 영역의 재설정

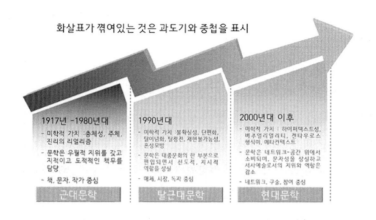

화살표가 껴여있는 것은 과도기와 중첩을 표시

1917년 -1980년대	1990년대	2000년대 이후
- 미학적 가치 :총체성, 주체, 진리의 리얼리즘	- 미학적 가치 :불확실성, 단편화, 탈이념화, 탈정전, 재현불가능성, 혼성모방	- 미학적 가치 : 하이퍼텍스트성, 버추얼리얼리티, 랜타우로스 형식미, 메타컨텍스트
- 문학은 우월적 지위를 갖고 지적이고 도적적인 책무를 담당	- 문학은 대중문화의 한 부분으로 편입되면서 선도적, 지시적 역할을 상실	- 문학은 네트워크-공간 위에서 소비되며, 문자성을 상실하고 서사예술로서의 지위와 역할은 감소
- 책, 문자, 작가 중심	- 매체, 시장, 독자 중심	- 네트워크, 구술, 참여 중심
근대문학	탈근대문학	현대문학

　필자는 졸저 『온라인게임스토리텔링의 서사시학』(글누림, 2009)에서 디지털서사학이라는 새로운 개념을 제안한 바 있다. 디지털서사학은 "디지털이라는 기술의 발전이 가능케 한 다양한 디지털 서사체간의 보편적 서사문법을 연구하는 학문"으로 컴퓨터게임, 하이퍼텍스트, 웹아트, 디지털아트 등의 개별적인 디지털서사체의 서술행위를 연구하는 데에서 한걸음 더 나아가 디지털서사체 일반의 서사규범을 밝히는데 학문적 목적이 있다. 물론 디지털서사체의 개별 종목들은 문학이라고 보기 어렵다. 더 정확하게 말하면 전통적인 문학의 개념으로는 접근할 수 없다. 그러나 수천 년 동안 문학의 개념과 영역은 기술의 발전과 함께 변화해 왔다. 우리가 현대문학의 개념을 새롭게 설정한다면 새로운 서사체들에 대한 학문적 연구는 가능해진다.

　현대에 들어서면서 18세기 이래로 문학을 보호해온 가장 근본적인 가치들에 대한 '신념의 위기'가 구체화되었다. 글쓰기와 예술 창조, 상상력의 예언적인 힘, 문학 텍스트의 완벽한 형식과 진리, 문학 언어를 통한 작가와 독자 간의 완벽한 의사소통, 문학작품의 중심에 자리 잡고 있는 진실한 의미에 대한 믿음은 와해되었으며, 문학이 과학이나 혹은 다른 어떤 기능적인 담론 형식보다도 인식론적으로 우월하다는 믿음 또한 붕괴되었다. 문학은 이제 더 이상 세계와 자아에 대한 인간의 경험을 기록한 성스러운 신화이거나 혹은 본질적인 인간 본성에 대한 보편적인 발언이 아니다.[8]

소설이라는 장르의 탄생에는 산업혁명이라는 시대적 배경이 커다란 영향을 미쳤다. 산업혁명으로 인해 사회 질서의 지배 이데올로기가 바뀌었고, 생산 수단의 소유가 선천적으로 주어진 귀족 계급에서 후천적 노력에 의해 획득될 수 있는 부르조아 계급으로 사회 주체 세력이 대체되었다. 중세봉건질서가 무너지고 근대시민사회가 형성되면서 문학은 그 재현 대상과 형식을 바꾸게 된다. 소설은 새롭게 등장한 부르조아의 일상과 그들의 이데올로기를 재현코자 문학이 선택한 서사 양식이다. 중세를 대표했던 '로망스'는 그 서사적 지위를 '소설'에게 내주면서 역사 속으로 퇴장한 것이다. 소설은 로망스가 보여주었던 낭만적 환상의 세계가 아니라 현실적 일상의 세계를 텍스트에 재현하는데 집중함으로써 자본주의를 대표하는 문학 형식으로 우월적 지위를 지금까지 누려왔다. 중세문학의 종언이 근대문학의 시작으로 이어진 것이다.

이제 우리는 산업혁명과 버금갈만한 혹은 그 이상의 거대한 사회 변혁의 초입에 서 있다. 정보화혁명이라 일컬어지는 이 새로운 물결은 산업혁명이 그러했듯이 우리 일상의 모든 것을 바꾸고 있다. 생산 수단으로서의 '자본'은 '정보'로 주도권을 넘겼고, '부르조아'는 그 사회적 지배력을 '네티즌'에게 양도했으며, 일상적 시민계급을 지시하던 '대중'이라는 용어는 '다중'으로 변경되었다. 이 같은 사회의 변화는 당연히 문학에게 새로운 서사 양식의 출현을 요구하고 있다.

현대문학 연구가 탄력성을 갖기 위해서는 무엇보다도 문자의 강박에서 벗어나야 한다. 그러기 위해서는 문학 연구가 서사 연구로 확장될 필요가 있다. 서사 연구의 핵심이 만들어진 이야기(서사물)가 아니라 이야기를 만드는 방식(서사 양식)에 있다면 그 결과물이 굳이 문자일 필요는 없기 때문이다. 이미 국문학 연구의 한 경향으로 영화나 드라마, 애니메이션 같은

---

8) 『문학의 죽음』 서평, 문학동네 홈페이지 부분 참조(http://munhak.bluecvs.com)

문자 이외의 매체 서사에 대해 문학이론을 적용한 연구 방법론이 등장하였고, 인터넷 상에 디지털 문학 텍스트에 대한 관심이 사이버문학 이론으로 연결되기도 하였다. 그러나 여전히 우리는 디지털 서사를 문학 연구 대상으로 삼는데 주저하고 있다.[9] 디지털 문학 텍스트와 디지털 서사는 다르다. 디지털 문학 텍스트는 문자(비록 비트로 표시되지만)로 쓰인 것이지만 디지털 서사는 문자와 여타 매체와의 하이브리드(hybird)이다. 디지털 문학 텍스트는 완결성을 갖지만 디지털 서사는 결말이 끊임없이 차연된다. 디지털 문학 텍스트는 서사물이지만 디지털 서사는 서사 양식이다. 우리에게 디지털 서사가 낯설고 불편한 이유가 바로 여기에 있다.

디지털서사를 포함하는 현대문학 연구가 가능하기 위해서는 먼저 '文'의 개념을 확장시켜야 한다. 디지털 시대는 우리에게 문자를 단지 읽는 것이 아니라 들을 수도 있고(聞들을 문) 말을 건넬 수도 있고(問물을 문) 어루만질 수도 있게(捫어루만질 문) 해 주었다. 정보화사회가 만들어낸 새로운 일상인 인터넷 공간에서 문자는 더 이상 글이 아니다. 글과 말의 경계에 걸쳐 있으며 글을 쓰고 읽는 행위는 '말한다' 혹은 '듣는다'라는 행위로까지 확장되고 있다. 문자는 텍스트에 고정된 기호가 아니라 누구나 손쉽게 만지고 수정하고 삭제할 수 있는 디지털 말뭉치이다.

한자어 文의 상형적 의미가 문신을 한 모양에서 유래되었고 "몸에 새기다"라는 뜻도 갖고 있음은 매우 의미심장하다. 아날로그 시대에 쓴다는 것은 문자를 종이에 새기는 일이었다. 새기면 다시는 고치기 어려웠고, 그렇기 때문에 문자의 권위는 강력했다. 그러나 디지털 시대에 쓴다는 것을 말한다는 것이다. 말은 고정적이지도 확정적이지도 않다. 유동적이며 상황 의존적이며 참여적이다. 문자가 구술의 속성을 가짐으로써 강력했던 권위는 도전받는다. 텍스트에 새길 수 없음으로 디지털 공간에서 文은 글로 흩뿌려진다. 문자와 디지털이 만났을 때 이미 서사의 완결은 환상이 돼 버린 것이다.[10] 따라서 문학은 수천 년을 지켜왔던 文과의 계약을(텍스트에 새

<hr>

9) 디지털서사는 디지털스토리텔링을 기반으로 한 기술형 서사를 일컫는 것으로 디지털 환경에서 구현되는 다양한 서사체의 이야기하기 혹은 듣기 방식이며 '쌍방향 소통체계', '멀티미디어 환경', '인터랙티브한 서사경험', '사용자중심 서사', '버추얼리얼리티의 구현', '무한확장과 비선형적 구조'가 특징이다.

10) 디지털 문학 텍스트가 서사의 완결성을 보여주는 것은 매체만 바뀌었을 뿐 기왕의 문학적 관습

기겠다던) 파기하여야 한다.[11]

　로맨스가 소설과 비교하여 가장 극명한 차이를 보이는 것은 성격 묘사의 구상에서이다. 로맨스 작가가 살아 움직이는 인간보다는 오히려 인간 심리의 원형에 가까운 인물을 창조하는데 비해 소설가는 사회 속에서 살아 움직이는 인물을 창조한다. 다시 말해 로맨스 작가는 진공(vacuo) 속에 등장하는 등장인물의 개성을 취급하기 때문에 이상화된 인물을 창조할 수밖에 없고, 소설가는 사회적인 가면(persona)을 쓴 등장인물들의 인격을 다루는 것이다. 이러한 차이점에 주목하여 아우얼바흐나 불튼 등은 로맨스와 소설이 리얼리즘 정신에 있어 큰 차이를 보인다고 생각하였다. 특히 아우얼바흐는 그의 주저인 『미메시스』에서 소설의 가장 두드러진 특징이 작품 대상으로서의 현실의 사실적 표현방법에 있다고 보았다. 요컨대 로맨스의 뒤를 이어 소설이 등장하였다고 보는 이론들을 종합해보면, 근대 사회로의 이행과 더불어 로맨스적인 이상과 원형이 더 이상 통용될 수 없게 되면서 보다 합리적이고 실제적인 시민의 요구에 부응하는 소설이 등장하였다는 것이다.[12]

　소설은 사회와 일상에 대한 부르조아 계급의 욕망을 경험 가능한 세계의 재현을 통해 충족시키고자 하였다. '경험 가능한'이라는 테제는 근대시민 사회에 의해 붕괴된 중세봉건질서와 그것을 문학적으로 수호하고자 했던 로맨스에 대한 안티테제의 성격이 강하다. 소설이 등장함으로써 환타지는 반리얼리티적인 것으로 간주되어 미학적 가치를 상실했으며 리얼리즘이 중요한 가치로 부상하였다. 그러나 현대문학은 리얼리티보다는 버추얼 리얼리티가 중요시된다. 매체는 세상을 바라보는 창이다. 스마트폰으로 바라보고 이해하는 세계는 보고 듣고 경험하는 리얼리티의 세계가 아니라 보고 싶고, 듣고 싶고, 경험해보고 싶은 것이 리얼리티를 갖는, 우리 스스로 리얼리티를 창조해내는 버추얼 리얼리티의 공간이다.

에서 아직 벗어나지 못하고 있기 때문이다. 여전히 시와 소설이 디지털 문학 텍스트의 유력한 장르가 되고 있음이 그 증거이다.
11) 문자를 새기는 행위는 개인적 활동이며 그 행위가 끝나는 순간 완성되지만 말을 하는 행위는 화자와 청자가 설정된 집단적 활동이며 화자와 청자 중 누군가가 더 이상 대화할 의사가 없을 때 끝이 난다. 완성이 미루어지는 것이다.
12) 김외곤, 『한국현대소설탐구』, 도서출판 역락, 2002, (부분 인용)

소박한 의미에서의 리얼리즘 시대에는 재현대상은 질서정연하게 실재하는 것으로 여겨졌기에 재현과 실재 사이의 지시관계는 아무 명료하였다. 그러나 가상 공간의 대두로 인한 버추얼 리얼리티의 대두는 리얼리즘 자체의 성격을 근본적으로 바꾸어 놓고 있다. 재현 대상이 비물질적이며, 시공간의 거리가 무화되어 있을 때 과연 그것을 '실재'라고 할 수 있을 것인가? 현대문학 연구는 바로 이 재현의 딜레마를 풀어나가는 것에서부터 시작될 수 있다.

지금까지의 논의를 정리해 보자. 현대문학은 근대문학의 종언에서부터 출발하였다. 종언은 단절과 변별, 새로운 시작을 포함한다. 현대문학은 문자로부터 리얼리티로부터 작가로부터 그동안 문학을 둘러싸 왔던 모든 관습으로부터 벗어나야 한다. 문학은 이제 새로운 출발선 위에 서 있다. 무엇을 문학의 범주 안에 포섭하던지 간에 중요한 것은 재현과 반영의 서사인가 아닌 가이다. 재현과 반영의 서사라면 그 형식과 무관하게 현대문학 연구의 영역이 될 수 있어야 한다.

3. 현대문학연구의 방향에 대한 제언

낭만주의와 모더니즘에서 문학이란 그 출발부터 인쇄된 서적의 개념이었다. 그러나 이제 인쇄 서적에 기초한 문학은 그 권위를 잃기 시작했으며, 결과적으로 그 존재 자체를 위협받기에 이르렀다. 그와 동시에 읽고 쓰는 능력이 저하되면서 시청각적 이미지, 영화, 텔레비전, 컴퓨터 화면이 가장 효율적이고 매력적인 오락과 지식의 원천으로서 인쇄 서적의 자리를 대신하고 있다.[13] 현대는 인쇄 서적의 자리를 디지털서사가 대체하는 시대이다. 따라서 현대문학 연구는 디지털서사에 대한 연구를 수반하여야 한다.

정보화사회와 날로 발전해 가는 디지털 기술은 새로운 형태의 서사체들을 끊임없이 만들어내고 있다. 그동안 가장 강력한 서사예술이었던 문학과 영화의 우월적 지위는 인터랙티브 픽션, 하이퍼 텍스트, 디지털 영화, 컴퓨

13) 『문학의 죽음』 서평, 문학동네 홈페이지 부분 참조(http://munhak.bluecvs.com).

터 게임 등 디지털 기술에 의존하는 기술형(技術型) 서사체가 등장함으로써 위협받고 있다. 이 새로운 서사체는 내용뿐만 아니라 내러티브의 형식에 있어서도 기존의 서사체와 분명하게 구분되며, 기존의 문학 연구 방법론으로는 해석할 수 없는 새로운 미학적 영역들을 보여주고 있다.

김병욱의 지적대로 이제 서사체는 가상 현실을 매개로 하여 무한한 변형을 겪을 것이다. 새로운 매체는 기존의 장르 이론에도 일대 변혁을 가져올 것이며, 문자의 발명이 우리들에게 사고의 대변혁을 가져왔듯이 전자 매체는 우리의 사고 체계를 뒤바꿔 놓을 것이다. '작자'와 '독자'의 경계가 무너지고 '서술성'(narrativity)에 대한 개념도 재수정하지 않을 수 없다. 전통적인 시간과 공간은 새로운 매체에서는 따로따로 존재할 수 없고 크로노토프로 변형될 것이다.[14]

정보화사회에서 서사체의 근본적인 변화에 대한 예상은 이미 몇 년 전부터 연구자들에 의해 지속적으로 제기되어온 것이 주지의 사실이다. 그러나 안타깝게도 디지털 서사체에 대한 우리의 인식은 '예상'과 '추측'에 머물러 왔을 뿐 그 이상의 학문적 접근으로 연결되지는 못하였다. 이는 두 가지 관점에서 이해할 수 있는데 하나는 '예상'과 '추측'이 미학적으로 구체화된 디지털 서사체가 아직 등장하지 않았다는 텍스트 부재의 당연한 결과로 이해하는 것과 다른 하나는 문학 연구의 영역 안으로 포섭되는 서사체는 문자로 이루어져야 한다는 우리의 신념이 여전히 견고하다는 것이다. 이 두 가지 관점은 개별적인 듯 보이지만 실제로는 서로 밀접하게 연결되어 있다. 즉 우리가 '문자'라는 신념을 포기하고 있지 않기 때문에 학문적 영역 안으로 포섭되어질 수 있는 디지털 서사체의 범위가 협소해질 수밖에 없는 것이다.

그러나 디지털 기술은 태생적으로 문자와 대항한다. 알파벳이 근원적으로 상형문자에 대항했듯이, 현재에는 디지털코드(bits)들이 자모음 코드들을 추월하기 위해 그것들에 대항하고 있다. 근원적으로 알파벳에 토대를 둔 사고방식이 마술과 신화(형상적 사고)에 대항했듯이 디지털코드들에 토대를 둔 사고방식은 순차적. 진보적 이데올로기들을 구조적 체계분석적

---

14) 김병욱, 「매체의 변별성에 따른 서사의 변용」, 『내러티브』 제4호, 한국서사학회, 2001, p.21.

사이버네틱적 사고방식으로 대체하기 위해 그것들에 대항하고 있다.[15] 디지털 기술은 문자를 단독으로 처리하는 것이 아니라 문자를 비트화시켜서 문자 이외의 다른 코드들(음악, 사진, 동영상 등)과 통합시키는 것이다. 이 때 모든 코드들은 각각의 매체적 특징을 상실한 채 비트로만 표시된다. 따라서 우리가 〈디지털 서사체〉라고 명명할 수 있는 무언가가 존재한다고 인정한다면 그것은 '문자만'이 아니라 '문자도' 포함되어 있는 통합적 서사체가 되어야 한다.

디지털서사체 연구가 현대문학 연구에서 중요한 것은 〈서사학〉에 대한 제럴드 프랭스의 견해를 먼저 살펴볼 필요가 있다. 서사의 초언어적 보편 구조에 주목한 그의 이론이 '디지털'이라는 새로운 테크놀로지와 거기에서 파생하고 있는 '서사체' 사이의 관계를 해석하는데 유의미하기 때문이다. 제럴드 프랭스는 서사학을 "모든 서사물의 서사물로서의 공통점과 상이점을 연구"하는 학문으로 정의내리고, 서사학이 서사문법을 규명해 내어야 한다고 보았다. 서사문법이란 서사물의 원리와 특징을 설명하는 형식 모델이며, 서사물의 본성에 관한 인간의 보편적인 직관에 근거하여 서사물을 이루는 근본 규칙이다.[16]

재럴드 프랭스의 서사이론에서 가장 인상적인 것은 매체적 특수성의 제약을 넘어 서사의 초언어적 보편구조에 주목하고 있다는 것이다. 디지털이라는 매체는 인류가 발전시켜 온 그 어떤 매체보다도 통합(統合)적이고 통섭(統攝)적이다. 개별적 모노미디어를 보편적 멀티미디어로 전환시키는 디지털의 강력한 매체통일성은 매체의 특성에 의존해 온 단위 서사체들의 변별적 자질들을 무력화시키면서 서사성(敍事性)에 대한 기존 접근방식의 전면적인 수정을 요구하고 있다. 서사물의 층위를 '서술행위'와 '서술대상'으로 나누고 "어떻게 이야기하느냐"보다는 "무엇을 이야기하느냐"를 강조했던 프랭스의 서사학 개념이 〈디지털서사학〉의 전거(典據)가 될 수 있는 것은 디지털이 서술행위의 매체적 특수성을 제거하고 그 자리에 멀티미디어로 형상화된 이야기만을 남겨놓았기 때문이다.[17]

15) 빌렘 플루서 저, 윤종석 역, 『디지털시대의 글쓰기』, 문예출판사, 1998, p.263.
16) 제럴드 프랭스, 『서사학 : 서사물의 형식과 기능』, 최상규 역, 문학과지성사, 1988. (부분 요약)
17) 디지털이 형상화하고 있는 이야기가 아직 우리에게 낯설다면 그것은 멀티미디어에 대한 낯설음

형식에 구애받지 않고 초언어적 보편구조를 갖는 이야기에 집중하는 현대문학연구를 시작하기 위해서 우리는 먼저 학문공동체를 새롭게 구성하여야 한다. 정보화사회가 요구하는 디지털리터러시는 '정보를 적절하게 선택하고 가공하고 창조하고 전달할 수 있는 능력'이라고 할 수 있는데, 좀 더 구체적으로 정의한다면 "자신이 필요로 하는 정보, 유용하고 가치 있는 정보를 판별해내고, 그것을 해석·평가하며, 재배열 또는 재구성하고, 적절하게 활용함으로써, 직면해 있는 문제 상황이나 과제를 해결하거나 다른 사람에게 정보를 효과적으로 전달할 줄 아는 능력"이다. 현대문학연구는 한 개인의 위대한 창조성에 의해 발전될 수 없다. 롤랑 바르트, 제럴드 프랭스, 미하일 바흐쯘 같은 위대한 학자들의 시대는 갔다. 김윤식, 조동일, 이재선같은 대가들은 더이상 등장하지 않을 것이다. 이제는 동일한 학문적 관심을 공유하는 연구자들의 집단지성이 서로 교류하고 소통하고 통섭함으로써 만들어나가는 네트워크 시스템이 위대한 천재들을 대신할 것이다. 현대문학연구의 학문적 발전은 집단지성의 구축 여하에 달려있다.

　　미래의 현대문학은 통합형 예술이 될 것이다. 디지털서사는 인문학적 상상력과 예술적 감각과 공학적 기술이라는 삼요소가 완벽한 조화를 이루었을 때 가능한 21세기 신(新)예술이다. 그러나 우리의 학문 풍토는 인문학, 사회과학, 자연과학이 모두 별개의 영역을 갖고 서로 견고하게 대립하고 있다. 학제간 연구가 제대로 이루어지지 못하고 있기 때문에 디지털서사를 연구할 수 있는 크로스오버(Crossover)적인 이론 토대가 아직 마련되지 못하였다. 하이퍼텍스트는 문학 쪽에서, 웹아트는 미술 쪽에서, 인터랙티브 픽션은 4D 기술 구현을 연구하는 공학 쪽에서 관심을 갖고 있는데 그 학문적 성과물들이 해당 학문에 대한 전문 지식과 상호교류의 인식 부재로 인해 공유되고 있지 못하다. 디지털에 대한 우리의 편견도 여전하다. 세계 최고 수준의 디지털 인프라를 갖고 있지만 우리에게 '디지털'은 여전히 차가운 기술이다. 마음을 움직이는 예술 앞에 디지털이라는 접두사가 낯설게 느껴지는 것은 예

때문이다. 디지털서사체를 온전히 받아들이기 위해서는 보여지는 방식이 아니라 하고 있는 이야기에 주목해야 한다.

술 텍스트에 기술이 전경화되는 것에 대한 우리의 생래적 거부감 때문이다. 디지털서사를 예술로 인정하지 않으려는 시각은 '예술'과 '기술'을 분리하여 이해해왔던 미학(美學)의 관습적인 경향과 무관하지 않다.[18]

현대문학연구는 초언어적 보편구조를 갖는 이야기에 집중하며 새로운 예술미학을 견지하여야 한다. 디지털서사를 연구대상으로 포함해야 하고 위아래가 없고 오로지 토폴로지[19]만 있는 네트워크 중심의 새로운 학문 공동체가 만들어져야 한다. 그러기 위해서는 무엇보다도 근대문학의 종언이라는 냉엄한 현실을 인정하는 가장 어려운 일부터, 우리가 시작하여야 한다.

---

18) 최근 몇 편의 논문을 통해 필자가 제기하고 있는 인문공학론이 예술과 기술, 인문학과 자연공학의 통섭에 대한 논의의 출발점이 되기를 기대한다.
19) 토폴로지(영어 : topology, 문화어 : 망구성방식)는 컴퓨터 네트워크의 요소들(링크, 노드 등)을 물리적으로 연결해 놓은 것, 또는 그 연결 방식을 말한다.

이용욱

전주대학교 한국어문학과 교수. 2013년 7월~2015년 2월 UC버클리 한국학연구소 방문학자.

근거 없는 의심에서 비롯된
자멸의 과정

_ 이은하

1. 들어가며

　영화 〈다우트〉는 1960년대 천주교 교구 학교를 배경으로 가치관이 다른 교장 수녀와 신부의 갈등을 다룬 이야기다. 두 사람은 종교와 교육에 대한 신념과 의지가 있다는 공통점이 있으나 성격 및 태도의 차이 등 상반된 철학과 시각으로 대립 구도에 놓인다. 학교에 최초로 입학한 흑인 학생 도널드를 중심으로 알로이시스 교장 수녀와 플린 신부는 상반된 입장 차이를 보이는데 스토리는 두 사람의 외적 갈등에서 알로이시스 교장 수녀의 내적 갈등으로 심화되어 주제의식을 부각시킨다.

　두 인물의 갈등 구도에는 제임스 수녀와 밀러 부인, 신부들과 수녀들 등 주변 인물들이 놓이게 되는데 인물의 역할과 기능에 따라 주동 인물의 문제의식과 사건의 전개, 주제가 첨예하게 드러난다.

2. 고정관념과 권위주의, 편견에서 비롯된 의심들

영화 〈Doubt〉는 주인공인 수녀가 흑인 아이와 신부를 둘러싼 의심의 상황과 시선이 얽혀 갈등을 고조시킨다. 수녀는 의심스러운 행동을 하는 신부를 위험한 인물로 낙인찍고 학교에서 내쫓아야 하는 목표로 설정하는데 신부에 대한 의심과 확신은 자기 신념을 증명해나가는 형이상학적인 문제와 일맥상통한다. 빛과 어둠으로 대비되는 시간성, 현실과 이상을 상징하는 학교와 성당, 거리의 공간성을 활용하여 수녀의 문제적 욕망과 그 자멸 과정을 극대화한다.

알로이시스 교장 수녀는 학교에서 학생들과 교사들, 교내 곳곳을 살펴보는 직업적 습관과 버릇이 있는데 건물 위층에서 아래를, 교실 창문 밖에서 안을, 교장실 창문 뒤에서 밖(플린 신부와 도널드)을 들여다본다. 이는 타인이나 어떤 상황을 마주 대하고 함께 하면서 이해하기보다는 밖에서, 위에서, 등 뒤에서 대상을 관망하듯 지켜보는 권위 의식을 상징적으로 드러낸다.

또한 추측한 단서들을 가지고 자신이 단정한 어떤 진실을 캐내려는 감시자 눈길, 즉 편협한 시각을 단적으로 보여준다. 교장 수녀는 성당 미사 시간과 교실에서 아이들이 졸거나 머리핀을 하거나 장난치는 행동을 등 뒤에서 갑작스레 나타나 지적하고 어떤 변명의 기회도 주지 않은 채 체벌한다. 도널드를 '니그로'로 명명하는 것, 학생들의 행동을 부정적으로 예상하는 것, 교육자로서 아이들의 정서나 심리, 행동의 원인을 경청하려는 태도는 보이지 않고 결과만을 가지고 옳고 그름으로 판단하여 아이들의 개성과 자유를 통제한다. 틀에 박힌 규칙과 규율로서 아이들을 훈육하는 것이 진정한 교육이라고 생각한다.

피츠제럴드는 성격의 참된 면모는 행동에 의해서만 드러난다고 하면서 동시에 독자는 그 행동이 취해지기 이전에 인물의 정신적 반응에 대해 알고 있어야 한다고 했다. 속내를 감추거나 또는 허세와 위장으로 가식적인 행동을 하더라도 인물이 예기치 못한 상황, 중요한 선택을 해야 하는 경우에는 자신도 모르게 성격이 노출되기 마련이다.

교장 수녀의 대화를 살펴보면 "내 믿음에 호의가 들어요.", "걸레는 빨아도 걸레죠." 등 자신이 생각하는 것이 근거 없는 추측인데도 불구하고 "틀림없다.", "내 경험에 의해서 잘 안다.", "학교와 성당을 플린 신부로부터 구해야 한다."는 등 자신이 옳다고 단 한 번의 의심도 없이 확고하게 단정한다. 이는 지독한 편협함, 즉 편견에 가득찬 독선적인 사고방식(고정관념)을 잘 보여준다.

플린 신부가 손톱을 기르고 차에 설탕을 많이 넣는 것조차 신부로서 부적절한 본능, 유희, 쾌락을 상징한다고 생각하며 플린 신부의 자질(본성)을 판단하는 잣대(단서)로 삼는다. 플린 신부가 자신의 책상 의자에 앉는 것에 불편함을 느끼며 창문의 블라인드를 과격하게 열어 햇살에 눈이 찔리도록 유도하는 것, 신부가 블라인드를 내리고 비어있는 책상 의자에 수녀가 다시 앉아 주인적(수직적) 위치를 차지하며 안정감을 느끼는 태도 또한 권위주의를 적나라하게 보여준다. 교장실에 불려오는 아이들을 대하는 명령과 처벌의 태도, 특히 플린 신부의 은밀한 실체를 밝히겠다는 의도의 표출인데 교장 수녀의 태도는 마치 피의자를 심문하는 검사를 연상케 한다. 나와 다른 타인이나 이해할 수 없는 상황을 마주하고 해결하려는 수평적, 설득적, 관용적 동료의식은 찾아볼 수 없다. 이와 같은 교장 수녀의 행동은 플린 신부가 지적한 "편협함"에서 기인한다.

편견이란 개인이나 특정 집단에 대해 한쪽으로 치우친 의견이나 견해를 말하며 편견을 지닌 사람은 대개 고정관념, 권위주의와 연관이 있다. 편협한 태도는 그 집단과 집단에 속하는 구성원들을 부정적으로 평가하면서 불이익을 주는 등 차별 대우(약자에 대한 공격)를 하는 행동으로 나타난다. 특히 편견은 경쟁 관계에서 더 두드러지는데 플린 신부를 따르고 존경하는 학생들과 신도들을 보면서 교장 수녀는 상대적 박탈감을 느낀다. 이러한 경쟁 심리와 박탈감은 상대에 대한 적개심의 표출로 이어져 상반된 성격의 플린 신부를 더욱 부정적으로 인식하게 되고 갈등이 극대화되어 그를 학교에서 몰아내려는 목표를 세우게 된다.

수녀와 신부의 대립 구조는 흑인 아이를 중심으로 삼각형 구조를 이루며 외적 매개의 양상이었다가 내적 매개의 양상을 보이는데 모방 욕망의 특성인 경쟁, 갈등, 폭력의 부정적 요소가 나타나기 시작한다. 신부의 부정함을 증명하기 위해 미행하고 냉담한 시선으로 외면하는 무관심을 드러내는데 이는 내적 매개의 특징으로 수녀의 열등함을 부각시킨다. 자기 안에 갇혀 욕망에 빠진 인물들이 보이는 자기 경멸과 욕망 숨김의 메커니즘을 살필 수 있는 것이다.

또한 그녀의 편협함은 진실을 알아내기 위해 미끼를 던지는 식의 거짓말, 유도 질문을 통해서도 잘 드러난다. 사건은 제임스 수녀의 의심으로부터 촉발되었으나 교장 수녀는 제임스 수녀가 플린 신부의 뒤를 살피게 하고, 도널드가 술을 마셨다는 결과만을 가지고 성당에서의 아이의 자격(작은 도움)을 잃게 만든다. 이는 플린 신부가 도널드를 통해 죄책감을 갖도록 만들려는 것인데 성당에서 신부를 쫓아내기 위해 과거를 캐는 과정(결국 거짓말)을 사실처럼 말함으로써 플린 신부를 떠나게 한다. 그녀는 자신에게도 중대한 실수를 했던 과거가 있다고 실토하지만 타인의 잘못을 드러내어 현재의 행동까지 문제가 있다고 걸고넘어지는 것인데 이는 플린 신부의 패배(떠남)를 얻어내기 위해 근거 없는 사실을 내밀어 약점을 건드리는 비열한 행위, 어떻게든 결과만 얻으면 된다는 비인간적 성격을 잘 보여준다.

교장 수녀는 '자신의 생각이 맞다'는 것을 대단한 신념으로 생각하고 자신의 생각이 틀릴 수 있다는 것에는 의심하지 않는 편협하고 이기적인 사고방식의 소유자이다. 그녀는 엄격한 관습만이 최선이라고 믿으며 그와 다른 의견, 다른 사고방식의 사람을 '틀렸다', '수정하지 않으면 집단에 피해를 주는 적'으로 규정하는 고집스러움, 불통의식, 소수자에 대한 이해(개성적인 신부, 흑인에 대한 인식 등)와 시대의 변화(교육, 성당, 종교 등)

를 수용하지 못하는 어리석은 인물로 라이벌인 신부를 모욕하고 죄를 단정함으로써 졸렬한 우월성을 드러낸다. 그런 과정을 통해 수녀의 성격적 결함, 자신의 도덕적 타락을 아이러니로 부각시킨다. 결국 신부가 교구의 부름으로 더 높은 직위에 오르게 되자 수녀는 충격에 휩싸이는데 신부를 통해 깨진 거울과 다름없는 자신의 실체를 직시하게 된다.

3. 자유와 개성을 존중하는 변화의 물결

이에 반해 플린 신부는 학생과 종교에 있어서 개성과 자유로운 표현을 중요하게 생각하며 개인을 존중하는 친근한 면모를 지닌 진보적 성향의 인물이다. 영화에서 도널드와의 진실, 과거의 실수 등에 대해 상세히 드러내지는 않지만 이는 사건 전개와 주제에서 그다지 중요하지 않다.

교장 수녀와의 대비를 통해 보여주는 갈등과 긴장, 주제의 극대화는 플린 신부의 대화를 통해 잘 드러난다. 영화의 초반과 중반에 나오는 신부의 설교는 하나의 삽화로써 플린 신부의 내면세계를 상징적으로 보여준다. "의심할수록 확신을 갖게 될 것이오. 의심은 확신만큼 강하다.", "칼로 베개를 찢고 오세요. 바람에 날아간 깃털을 전부 모아 오세요. 바람에 다 날아가 버린 깃털을 주워올 수 없듯이 남의 험담도 그것과 같습니다."의 대화를 통해 설교의 주제가 명확히 전달되는데 이는 주인공 교장 수녀와의 갈등, 사건의 결말 등을 암시하는 역할을 한다.

또한 "손톱이 얼마나 긴가는 상관없어. 얼마나 청결한가가 중요하지." "수녀님은 단지 문제가 해결되어서 예전의 평화로운 상태로 돌아가고 싶은 것 뿐입니다.", "설사 아무리 확신이 든다 해도 그건 감정이지 사실이 아닙니다.", "내가 왜 그렇게 의심받는 거죠? 그게 다예요?", "수녀님은 죄 지은 적 없으신가요?", "그렇다면 저를 제 신부님에게 고해성사 하도록 놔두세요." 등은 교장 수녀와의 견해 차이, 성당과 교육 현실에서

한국 문학의 외연과 심화 | 137

아이들이 고스란히 피해 받는 상황 등을 암시적으로 보여준다.

인물의 관계도를 통해서도 두 인물의 행동과 결말도 짐작할 수 있는데 교장 수녀와 유사한 성질 또는 공통점을 갖고 있는 주변 인물들을 구분할 수 있다.

성당의 수녀들(식탁)-제임스 수녀(의심 시작, 보사노바 춤에서 흥을 자제하면서 수녀로서 본성을 드러내면 안 된다는 편견 제시, 그녀를 모방, 닮아가게 될 미래를 복선적으로 보여줌)-도널드의 아버지(아들의 여성적 성향을 변태적 성향으로 단정하고 폭력과 강요로 바로잡으려는 고정관념의 행위자), 아이(소수자, 개성)에 대한 몰이해로 아이의 삶을 파괴하게 될 가능성이 농후한 인물들이다.

수녀들의 식탁, 제임스 수녀의 혼란과 교장 수녀를 닮아가는 폭력적 행동, 시력이 나빠지는 늙은 수녀, 그 수녀를 요양원에 보내지 않기 위해 시력 감퇴를 감추는 교장 수녀의 단편적(피상적, 진정한 도움이 되지 않는 일시적 행동) 행동을 방관(또는 모르는)하는 수녀들을 통해 폐쇄적 공간에서 학습되어지는 모방적 행동, 인습임에도 불구하고 답습되는 관습이 규칙이 되어버린 현실 등을 상징적으로 보여주며 처음부터 편견을 갖지는 않았지만 결국 본성과 학습을 통해 편협한 사고로 갈등과 대립을 야기할 인물들로 분류된다.

플린 신부를 중심으로 유사한 인물들을 살펴보면, 플린 신부-도널드-신부들-도널드의 엄마가 같은 선상에 있다. 미사를 보는 첫 장면에서 도널드가 성당 천장을 보면서 비둘기를 환영처럼 보게 되는데 이는 소외된 흑인 아이가 꿈꾸는 이상, 자유를 상징하는데 이를 제대로 볼 줄 아는 사람, 인정하고 싶지 않지만 아이의 삶을 위해 아이의 특성을 인정하고 도우려는 도널드의 엄마, 그리고 플린 신부의 개방적, 개혁적 의식과 따뜻한 품성 등을 긍정적으로 바라보는 자유분방한 성격의 신부들이 있다.

성당 천장으로 날아가는 비둘기는 창공으로 나가야 하지만 쉬운 일이 아니다. 영화 서두에 제시한 도널드와 플린 신부의 꿈을 상징화한 비둘기는 객관적 상관물로서 사고의 틀에 갇혀 누군가의 삶을 망가뜨리는 갇힌 세상을 잘 보여준다. 그러나 그 결과가 부정적인 것은 아니다. 도널드에게는 키를 낮추고 귀를 기울이는 플린 신부와 아이를 도우려는 도널드의 어머니가 있기 때문이다. 사건의 전말은 나오지 않아서 신부가 아이를 유린했는가는 알 수 없지만 이 영화는 사건의 결과보다 대립과 갈등을 야기하는 문제적 시선과 그 과정을 중요하게 다루고 있기에 견해의 차이가 한쪽으로 치우치지 않고 팽배하게 맞서고 있다는 것은 그래도 건강한 논쟁이 가능하며, 플린 신부의 몰락이 아니라 승급, 교장 수녀가 결말에서 괴로워하며 흘리는 눈물(회의, 자신의 신념에 대한 최초의 의구심, 자신과 신, 종교에 대한 의구심)을 통해 의심의 양면성, 즉 긍정성과 부정성을 보여주면서 관객으로 하여금 자신과 타자를 객관적으로 통찰하게 하는 여지를 주면서 삶이 힘겹지만 변화에 대한 긍정적 가능성을 열어두었다.

4. 나오며; 근거 없는 의심에서 비롯된 자멸의 과정

서사문학에서 과거와 의식의 흐름은 인물의 현재를 말해주는 가장 강력한 근거가 된다. 인물의 행동에 문제가 있다면 그 원인과 동기를 과거에서 찾을 수 있는데 갈등을 겪는 심리 또는 내면세계가 의식의 흐름을 통해 드러나기 때문이다. 이를 통하여 인물의 성격뿐만 아니라 사건의 전후를 알게 되며 '시간의 연속성과 변화'라는 의미심장함을 구체적으로 제시해 준다. 의식의 흐름을 보여주는 문학적 장치로 객관적 상관물, 삽화, 상징적 소도구, 과거 등이 있는데 이 영화에서는 객관적 상관물(바람, 비둘기) 삽화(설교, 배게) 상징적 소도구(전구, 창문)로 구분할 수 있다. 특히 '바람'은 교장 수녀의 의심의 진행, 심리적 변화 등을 지속적으로 구체화하여 보여준다.

교장 수녀가 제임스 수녀의 말을 들으면서부터 나타나는 바람은 플린 신부에 대한 추측과 단서가 늘어나면서 더욱 거세진다. 이 바람은 갈등 심화를 암시하면서 동시에 교장 수녀의 불안과 두려움, 분노, 적대감, 플린 신부를 몰아내려는 목표 의식 강화로써 그 심리의 추이 과정을 객관적으로 보여주는 것이다. 그리고 의심으로 비롯된 바람의 세기는 결국 알로이시스 교장 수녀 자신에게로 몰아닥친다. 눈이 멀어가는 늙은 수녀처럼 교장 수녀는 자신만 모른 채 눈이 멀고 있는 것이다. 그에 대해 문제를 제기하거나 충고하는 사람이 없기에 그녀는 패배를 인정하지 못한다. 그녀의 흐느낌은 자신에 대해서는 단 한 번도 의심하지 않고 옳다고 믿는 또 다른 편협함, 우매함, 어리석음을 보여주며 자신이 몸담고 있는 종교와 조직에 대한 회의, 자기 존재 부정으로 이어지기에 거센 바람은 태풍이 되어 자신을 덮친다.

결국 의심의 시작이 나에게로 귀결되는데 다 안다고 믿었던 자신, 자신은 남을 꿰뚫어 볼 수 있다는 자만심으로 눈이 멀었으며, 보이는 것 이면의 것은 보지 못하는 시각, 즉 눈 뜬 장님으로 살고 있는 자신의 처지를 본인만 모른 채 살아감으로써 세상을 부정하고 원망하는 불행에 빠지게 되는 것이다.

또한 교장 수녀는 교장실에서 전구를 갈아 끼우며 자신의 생각대로 모든 것이 제자리를 찾았다고 생각하지만 다시 전구가 깨짐으로써 수녀의 확신이 틀리다는 것을 보여준다. 항상 높은 공간에서 창문 너머로 바라보는 그녀의 방(창문)은 닫힌 공간에서 머물면서도 세상을 다 안다고 생각하는 편협한 시각, 그녀의 눈(사고, 태도)를 대리한다.

플린 신부가 미사 시간에 들려준 설교 내용인 의심과 험담(베개) 삽화는 반대로 플린 신부의 의식의 흐름을 보여주는데 교장 수녀의 의심과 험담이 얼마나 위험하고 파괴적인가를 단적으로 보여주지만 그녀는 들으려하지 않는다.

결국 눈과 귀를 닫은 채 신과 규율, 그릇된 자신의 신념만을 믿고 사는 교장 수녀의 불행은 자신의 문제로부터 발생되어 타당하게 진행되었고 처절한 흐느낌을 통해 근거 없는 의심이 타인의 삶(조직, 사회)을 병들게 하고 결국 자신의 삶까지 파괴하는 자멸에 이르게 한다는 주제 의식을 강화하고 있다. 편견과 고정관념, 의심과 믿음 바탕으로 살아가는 속물의식과 헛된 경쟁의식에서 벗어나 차이를 인정하고 변화를 수용하며 주체적인 삶을 살 수 있는 존재의 진정성에 대해 밀도 있게 구조화하여 흥미롭게 그려 냈다. (*)

이은하

『아동문예』 신인상(동시), 『아동문학평론』 신인상(동화), 세계동화문학상 수상. 펴낸 책으로 장편동화 『콧구멍 속의 비밀』, 『내 짝꿍 하마공주』, 『내 별명은 쓰레기』, 『빼앗긴 일기』, 『바람 부는 날에도 별은 떠 있다』, 『우리 아빠가 된 나백수』, 『꿈꾸는 코스모스』와 동화집 『아이야, 별이 되어라』 외 다수. 한남대학교 국어국문·창작학과 교수.

오세영

김광규

김승희

이재무
정끝별

김경년

정은숙
유봉희
강학희

김복숙

엔젤라 정

윤영숙

곽명숙

김소원

이정희
고명자

박송이

버클리문학 | 5
시

박광영

허종순

박한송

존 허

김중애
김명수

창문 외 1편

_ 오세영

아침에
잠에서 깨어나 우리가 맨 먼저
창문을 열듯
겨울을 지새운 목련도 맨 먼저
창문을 연다.

꽃은 우주의 창,
그 창 너머로 보이는 인간의 삶은
바람이 차지만
내다보는 눈빛은 따사로웁다.

일어나 창문을 연다.
아, 경이로워라.
활짝
꽃망울 터뜨리는 뜰의 백목련
한 그루

그 황홀하게 열린 우주 앞에서
살아 있음은
설령 그것이 홀로일지라도 진정
아름답구나.

모순의 흙

흙이 되기 위하여
흙으로 빚어진 그릇
언제인가 접시는
깨진다.

생애의 영광을 잔치하는
순간에
바싹 깨지는 그릇
인간은 한 번
죽는다.

물로 반죽하고 불에 그슬려서
비로소 살아 있는 흙
누구나 인간은 한 번쯤 물에 젖고
불에 탄다.

하나의 접시가 되리라.
깨어져서 완성되는
저 절대의 파멸이 있다면

흙이 되기 위하여

흙으로 빚어진
모순의 흙, 그릇.

오세영

전남 영광 출생. 전남의 장성, 전북의 전주에서 성장. 1965~68년 『현대문학』 추천으로 등단. 시집으로 『바람의 아들들』, 『별밭의 도소리』 등. 학술 서적으로 『시론』, 『한국현대시인연구』 등 수십 권이 있음. 예술원 회원.

수정 고드름 외 1편

_ 김광규

콧속이 얼어붙고
물 묻은 손 문고리에 철썩 들러붙던
겨울날 부르던 동요
아련히 귓전을 감도는데
못 찾겠다 꾀꼬리
꼬마들의 밝은 목소리
골목길에서 울려오고
뻐꾸기와 멧비둘기와 귀뚜라미 우는 소리
빗소리 바람 소리 물 흐르는 소리
옛날이나 다름없이 들려오는데
산에서 도심에서 바닷가에서
앉으나 서나 걷거나 멈추거나 오직
손바닥만 들여다보는 동포들
하루살이처럼 오늘만 검색하고 있네
쉴 새 없이 움직이는 허상들만 보고 있네
어디서 왔나 저 인형 같은 아가씨들
시간의 운무 속에 메아리만 남기고
해변의 발전소 덕택일까 이제는
사라져버렸네 그 추웠던 어린 날
티 없이 고운 꿈을 엮어서
각시방 영창에 달아놓고 싶었던
고드름 수정 고드름

유리약국

유리문 앞을 지나가며 힐끗
안을 들여다보았다
사무원처럼 불친절해 보이는
남자 약사는 혼자가 아니었다
유리문 앞을 지나오며 힐끗
안을 들여다보았다
여자 약사도 한가롭지는 않았다
손님을 맞이하거나
약을 내주고 돈을 받거나
전화를 걸고 있었다
유리문을 통하여 환하게
약국 안이 들여다보이지만
선뜻 안으로 들어가
물어보기는 힘들 것 같았다
요즘도 매일 그 앞을 지나면서
유리문 안을 들여다본다
그들은 물론 나를 모를 것이다
유리문을 열고 들어가
오랫동안 앓아온 병명을 대고
그 약을 살 때까지 나는 그저
길을 지나가는 수많은 행인들
가운데 하나일 뿐이다

문밖에서 그냥 행인으로 머물까
안으로 들어가 병자가 될까
결정하지 못한 채 아직도
유리약국 앞을 서성거린다

김광규

1941년 서울 출생. 1975년 계간 『문학과지성』을 통하여 등단. 1979년 첫 시집 『우리를 적시는 마지막 꿈』을 시작으로, 『아니다 그렇지 않다』, 『크낙산의 마음』, 『좀팽이처럼』, 『아니리』, 『물길』, 『가진 것 하나도 없지만』, 『처음 만나던 때』, 『시간의 부드러운 손』, 『하루 또 하루』 등 11권의 시집과 『대장간의 유혹』, 『희미한 옛 사랑의 그림자』 등 시선집을 출간.

맨드라미 시간에 외 1편

_ 김승희

꽃이 도마에 오른다
말도 안 되는 희망이라니
그런 말도 안 되는 꽃이 도마 위에 놓였다.
계절 따라 피는 꽃들도 도마 위에 오르면
오스스 소름이 오른다, 소름이 돋아 피가 뭉쳐
도마 위에서 꽃은 붉은 볏으로 솟아난다.
얼굴이 빡빡 얽은 붉은 얼금뱅이가
고장 난 시계를 안고 도마 위 꽃밭에 만발한다.
도마 위에선 내일이 없기 때문에
두 눈 뜨고도 앞을 못 보기 때문에
내일이란 말을 모르는 맨드라미 얼굴에 붉고 서러운 이빨이 돋아난다
터널 끝에도 빛이 보이지 않을 때
우리는 그것을 맨드라미의 시간이라 부른다

피안을 거슬러
화단의 모든 꽃들과 돌들이 혹서를 치르고 있는 어느 여름날
바위마저도 스스로 다비하는 듯
우리는 그런 시간을 뜨겁고 붉은
맨드라미의 마그나 카르타라고 불러야 한다
해를 바라보며 목마름으로 더 타오르다 서서 죽는다

해바라기와 꿀벌

해바라기 꽃잎 속에 고개를 파묻고
꿀벌은 성경을 읽듯이 꿀에 집중하고 있었다.
그 집중에는 이상하게도 서러움과 성스러움이 있었다
누우면 발끝이 벽에 닿는 창문 없는 쪽방에서
서로의 몸밖에는 구할 것이 아무것도 없는 젊은 가난
우주의 한구석에서 쟁.쟁.쟁. 타오르는 해바라기 몸
종소리마다 박히는 크고 검은 씨앗, 탐스러운 꿀에 고개를 박고
차라리 모든 괴로움을 던져버린 날들도 있었을 것이다
미래라는 단어만한 사치도 없었을 것이다
죽어도 좋아. 가난한 꿀벌의 등은 등 뒤에 걸린 칼날을 찰나 예감하고
파르르 떨리기도 했을 것이다
꿀에 머리를 박고 고요히 등 뒤의 칼날을 느끼며
꿀송이에 빠져 있는 깊은 꿀벌의 모습이
아프도록 슬픈 성자의 사색 어린 모습과
어딘지 닮아 있던 것이다

김승희

1973년 《경향신문》 신춘문예 당선. 시집 『태양 미사』, 『왼손을 위한 협주곡』, 『미완성을 위한 연가』, 『달걀 속의 생』, 『희망이 외롭다』 외. 서강대학교 명예교수.

밥알 외 1편

_ 이재무

갓 지어낼 적엔
서로에게 끈적이던
사랑이더니 평등이더니
찬밥되어 물에 말리니
서로 흩어져서
끈기도 잃고
제 몸만 불리는구나

감나무

감나무 저도 소식이 궁금한 것이다
그러기에 사립 쪽으로는 가지도 더 뻗고
가을이면 그렁그렁 매달아놓은
붉은 눈물
바람결에 흔들려도 보는 것이다
저를 이곳에 뿌리박게 해놓고
주인은 삼십 년을 살다가
도망 기차를 탄 것이
그새 십오 년인데……
감나무 저도 안부가 그리운 것이다
그러기에 봄이면 새순도
담장 너머 쪽부터 내밀어 틔워보는 것이다

이재무

1958년 충남 부여 출생. 1983년 『삶의문학』과 『문학과사회』를 통해 작품
활동 시작. 시집 『섣달그믐』, 『온다던 사람 오지 않고』, 『슬픔은 어깨로
운다』외 다수. 난고문학상, 편운문학상, 윤동주시상, 한남문인상, 송수권
문학상, 유심작품상 등 수상. 현재 서울사이버대 등에서 창작 강의.

춤 외 1편

_ 정끝별

내 숨은
쉼이나 빔에 머뭅니다
섬과 둠에 낸 한 짬의 보름이고
가끔과 어쩜에 낸 한 짬의 그믐입니다

그래야 봄이고 첨이고 덤입니다

내 맘은
뺨이나 품에 머뭅니다
님과 남과 놈에 깃든 한 뼘의 감금이고
요람과 바람과 범람에 깃든 한 뼘의 채움입니다

그래야 점이고 섬이고 움입니다

꿈만 같은 잠의
홈과 틈에 든 웃음이고
짐과 담과 금에서 멈춘 울음입니다

그러니까 내 말은
두 입술이 맞부딪쳐 머금는 숨이
땀이고 힘이고 참이고

춤만 같은 삶의
몸부림이나 안간힘이라는 겁니다

그런 것

겨울 가지가 허공 언저리에 긴 손가락을 내민다면
수작이란 그런 것

공터의 아이가 부푼 공을 차올려 공의 날개가 하늘을 베고 달아난다면
만짐이란 그렇게 휙 하고 쓱 한 것

사무친 장대비를 웅덩이가 받아낸다 흔쾌한 혼례다

바닥이 물컵을 껴안으려 온몸을 내던진다
가을 뱀이 땅속을 파고들 듯 쏟아진 물이 바닥에 스며든다
그런 것 상처인 듯 화해인 듯

암소 눈이 여물통에 고인 물빛을 닮아간다 궁륭의 별이 지상의 눈빛을
닮아간다 묵묵하다 동행이란 바로 그런 것

십이월 눈석임물은 마실 가는 곳을 알려주지 않는다 문밖 눈사람 노부
부를 저녁이 데리고 저문다 이별이다

먼눈이 멀어진 눈빛을 노래한다
최후의 시란 그런 것 그리 상투적인 것

정끝별

1964년 전남 나주 출생. 1988년 『문학사상』 신인상에 시, 1994년 《동아
일보》 신춘문예에 평론이 당선되어 등단. 시집 『자작나무 내 인생』, 『흰
책』, 『삼천갑자복사빛』, 『와락』, 『은는이가』 등 출간. 현재 이화여자대학
교 교수.

나는 시간이 더 필요하다

_ 김경년

친구들하고 쇼핑을 가면
친구들이 새옷이나 새 신을 사서
그 자리에서 입고, 신고
상점을 나서는 것을 본다.

어떻게 저렇게 금방 산 물건을
몸에 걸치고 자연스럽게
길에 나갈 수가 있을까.
적어도 집에 가지고 가서
인사를 시켜야 되는 것 아닌가.

나는 처음부터 새옷을 사기도 어렵지만
사가지고 와서도 옷장에 걸어 놓고
적어도 두, 서너 달, 아님 일 년,
한참 낯을 익혀야
겨우 입고 나가는데.
구두는 더 말할 것도 없고….
여러 번 신어 보아 딱딱함과 생소함이
저윽이 누그러져야 신고 나간다.

나는 "즉시만족"에 익숙지 않다.
"지연 반응" 족에 속한다고나 할까

소유도 시간이 많이 걸린다.
인간관계도 마찬가지. 그대의 이름,
얼굴을 기억하는 데 오랜 시간이 걸리고
당신도 내 이름과 얼굴을 기억하는 데
한참 걸릴 것이다.

친구까지도 때로는 멀리 있음을 느낀다.

그대여, 내 옷장 속에 한참 더 오래 걸려 있어야 하리.

I NEED MORE TIME

_ Kyung–Nyun Kim Richards

I used to marvel at friends who buy new outfits
or a new pair of shoes and walk out of the store
in them.

I could never do that. It takes me a long time to decide
to buy anything to begin with, and then it takes more time
for it to become mine. The dresses need to hang
in the closet for months;
shoes need to rest for weeks in the box
before I will walk out in them.

Instant gratification is not made for me. I am of
the genus delayed–feedback.
Ownership takes a long time to root.
Likewise perhaps with my relationships--
it takes a long time for me to learn your name, your face,
and it will take a long time for you to remember
my name.

Even friends seem distant.

I need you to hang in my closet a little more.

김경년

1940년 서울 출생. 1967년 도미. 전 버클리대 한국어 교수. 버클리문학 편집위원. 국제펜클럽(한국) 회원. 시집 『달팽이가 그어 놓은 작은 점선』, 번역서 딕테(차학경 저), 『Sky, wind, and stars』(윤동주 시전집), 『I Want tp Hijack an Airplane』(김승희 시선집), 『The love of Dunhuang』(둔황의 사랑, 윤후명 저), 『Life Within an Egg/달걀 속의 생』(김승희 시선집 한/영 이중언어판) 등이 있음.

저물녘, 샌프란시스코 외 2편

_ 정은숙

골목마다 넘처나는 이름없는 악사들의
화려한 연주를 싣고 붉은 지붕의 케이블카 가파른 언덕을 넘어가면

Lambrusco 향기처럼 달콤하고 화사한 낭만들이
여행자들의 어깨 위에서 캐리어에서 팝콘처럼 환하게 터져오르는 거리

흐린 가스등 아래 이국소녀가 굽는 베이컨 소세지 향기
Twin Picks를 건너온 해풍에 실려 집없는 이들의 가슴에 온기로 스미
는 거리

저녁 미사 알리는 성당의 종소리 젖은 오렌지 꽃잎처럼 휘날리는
8월 안개비에 저물녘이 아름다운 그 도시에 남겨두고 온 그대 그리운 그
림자

순천만에 가면

갈대 꽃 가지 끝에 앉은 고추 잠자리
온하늘을 담홍으로 붉게 물들이고

뻘바닥을 헤메고 있는 어린 농게
온 바다를 남청으로 푸르게 물들이고

흔들리는 갈대숲에 갇혀 가을은 잿빛으로 깊어만 가고
만조와 간조의 경계에서 쌓았던 당신과 나의 모래성 넓디 넓은 갯벌에
쓸려가 버린

순천만에 가면 눈물처럼 아리게 가슴으로 스며드는 아름다운 수채화
한 폭

유성

용한 점쟁이 만나 물어봐야겠다
머나먼 전생의 어느 별에서 우리 만난 적 있었는지

눈 들면
수백만 광년의 긴 세월 달려와 서러운 눈물로 가슴 한가운데
떨어져 내리는 당신에 대하여

만나야 할 때는
아득히 머나먼 은하의 강 너머 손 닿을 수 없는 곳에 떠 있더니
등 돌리고 떠나야 할 때 수십만 킬로의 위험한 과속으로 어둡고 험한 길
달려와
찬 슬픔으로 가슴 한가운데 쏟아져 내리는 당신에 대하여

무슨 인연의 주술에 걸려 우리 이리도 쓸쓸한 길 가야 하는지
아무래도 용한 점쟁이 만나 물어봐야겠다

The Comet

I should ask a good fortune teller

if we met at some star in a past lifetime

and about you

who when I open my eyes

runs the stretch of a million light-years of time

to come showering down to the center of my heart

with tears of grief

about you

who when we need meet

hovers somewhere unreachable, beyond the stretch of the Milky Way --

then when I turn my back to leave,

runs millions of kilometers at breakneck ultra-speed a precipitous path

to come shooting down to the center of my heart

with your icy sorrow

I should ask a good fortune teller

what lonesome path we

caught in some karmic spell,

are predestined to go

정은숙

부산 출생, 1979년 도미, 2001년 『문예운동』으로 시 등단. 2003년 시집 『당신의 빛 그 투명함으로』. 미셸린 3 Star "BENU" Chef 팀 역임, 한식당 "수라" 운영. 『버클리문학』 편집위원, 버클리문학협회 총무.

레드우드숲 시민증 외 2편

– 버클리문학 산행

_ 유봉희

초대된 영광인 듯
레드우드 숲 카펫을 밟으며
우리들은 큰 나무 밑으로 모였다
차마 손가락으로 가리키기 죄스러운 저 높이
고개를 구십도로 꺾어 올려보면
서늘한 한 자락 폭포

가까이 다가서니 멈칫, 불탄 몸통
어떻게 번개 맞고 불바닥친 날 견디며
몇백 년을 걸어 천년을 건너가며
양산도 우산도 되는 저 푸르름을 올렸는지
몇십 년 바둥이는 사람의 내력으로는 어설픈 짐작일 뿐
다시 보니 몸통 안은 둥글려 내고 한 칸 방을 들였다
상처 입은 생명들 한밤을 쉬어갈 수 있겠다
저렇게 속을 도려내고도 어찌 저리 의연할까
오래 참는다는 것은 어떤 의미일까
속을 비우고 그곳에 방 한 칸 들이는 일인가
오래 생각할 틈도 없이
우리는 신발도 벗지 않고 그 방으로 들었다
갖가지 사연들은 백팩에 밀어 넣고
한 스푼씩 입에 문 푸른 웃음들
반듯하게 스마트폰 안에서 고개를 들고 있다

레드우드 숲의 새 시민증명서이다
돌아갈 일상의 회오리 틈새에서도
우리들 높게 푸르게

매듭마디

바람매질 속 참대나무 매듭마디 없는 높이라면
휘이휘이 휘어지며 대쪽 같다는 말 있을까

찰랑 머리 딸 쓰다듬는 엄마 손에 매듭마디 없다면
겨울밤 아랫목에 홍시 볼로 잠든 딸 있을까

하동지동 애면글면 매듭마디 없는 어제라면
주름진 뒤안길 가을귀로 열어 볼 일 있을까

확인

꽃잎 겹겹
담홍빛이면 되었지
이렇게 눈 감을 향기까지

들엉킨 마음 밭에서라도
꽃 앞에 눈 감으면
꽃의 영혼, 꽃의 향기가
내 눈을 가리는 손인 듯
이렇게 살스럽게 옆에 있는데

살 어둠 속에서라도
꽃 앞에 눈 감으면
있다 없다 하던 내 속사람과
꽃의 향기가
이렇게 반보기*로 달려와 얼싸 안는데
여기 땅 위의 하늘 마당

* 오랜 풍속으로 시집과 친정 중간에서
딸과 어머니가 당일치기로 만났던 중로 보기

유봉희

수원 출생. 1972년 도미. 2002년 『문학과창작』 신인상 등단. 시집 『소금
화석』, 『몇 만년의 걸음』, 『잠깐 시간의 발을 보았다』. 『버클리문학』 편
집위원. 2014년 시인들이 뽑는 시인상, 제1회 시와정신해외시인상 수상.

처음처럼 외 1편

_ 강학희

마리나
델 레이는
학교, 교회와
성당이 없다 주일에는
아이들이 많은 베니스*로
간다 세인트 마크 성당 아침
9시 미사는 어린 아이가 되는 시간,
성화의 채색 창 사이 사이로 변성 안 된
맑은 음계들 통통이고 미사의 중심, 성체
시간 아이들은 그 분의 테이블로 초대된다
엄마 품에 안긴 아가들과 언니 형 꼬마들
뒤둥뒷뚱 강충깡충 제대 주변에 모이면
성당 안은 올망 졸망 꼬마 전구들로
환하다 호기심어린 눈빛, 아장대
는 손짓 몸짓으로 대화 나누는
거기 나는, 8살 언니 손
꼬-옥 잡고 축복받던 첫 날 처음처럼 그 분을 만난다 처음처럼에 취해
신新 나는 낙낙, 심박은 월화수목금토 아닌 일월화수목금토로 스텝을
바꾼다

* Venice: 남가주 바닷가 마리나 델 레이 옆 동네

오후 3시 집행유예를 받다

싸래기만한 이팝꽃들이 피었다네요
글쎄, 그게 언제부터 피었을까요?

하얀 꽃잎 몇장 품은 철부지 욕심
삼일 동안 이통 저통 병원통에 뻥튀기당하고 내쳐진 그 곳,
"아, 이 반가운 것…, 이 히수무레하고 부드럽고 수수하고 슴슴한 것은
무엇인가?"*
두어 번 젓갈질뿐이지만 남김없이 눈으로 오래, 오래도록 먹는다
다만, 안심 한 술로도 배부른 오늘은
한 뭉치 메밀국시 위로 투.두.둑. 떨어지고 돌아 선 뒷켠, 아멘 새겨진
보자기 속 낯선 유배가 석자 히끄무레한 발가락만 내비치고 있다

다시보는 한아름 꽃잎 같은 햇살들이
아, 소리 없이 귀를 찢는 함성들이 3년 집행유예를 합창으로 선고하는 3
시 오후,
끝내 뻥– 터져버린 뻥튀기 망태기에는 배 터진 이팝꽃잎들이 한 자박이
네요

* 백석의 시 「국수」 중에서

강학희

1976년 도미, 남가주 거주, 2010년 『시와정신』 시 부분 신인상, 가산 문
학상, 미주동포 문학상 수상. 시집 『오늘도 나는 알맞게 떠있다』 외 다
수 공저. 『버클리문학』, 미주 카토릭 문학 편집위원.

무당벌레 외 2편

_ 엔젤라 정

속달로 보내온 누런 봉투 안에는
파도에 시달린 잿빛 몽돌,
보스톤 난타스켓 비치에서
시누이가 눈여겨 만져 보았을 작은 몽돌
그녀가 그려 넣은
빨간 점박이 무당벌레는
안부安否 속에 함께 묻어 와서
병마와 싸우고 있는 근황에
간곡한 행운을 빌어 주었는지
병마를 혼비백산 흔들어 놓았는지
한나절 북을 치고 장구를 쳤는지
성큼 성큼 회복을 안겨주었다
위로만 위로만 올라가다
꼭대기에 이르면
날개를 펴고 기상한다는
행운의 무당벌레는
나를 일으켜 세우고
병을 달고 멀리 날아가 버렸다

변신

엎드려 부엌 바닥을 닦다
걸레의 마음을 생각해 본다.
순수한 면綿으로 된 하얀 헝겊은
누에가 긴 잠에서 깨어난
완전 변태에서 일어난 사변이 아닌가
어쩌다 걸레가 되었는지
마루바닥, 현관, 욕실
닿는 곳 어디라도
질곡桎梏을 견디며 납루해진 그녀
그늘을 벗어나지 못한 귀퉁이에서
한번도 대접받지 못한 그녀에게
태초의 이름을 불러 주어야겠다
거친 몸에 향유를 뿌리고
뽀얀 거품을 내어,
간지러운 마사지로
얼룩진 한을 풀어 한바탕 웃고 볼 일이다
한두 번 뜨건 물에 흔들어 헹구고
온수 갯물에 목욕 재계를 한다
진흙에서 피어난 해맑은 연꽃처럼
이름은 생김보다 귀감이 되었다
나는 오늘부터 연꽃이라 불렀다

스쿠터

걷기보다 빠른 바퀴가 거리를 활보한다.
걸음보다 바퀴가 더 빨리 시간에 이른다.
어디서나 굴렁쇠 스쿠터는
사람의 목적을 향한 욕구를 소임한
사람들은 잠깐동안 스쿠터에 의지하고
그들의 목적에 이르고 나면
내팽겨쳐 버려 둔다.
스쿠터는 무슨 업보라도 뒤집어 쓴 걸까.
머리도 다리도 없는 무쇠의 발이 되어
그가 원했던 행보를 위한 것
사람들은 모든 기억을 지워 버린다.
어디에서나 필요로 쓰고
어디에나 내팽겨쳐지는 야윈 가슴 팍
나 사는 세상이 어지럽다.

엔젤라 정

충남 공주 출생. 2003년 『자유문학』으로 등단. 시집 『룰루가 뿔났다』. 한
국문인협회 회원. Member of California Federation of Chaparral Poets,
Inc 회원이며 『미주시학』 편집간사로 미국 시인들을 인터뷰하고 현재
PRODENTAL LAB를 운영하고 있음. 『버클리문학』 편집위원.

지갑 외 2편

_ 김복숙

어릴적부터 지갑 좋아하는 내게
부자富者 된다 하신 어머니
내가 돈을 좇으려 하기보다
돈이 내게 와야 한다 하신 할머니

지금도
매일반 지갑 좋아하며
내게 오라 잡지 않는다

언중에 주신 한마디 한마디
반복되는 생활에 이치대로
좋아하고 보챌수록 머문다면
추억 지갑에 담은 한 줌 햇살,
남김없이 간직하고 싶다

그림자로 어리는 음성은
세상에 빚지고 살아가며
아롱대는 어둠 속에서
외상값처럼 자리잡고 있다

수세미

육교 위 좌판에서
줄지어 누워 있는
알록달록 비닐봉지

물결에 흘려버리고 싶은
오미五味 지워내고
오미五美 담아내는
일등공신 싸한 자태

서로 낯설고 어색한 찰나에
노인의 거친 손끝으로
골이 진 주름 사이로
비틀대며 몰려오는 따듯한 미소
일일이 내지 못한 맛 담아
선뜻 떠오르는 뚝배기

한순간
쉽사리 속내 비치지 않던
종지 바닥 훤히 드러나
빛 고운 느낌, 천진한 웃음으로
거듭나는 상상만으로
풋고추 입맛 돋우고
싱그런 바람 불어온다

봉숭아 꽃잎

캘리포니아 볕에 자란
해맑은 봉숭아 꽃잎
바라만 보아도 생기가 나고
눈빛 마음빛 먼저 물든다

단아한 진분홍 겹겹 꽃길
다듬고 짓이기는 사이로
타박타박 고향길 걸어가고
감미로운 달빛 장단 맞추어
예쁘장 물들어 가는 빛깔
내 안에 별처럼 반짝이고

어쩌면
세월이 거꾸로 가는지
거꾸로 세월을 잡는지

캘리포니아 볕에 자라는
아침 햇살, 우리 아이들아
그 성장하는 꿈결 사이로

문화 풍습 역사, 곱게곱게

온통 물들으면 싶단다

김복숙

서울 출생. 1977년 도미. 월간 『한맥문학』 신인상 수상. 시집 『푸른 세상 키운다』. 샌프란시스코 한국문학인협회 회원, 미주 한국문인협회 회원, 버클리문학협회 회원. 산호세, 알마덴 한국학교 교장 역임.

Room 3412 외 2편

_ 윤영숙

가끔씩 날아가는 새들의 날갯짓
슬로우 무비처럼 천천히 내려앉는 비행기
병실 창밖의 도시는
평온한 일상의 도시

아침상을 마주하고 눈물을 흘린다
살아남은 감사함인가

시도 때도 없이 두근거리는 내 심장
사랑에 빠진 여자 같이
결승전을 끝낸 마라톤선수 같이
왜 그러냐고 무슨 일이냐고
나는 너와 화해하고 싶다

깊이 들여다볼 수는 없지만
어루만질 수도 없지만
너를 달래며 부축이며
다시 창밖의 세상 속으로
함께 날라 들어갈 것이다

김치전 먹고 싶은 날

바삭하게 김치전 부쳐먹고 싶다
김치 쫑쫑 썰어넣고 물오징어 다져넣어
추적추적 비가 내리는 날에는

빗물에 주저앉은 마음 건져내서
홀홀털어 따끈한 아랫목에 펼쳐놓고
모서리 모서리 꾸우꾹 눌러가며
바삭 구워내야지
군소리 들리지 않게

감자 쑹쑹 썰어넣고 수제비국 끓여야겠다
이렇게 추적추적 비 내리는 날에는
가시처럼 걸려있는 생각들일랑
따끈한 수제비국에 함께 버무려 넘겨 버려야겠다
뜨거운 국물 목젖을 달래가며

아직 괜찮지 않아?

짝짝이 양말

강남의 한 호텔 세탁장
여행 중인 노인의 어설픈 세탁물 속에
짝짝이 양말들이 한 짝씩
물끄러미 나를 올려다본다

오랜지 나비가 춤추는 한 짝
조용한 회색의 밋밋한 한 짝
서로 낯선 얼굴로
제각기 자기 짝을 잃은 채

잠깐 주저하다가
잠시 생각하다가
새 양말과 짝을 만들어
길이도 모양도 각각인 짝짝이를 신고
남은 여행 길을 떠난다

우리들 사는 모습도 이러하려나
우리의 어제도 내일도 이러하려나
짝인 듯 짝짝이로
짝짝인 듯 짝으로

윤영숙

서울 출생. 1965년 3월 도미. 시집 『소금꽃 피기 기다리다』. 버클리문학협회
회원. 현재 Bay Area ENT Medical Group 근무.

달팽이 외 1편

_ 곽명숙

한 나절 묵묵히 올라간
잎대 끝에서
한 점 바람에 휘청이는
둥근 집 하나

위태로운 울음도 없이
속절없는 애태움도 없이
한 생이 옹송거리다

저물녘
뿌리로 내려오는 길도
저 혼자의 외로움으로
더듬어 갈 것이다

잠깐의 이슬을 핥으며
발없이 영원을 헤아리는 탁발승이
묵언 수행으로 남긴
빛나는 길

푸른 자전거의 콧노래

바다는 어디에도 있다 중얼거리며
푸른 자전거는 굴러갈 궁리 중이다
도시는 지도처럼 밋밋하지 않고
길의 모서리마다 아프다
구부러지는 길 끊어진 길 사라져 버린 길
너무 빠르면 튕겨나가고
너무 늦으면 서 버리니
뾰족한 돌멩이를 피하다 만난 물구덩이
차르륵 차르륵
콧노래에 맞춰
바큇살 무지개를 길어올린다
투구게처럼 엎드린 자동차들 사이
밀려오고 밀려가는 바다를
두 바퀴로 돌리며

곽명숙

1999년 『시와시학』에 시로 등단, 시와 평론을 겸하고 있음. 저서로 학술
서 『한국 근대시의 흐름과 고원』(2015년 대한민국 학술원 우수도서), 평
론집 『시가 빛났던 자리들』 등이 있음. 2016. 8 ~ 2017. 7 uc버클리 객원교
수. 현재 아주대학교 국어국문학과 교수, 『시와정신』 편집위원.

下午 외 1편

_ 김소원

신문 뒤적이는 굽은 등 뒤에서
두꺼워진 발톱을 깎는다
중고 가전제품 깨끗이 치워 드립니다
토요일 오후 아이들 빈자리에
나른나른 마이크 소리 들어찬다
튀어 나간 발톱을 치우다
하얗게 센 치모恥毛 한 올 주워든다
우듬지 끝으로 찾아온 가을이
온몸으로 깊어가고 있다
굳은 발톱같이 단단했던 한낮
어디로 달아나 숨었는가
단단했던 햇살 잿빛으로 바래어
남으로 향한 창을 닫는다
한때, 겹겹 커튼으로 해를 가리며
같이 눕자 하던 그
가만히 등 뒤로 껴안아 본다
떨림이 없는 또 하나의 나
부스스한 머리칼로 뒤돌아본다
그만의 냄새가 사라졌다
그는 없다
두루마리 화장지 같은 生
갈수록 너무 빨리 풀려 나가는,

도다리 쑥국

올해 동백은 늦은 편이네요
삼십 년 연인과 저녁 바다를 걸어요
바닷물이 막 빠지기 시작해요
말갛게 씻긴 모래밭 위에
하나둘 물새 발자국
저 도화지 펼쳐지도록 날개를 파닥였겠지요
좋은 그림은 기다림 끝에 나오는 거군요
그것도 아주 잠깐
많은 색이 필요하지도 않네요
바로 이 맛이에요
중간 크기 도다리 반 토막에 햇쑥 한 줌
동백 그림자 어린 남쪽 바닷물 두 종지면 족해요
갖은 양념 넣어야
사는 맛 나는 건 아니네요
이제 나는 이 저녁을 위해
한 해를 즐거이 기다릴 수 있겠어요
통영 바닷가 앙다문 동백 봉오리에
춘설이나 파묻는 저 바람을
조금도 미워하지 않을 것 같아요

김소원

대구 출생. 2002년 『문학과경계』로 등단. 시집 『시집 속의 칼』, 『그리운 오늘』. 2007년 편운문학상 신인상 수상.

신파조로 쓴다 외 1편

_ 이정희

　꼭 한번 꼬물거리는 네 발가락을 만져보고 젖내 나는 뺨도 쓸어보고 싶었는데 복중의 너를 보지 못하고 떠난 세월, 어느새 산천이 여섯 번이나 바뀌었구나 포화 속 끌려가면서 꼬깃꼬깃 인편에 보낸 그 이름 희봉, 희망의 봉우리로 자라거라 지었던 내 뜻을 알아 먼 타국에서 사람 사이에 징검다리를 놓고 꿈에도 잊지 못할 모국어로 너른 집을 지어 햇볕도 들이고 바람도 쉬어가게 하고 툇마루에 옹기종기 지친 사람들 한숨도 다독이는 아들아, 네 품에 깃든 뭇 숨들이 켜켜이 쌓여 지문처럼 사람들 가슴에 새겨지길 아비는 빈단다 언젠가 너를 다시 만나리 고향집 사립문에 다가서면 토담 한쪽이 스스로 허물어지고 감나무는 땡감을 서둘러 떨어뜨리고 영원으로 가는 *망가(望架)의 노래가 마당 한가운데 피어오른 모기불 쑥향을 따라 하늘까지 다다르면 별은 밤새 졸린 눈 깜박이며 우리 이야기를 듣느라 새벽달이 떠오르는 것도 모르고 그만 하얗게 눈썹이 세겠구나

* 김희봉의 『안개의 천국』에서 인용

외발전족纏足

왼쪽 발바닥 굳은 살 깎다가 베었다
밴드를 붙이고 왼발에만 양말을 신는다

소복이 부어오른 살,
수평이 무너졌다
한쪽으로 마음 쏠린 것
바닥이 알고 있었던 걸까

널어둔 빨래의 바짓단
한쪽이 닳아있고
중심을 맞추면서 걸어가던
시간도 기울었다

똑바로 걸어가던 내 발걸음
한쪽으로 틀어지면서
웅크리면서 부풀리면서
뒤뚱뒤뚱 그대에게 자꾸 쏠리면서
외발전족, 나는 족보까지 바꾸면서

이정희

2004년 『시와정신』으로 등단. 시집 『바람의 무렵』 출간.

헝겊인형 4 외 1편

_ 고명자

손을 빌리지 않아도

몸뚱어리를 빌리지 않고도

동공 풀린 자웅동체도 사람인 양하고

잘 마른 대퇴부를 굴다리 아래 펼쳐 놓고는

악몽의 밖을 맨발로 뛰쳐나온 줄 알고 눈을 흘기는 나를 의심한다

　어느 사진장이 화첩에서 본 힌두사원 회랑에 박힌 수행의 다른 방식 불
꽃 튀는 체위

　그런 포르노, 그런 삼류, 그런 화끈한, 하고 싶다 어쩔래 그래, 사람으로
거듭나고 싶다 어쩔래

　라는 말 대신 제 밑을 쓱쓱 문지르고 서 있는 여자의 고요한 지랄발광(發狂)

　마늘쪽 같은 엉덩이를 까고 하나 둘 다섯 번식하는 입술들 사이 엉거주
춤 다음 자세를 골몰하는

　굴다리 아래 느닷없이 바람이 지나간다 혀를 차며 욕을 뱉으며

걷어채이고 채인 아랫도리를 내놓고 히죽거리다

맹물 같이 맑은 사람이 된 것 같은 낯짝을 하고

다시, 신문지를 뚤뚤 말아 제 샅을 비벼대는 중이시라

숭양, 숭양이라

한때는 열렸었다 하고
이제
닫혀버린 저쪽

어스름의 새처럼
골몰해 보지만

한 죽음이 시간을 끌고 사라졌다 하네
이승 복은 적게 타고
저승 복은 많이 타고
황진이는 여전히 시詩의 안팎에서 화자로 살고
저물녘 넋을 놓고 앉아 나는

딱딱한 부리로 시간의 저쪽을 쪼아대는데
트레머리 숭양 여자
한번은 더 나를 버리려는 심사로
봉분을 걸어 나와 송악산 쪽으로 갔다하는

숭양, 숭양이라*
가시 촘촘한 멸종 식물의 이름 같아

깨진 빗돌에
불망의 서간체
획과 획 사이

시간이 깨지고 돌만 남아

나는, 셀 수 없이 많은 얼굴을 지녔던 것 같아
나의 뒷면은 나를 불사르는 그 무엇
손을 돌려 휘저어도 잡히지 않는
이승
또는 저승
이을 명줄 없을까 불을 밝힌다
저녁쌀을 씻는다

서럽지는 않은데 서럽다
제 죽지에 날개를 틀고 날기를 거부한 새처럼

그대, 수백 년 홀로인 서첩에서 그만 나오시라

* 숭양 : 개성의 옛이름. 또한 송악 송도 등으로 불려지기도 했다.

고명자

2005년 『시와정신』 등단. 시집 『술병들의 묘지』, 『그 밖은 참, 심심한 봄
날이라』. 제1회 전국 계간지 축제 작품상 수상. 2018 백신애창작 지원금
수혜. 『시와정신』 편집차장.

우리는 태초에 꽃의 이름으로 태어나 외 1편

_ 박송이

꽃의 이름으로 불리는 것들은 죄다
발목이 아프다

너에게 가기 위하여
푹푹 아무 데나 깊숙이 땅을 밟아 본다

너와 떨어져 사는 세상이 경악스러워
달랑 혼자인 내가 달랑 혼자인 널 그리워
외롭게 조는 일

꽃의 머리로 꽃의 심장으로 꽃의 혈관으로
연애를 구걸하는 저녁은 아름답다

송이송이 눈꽃송이 하얀 꽃송이

콧구멍 없이 잘도 벌렁거리는
이 깊고 높은 세상 속으로
연인들이 폭죽을 터뜨린다

우주의 골방에서
우리는 이미 장애를 앓는 꽃

꼭꼭 숨은 나이테 속으로

빙글뱅글 꽃이 피어도

매발톱꽃에게 사랑은 한 구절로 부족하다

바다사막

수사적으로 너에게 빠지고 싶다
너에게 한 땀 한 땀 수를 놓는다
너는 밑그림 없는 그림
아주 예쁘게 천천히 우리는 모래로 가자

공중을 잃고 잃어버리고
새까맣게 말라 가는 너는 나의 구심이다
바다는 더 이상 술이 아니다
바다는 물이 아니다
바다는 돌이거나
흙이거나 달이거나
사막이거나 사막이다

애 하나를 낳고 아이를 키우며
우리는 물 위를 덮는 낙조가 되거나
불쑥불쑥 함정에 빠지면서
물 위를 걷는 한 마리 물짐승이 되거나
물속에 숨어 밤마다 목을 내밀어 목으로 운다
물짐승을 기르는 산호가 되거나
바다를 기어 다니는 물비늘이 되거나

바다사막에 수국이 피었다
나는 그 수국이 되거나
한 잎 한 잎 떠가는 물나방이 되거나

박송이

1981년 인천 출생. 2011년 《한국일보》 신춘문예 당선. 2013년 버클리문학 초청으로 버클리에서 버클리문학강좌 진행. 시집 『조용한 심장』.

대륙 횡단 트럭 외 1편

_ 박광영

트럭을 모는 꿈을 꾼 적이 있다

대륙을 횡단하는 운전자
달포를 광야와 마주하며 달린다

스무 개의 나란한 은빛 바퀴
차축車軸은 바람에 이는 굉음을 받아낸다

일자로 뻗은 컨테이너
오랫동안 미끈하게 이어지는 선을 동경했지

저 낭창낭창해지는 시간의 숲은 멀다
삶의 마디와 옹이는 짙은 이끼로 깔려 있겠지

대륙의 저 북단까지 치고 올라가는 길
지평선까지 내려앉은 별들의 목소리를 듣는다

묵묵히 나는 운전대를 잡으며
적의 눈동자를 노려보는 검투사를 생각하기도 한다

가도 가도 이어지는 길은 늘 앞으로 다가오고
내 턱수염이 한 뼘 이상 자라도록 내버려두겠다

모든 것 잊고 앞으로 앞으로만,
뒤를 돌아보지 않는 대륙 횡단 트럭

호미에 대한 단상

새 한 마리 흙을 파헤치고 있다
무엇이든 파는 성질을 가진 류가 있다

뒤집을 판이 없으면 좋겠다

가끔 호미로 잡풀을 쪼곤 한다
풀들은 비명을 지를 법한데
이제 청력이 약해지거나
듣는 것을 무시하는 경우가 많아졌다

아무짝에도 쓸모없는 것은
묻어버리기에 참 쓸모가 있다

새벽에 흘러다니는 안개 속에서
갱도의 입구를 잃고 서성거린다

날선 서슬의 탄맥을 찾는 나는
전생前生에 호미였다

박광영

2014년 계간 『시와정신』 등단. 시집 『그리운 만큼의 거리』 출간.

사랑일까? 생존일까? 외 1편

_ 하종순

겨울비 떠나간 마당
한 부삽 떠올린 흙 속에
흰 쑥뿌리들, 비빔국수 되어 젖은 흙과 엉켜 있다
날선 호미 피해 살아남은
실처럼 가늘던 잔뿌리가
대지의 품속에서 젖살이 통통하다

봄의 짙어가는 향기에 취한 듯
라벤더 품을 파고들며 뿌리를 내리는 쑥
사랑일까? 생존일까?
텃밭을 넘어 밀려오는 쑥무리
갈라진 콘크리트 틈마다 얼굴을 내밀며
초대받지 않은 노랑머리 할머니 정원으로
몰려가고 있다 전화도 이메일도 없는
번지 수 없는 쑥들의 세계
자연이라는 부모에게서 물려 받은
태고적 자유로

흙과 어우러져 올라오는 쑥향기 속에
소리없는 휘파람 행진곡
봄빛 쏟아지는 정원 가득하다

고향말에 목메이다

빗소리 짜락 짜락 창문을 열어보니
물살이 넘실 넘실 죽을 것 같았다는
베적삼 노인과의 숨가쁜 인터뷰 장면

TV속 시골마을 비오는 풍경들은
연둣빛 유년시절 빛바랜 사진으로
잊었던 기억들이 세찬 빗줄기 되어
깊어진 주름길 따라 지구를 휘돌아가네

짜락 짜락 빗소리
넘실 넘실 물살이
수많은 언어들의 숲에 싸여 살면서
푸른별 어느 한 점을 못 잊는 나그네에게
주름꽃 할머니가 18번 노래하듯 부르고 있는
들어도 언제나 또 듣고 싶은 언어

하종순

1948년 서울 출생. 1976년 도미. 제1회 『버클리문학』 신인상 시 당선.
버클리문학협회 회원. 서양화가.

엄마는 집이다 외 1편

_ 박한송

엄마는 집이다
엄마가 일하러 가는 날은
집이 텅 빈 것 같다
어쩌다 엄마가 야간 근무하는 날은
시간이 멈춰 있는 것 같다
엄마가 있는 주말은
집이 꽉 찬다
집은 엄마가 될 수 없지만
엄마는 우리 집이다

그래가꼬*

할머니는 말끝마다
그래가꼬, 그래가꼬를
반복한다
나도 재미있어 몇 번 따라 했더니
어느새 입에 붙었다
친구들이 나를 볼 때마다
"그래가꼬 그래가꼬" 놀린다
그래도
나는 할머니가 좋고
내 별명이 좋다

* '그래서', '그래 가지고'를 의미하는 방언

박한송

전남 광양 출생. 2015년 『시와정신』 동시 신인상 등단. 동시집 『엄마는 집이다』, 『아빠는 잔소리꾼이다』 출간. 제25회 근로자문화예술제 금상 수상. 『순천문학』 회원, 〈초록동요사랑회〉 회원, 한우리 독서·논술·글쓰기지도사.

버문꽃

_ 존 허

옛 동산에
나 홀로 피었던 꽃
이젠 버클리 동산에 무리져 피었네
황혼 녘 오늘도
사무치게 다가오는
내 사랑의 꽃

Bar Code 없이도
활짝 웃어주는 꽃
pass word 없어도
마음 문 열어주는 꽃
잠들었던
내 영혼의 ID를 밝혀주는 꽃

복숭아, 살구꽃
봄에만 피고 지지만
사람 향기 나는
버문 꽃
춘하추동 피고 또 피네
글과 정을 이슬처럼 먹고 사는
버문꽃은
가슴과 가슴 엮어놓은

칡넝굴 같이 질긴
생명의 꽃
사랑의 꽃

* 버문꽃 : 『버클리문학』 꽃

존 허

경남 김해 출신. 미시간대학 지질학박사, 택사코석유탐사연구소장, 인
도네시아 석유탐사 부사장, 석유공대 교수, 마이크로네시아 경제고문,
인도네시아 명예대사, 샌프란시스코 박물관위원, 한글학교 이사. 버클
리문학협회 회원.

내 기도는 외 1편

_ 김중애

내 기도는 받아쓰기
지우고
고치고
다시 쓰고
일곱 번 또 일곱 번

가시 빼내고
쓴뿌리 뽑아내고
피를 닦아가며
지우고
고쳐 쓰고
다시 쓰고

내 골방의 기도는
여전히 받아쓰기
복습도 예습도 소용없이
일곱 번씩 일흔 번
일곱 번씩 아흔 번

나잇살

나 세상 떠날 때 초대장 하나 남기렵니다
잔치 음식 마련할 수 있으면 좋으련만,
그럴 수 없으니 잔치 비용 넉넉히 준비해 둬야지요
수의 대신 식탁보와 냅킨 마련해 둔다면
이 땅에서 제 삶이 얼마나 유쾌했는지
짐작하실 수 있겠지요
식탁보에는 수를 놓을 거예요
잔잔한 들꽃이나
사랑, 기쁨, 감사, 웃음, 용서, 영생, 천국 이런 글도 있구요
잔치 끝나고 돌아가는 길에 뭐 하나 가져가도 좋아요
책이나, 촛대나 찻잔이라도
볼 때마다 얼마나 복된 삶이었는지 기억해 주신다면
내 서투른 여정 무사히 마치고, 마침내 천국에 갔으니
초대장 받으시면, 한껏 멋 내고 오세요
음식도 푸짐하게 마련하고요
식탁에는 꽃도 장식하고
그리고 촛불 켜는 것도 잊지 마세요
모년 모월 모일 몰이란 부고 대신
나는 초대장 보내려구요
언제나 생일 잔치 민망하고 불편했지만
마음껏 축하받고 싶어요
서투른 여정 무사히 마치고

천국으로 이주했으니
이 땅에서의 제 삶이 축하받을 자격 있지 않나요

김중애

1987년 도미. 성경교사로 사역. 버클리문학협회 회원.

반딧불 외 1편

_ 김명수

대학시절 첫해에 만났던
명우 문학동아리 모임
첫 시골 나들이.

별빛과 시냇물 소리에 끌려
모두 함께
거닐었던 시골 밤길

태어나 처음 보았던 수많은 반딧불
별들 속에 내가 날아다니듯
눈앞에 움직이는 반딧불 영롱함.

바로 코 앞에 날아온 반딧불 자세히 보려다
돌 뿌리에 넘어지려는 나,
팔목 잡아주던 한 청년의 듬직한 손.
그 순간 쿵당쿵당 뛰던 가슴 고동소리.
태어나 처음 남자 손이 닿아서일까.

혹시라도 뛰는 그 심장소리
들킬까 다른 반딧불 향해
뛰어가던 나의 뒷모습.

동아리에서 권한 술 한 잔에도

금세 발개지던 눈이 큰 동안의 남학생
지금은 어디 있을까, 무얼 하고 있을까.

다시 가고픈
그 시절 시골길.

Firefly

Freshman in college
Friendship in M.W. book club
First visit to rural area in country side.

Attracted by star light and sound of stream river
Walking all together to outside
Country road in dark night time.
Caught by eye sight so many glowing firefly

Feeling like flying between stars in night sky
twinkling firefly which never seen before
Seeing for the first time I was born
Looking one carefully flying close to my nose.
Tripped over a stone

One young man's next to me powerful hand
holding my wrist tightly to up
trembling my heart beat sound at that moment
touched by young man for the first time
I was born

I can hear my pulse sound so loud
I try to hide that sound to him

Running toward to the other firefly.
Showing my backside to him

So many years pass
Looking back those days
His innocent face with big eye
Flushed to red so quick
After even one cup wine by friend offering.

I wonder
Where he is now.
What he is doing now

I want to walk in rural area
Countryside one more time.
Wishing go back those days.

저를 버리지 마옵소서
(당신 그림자의 일부가 되어서라도)

제가 그랬던 건 당신을 위한다는 마음에서였습니다.
그런데 당신은 제게 멀리 떠나가셨습니다.

인적 드문 공원 벤치에 앉아
단풍나무 바라봅니다.
따사로운 햇볕 사이
나무 줄기에 붙어 있는 단풍잎.
진빨강과 밝은주홍의 어울림.
평화로움 속에 영롱한 아름다움.
당신과 같이 있었던
그 시절 제 모습입니다.

어디선가 회오리 바람 불어오자
힘없이 떨어지는 잎사귀
바람에 휩쓸려 이리저리 뒹굴다
쌓여있는 낙엽 위 걸어봅니다.
발 밑에 밟혀 부스러지고 말라 비틀어진 낙엽들
지금의 제 모습입니다.

너무 멀리
당신에게 떠나 있었습니다.
당신에게 멀리 떨어지면 자유 만끽하며

즐겁게 살리라 여겼습니다.

너무 오래
당신에게 떠나 있었습니다.
남에게 도움받지 않고 홀로 선 제 모습 보며
마음 뿌듯하고
자랑스러우리라 여겼습니다.

시간 흐르고 심신이 지쳐
말라 부스러져 뒹굴고 있는
낙엽 같은 제 모습을 봅니다.

당신 그림자 일부분 되어
당신 근처에 서성거리게 해주옵소서.
회색빛 보잘것 없는
평면의 허상에 불과하나 저는 당신 곁에
당신 그림자 일부가 되어서라도
당신 마음을 다시 느끼고 싶습니다.

당신이 처음 저를 찾아와
사랑해 주셨던 그 마음
발그레해진 뺨을 수줍어하며
당신 받아들였던

그때 제 모습으로 돌아가고 싶습니다.

저를 잊어버리지 마옵소서.
제발 지우지 마옵소서.

김명수

1978년 도미. 소설 『잎새 위의 이슬』(필명 김수진) 출판. 1982 UC San
Francisco Pharmacy School 프로그램 수료, 한국일보 SF "여성의 창" 필
진(2019), 『버클리문학』 회원. 1983년부터 가주 약사로 일하고 있음.

제 5회 『버클리문학』 신인상

● **시조 당선**

김희원 ┃ 알카트라즈 가는 길
　　　　　　더블린의 봄날
　　　　　　심지도 거두지도 않았건만
　　　　　　산토리니 그림 엽서
　　　　　　다뉴브강의 비가

● **수필 당선**

양안나 ┃ 어머니와 시루
　　　　　　여우 소식

● **심사평**

심사위원 – 김완하, 송기한, 김홍진

알카트라즈* 가는 길 외 4편

김희원

관광객 몰려드는 항구의 북쪽 부두
바닷바람 앞세워 코끝을 파고드는
구수한
크램 차우더
어찌 아니 먹을까

한 조각 빵을 적셔 나 한 입 베어 물고
말끔히 쳐다보는 갈매기 희롱하며
돛단배
넘실거리는
그림 속을 엿본다

해질녘 마주 하면 그림자 닿을 저 섬
연락선 안내하는 물새들 분주하고
안개비
수줍은 미소
금빛 다리 출렁인다

* 알카트라즈 섬(Alcatraz Island, San Francisco)

더블린*의 봄날

몰려드는 햇살에 시끌시끌 허공 장터
물오른 들판은 연두 자락 펄럭이고
가로수
꽃배나무들
폭죽으로 터진다

말이 달라 철옹성 쌓고 사는 이웃들
산책길 눈인사랑 말도 더러 건네면
작은 새
노랫 가락도

분홍물이 들었다

* 더블린(Dublin, California)

심지도 거두지도 않았건만

들녘의 수풀에서 선물로 보낸 씨앗
바람에 하늘하늘 십리 길 찾아왔다
누구의 간절한 기대 어디에도 없었다

혼자서 싹 틔우고 오롯이 자리잡아
들판이 고향이라 가뭄도 비껴가고
잔가지 다듬어 주자 정원수가 되었다

문 열면 몰려온다 은은한 들의 향기
바글바글 하얀 송이 동산을 이루었다
꽃 그늘 돌담에 앉아 가는 구름 청해 본다

산토리니 그림 엽서

코발트색 에게해를
이고 앉은
교회당

골짝마다 눈부셔라
눈雪빛
동화 마을

아, 나도
여신이 되어
그림 속을 걸어 볼까

다뉴브강의 비가

떨어진 푸른 감이
가슴에
별이 된 날

헝가리 수장당한
여섯 살
아이 소식

까마귀
토해낸 울음
피멍으로
놀은 지고

● 당선소감 – 김희원

24년 전인 1995년 12월, 두렵지만 설레는 마음을 안고 미국에 왔다. 낯선 땅에 두 아이 적응시키며 정착해 사느라고 젊은 시절을 정신없이 보냈다. 학창 시절 좋아하던 시를 잊고 산 지가 얼마인지….

3년 전, 버클리문학에 함께하면서 글쓰기를 시작했고, 운좋게도 "버클리 문학 아카데미"에 등록할 수 있게 되어 일 년 동안 문학 수업을 받았다. 숙제로 낸 작품을 두고 김완하 교수님의 혹평이 쏟아지면 부끄럽기도 하고 마음이 상해 그만 두고 싶은 때가 많았다. 그러나 그때의 혹평이 나의 글을 다듬는데 항상 지침이 되고 있었으니 감사한 일이다.

이번에 신인상을 받게 된 작품 중 연시조 세 수가 이 기간에 썼던 작품이다. 타국에 살면서 일어나고 느끼는 이민자의 삶을 작품에 담아보도록 하라는 가르침은 내가 지향하는 길이 되었다.

아직 많이 부족함에도 버클리문학 5호의 신인상 수상자로 선정되어 매우 기쁘다. 길가의 들꽃 하나도 관심을 갖고 바라보게 하는 시인의 길에 들어섰으니 서툴지만 한 걸음씩 나아가 보련다.

김희원

1995년 도미. 버클리문학협회 회원.

어머니와 시루 외 1편

양안나

빛바랜 아들의 사진첩을 넘긴다. 첫 장에는 초음파 사진이 나오고, 뒷면에는 떡시루와 갓 태어난 순자를 흐뭇한 표정으로 바라보시는 어머니가 계신다.

내가 어렸을 때, 우리 집 장독대에는 크고 작은 시루가 몇 개 있었다. 유액을 발라 반짝이는 항아리와 달리 시루는 질박한 모양이었다. 시루의 밑바닥에는 연뿌리처럼 듬성듬성 구멍이 뚫려 있었다.

어머니는 추석 설 명절 외에도 가족의 생일이나 모임이 있으면 손수 떡을 찌셨다. 물이 끓는 솥 위에 시루를 올린 후, 솥과 시루의 틈새를 김이 새어 나가지 않게 밀가루로 시룻번을 발랐다. 내용물이 빠지지 않게 시루의 구멍은 얇게 썬 무로 막았다. 방앗간에서 빻아온 찹쌀과 쌀가루를 편편하게 한 위에 팥을 삶아 만든 고물과 가루를 번갈아가며 올렸다. 어머니가 떡을 찌는 정성은 석공이 벽돌을 한 층 한 층 쌓는 모습을 연상케 했다.

구수한 냄새가 마을로 퍼지면, 사람들은 대문을 밀고 들어오는 나를 기다렸다는 듯이 반가워했다. 감나무 집은 감이나 곶감을, 대추나무가 있는 집은 대추를 접시에 담아 주었다. 이도 저도 없는 집은 박하사탕이라도 호주머니에 넣어주었다. 나는 그들의 사랑법이 좋아서 떡이 빨리 익기를 시루 옆에 쪼그리고 앉아서 기다리곤 했다.

그해 여름, 서울에서 어머니가 오셨다. 당시 우리는 시카고 오헤어 공항에서 차로 2시간 가량 떨어진 조용한 도시에 살고 있었다. 마중 나간 사위와 함께 집에 들어서자마자 어머니는 만삭인 나의 배를 쓰다듬으셨다. 내가 어렸을 때 배가 아프다고 칭얼대면, 엄마 무릎 위에 내 머리를 올리고 배를 만져주셨던 효험 만점인 손이었다. 할머니의 따뜻한 손이 닿자 태아도 뱃속에서 환영했다.

어머니는 피곤도 잊고 들고 오신 가방에서 물건을 꺼내기 시작했다. 거실은 순식간에 잡화상으로 변했다. 아기의 옷과 미역, 멸치 등이 줄지어 나오다가 앙증맞은 시루가 옷으로 몸을 둘둘 감은 채 얼굴을 내밀었다. 내가 전혀 상상하지 못했던 물건이었지만, 나는 그릇의 용도를 익히 알 수 있었다.

출산 예정일이 다가오자 어머니는 시루를 씻고 또 씻으셨다. 한국인이 많이 살고 있지 않았던 마을에 방앗간이 있을 리가 없었다. 어머니는 인근 한국 마트에서 구해온 마른 쌀가루를 손으로 물을 뿌리며 체에 내렸다. 수십 년 떡을 쪘지만 마른 쌀가루 떡은 처음이라며 연신 땀을 닦으셨다. 약 30여 년 전 일리노이의 5월 하순은 한국의 삼복더위만큼 무더웠다. 나는 왜 이 더위에 고생하시느냐고 말렸지만, 새 생명을 맞이할 당신의 정성을 아무도 꺾을 수가 없었다. 어머니는 산모의 순산과 아기를 위하여 삼신할매께 촉촉한 백설기 시루를 차리셨다. 당신의 십여 명의 손주가 태어날 때마다 행하는 사랑의 의식이었다.

어머니가 공경하는 삼신할매처럼 서양의 삼신할매는 펠리컨이 기다란 부리에 신생아를 담은 보자기를 매달고, 집으로 아기를 배달해 준다는 만화 영화를 디즈니 채널에서 본 적이 있었다. 아이가 커서 자기 앨범 속에 있는 시루에 관해 물어본다면 외할머니에 대한 재미있는 이야기가 될 것 같았다.

그날 밤늦게 남편과 병원으로 떠나는 차를 향해 어머니는 두 손을 모으고 현관 앞에 서 계셨다. 나는 손을 높이 흔들었다. 다음 날, 소녀같이 조그만 엄마가 큰 남자아이를 낳았다며 오 마이 갓을 연발하는 의사와 간호사의 말이 희미하게 들렸다.

　김이 무럭무럭 나는 떡을 보면 구도의 자세로 엎드려 시루를 다루시던 어머니의 모습이 떠오른다.

여우 소식

여우 한 마리가 언덕에서 햇살을 따라온다. 차가운 햇살이 매화 가지 사이로 비스듬히 내려앉는다. 매화나무 뒤에 몸을 숨겼던 여우가 담장 아래로 폴짝 내려온다. 여우와 낡은 담장 색이 비슷하다.

회색여우가 작년에 이어 우리 집을 다시 찾아왔다. 녀석은 주인장에게 인사를 하는 둥 마는 둥 하더니 햇살에 데워진 데크 위로 올라갔다. 여우는 긴 꼬리를 방석 삼아 몸을 접은 채 이내 잠이 들었다. 얼마나 먼 길을 돌아서 왔는지 잠든 녀석이 안쓰러워 이불이라도 덮어주고 싶었지만, 창문이 여우와 나 사이를 막고 있었다.

회색여우의 첫 방문 날은 공교롭게도 내가 미주 일간지에 이솝의 여우와 까마귀란 제목의 글을 실었던 다음 날이었다. 영리한 여우는 까마귀가 물고 있는 치즈가 탐이 나서 유혹한 것이 아니라, 평소 목소리에 열등감이 있는 까마귀를 격려하기 위하여 노래를 시키자, 까마귀는 감사한 마음으로 여우에게 음식을 주었을 것이란 반전 내용이었다.

처음, 오렌지 나무 아래 앉아있던 그를 만났을 때 나는 놀라서 집 안으로 뛰어 들어왔다. 창문을 닫고 서 있던 나와 녀석의 눈이 마주쳤다. 나는 블라인드 사이로 몰래 보기 시작했다. 여우는 같은 자리에서 나를 바라보고 있었다. 커피 한 잔을 마시며 녀석이 분명 우리 집에 온 이유가 있을 것이라고 곰곰이 생각했다. 내가 자신을 신문에서 변호해준 보은으로 인사차

들른 기특한 녀석이라고 결론을 내리니 오히려 녀석에게 민망했다.

그날 이후 그는 비가 그친 후에 양지바른 데크에서 일광욕을 하고 떠났다. 내가 창가에 서 있으면 벌떡 일어나서 선한 표정으로 눈인사를 한 다음 제자리에 앉아 그윽이 먼 산을 바라보거나 낮잠을 자고는 유유히 사라지곤 했다.

지역 신문에는 주택가로 내려오는 회색여우에게 치즈 등의 음식을 주지 말라고 적혀있다. 나는 준수 사항을 대체로 잘 지키는 시민이다. 아마도 야생에 적응력이 약해질까 염려하기 때문일 것이다. 그는 조용하고 제법 예의도 발랐다. 사람들은 영리한 이 녀석을 간교한 짐승으로 표현하는지 알 수 없다.

이 친구가 매일 와서 잠만 자고 가지는 않았다. 화분에 핀 새순을 똑똑 자르거나 고무호스를 갉아 놓는 말썽꾸러기 생쥐를 집 안에 얼씬거리지도 못하게 해줘서 고마웠다. 길고양이는 가끔 와서 깨끗이 쓸어둔 뒷마당에 비둘기 털을 수북이 쌓아두고 배를 두드리며 사라지지만, 녀석은 내가 싫어하는 분비물 등 흔적을 남긴 적이 없었다. 그가 머물렀던 자리는 항상 깔끔했다.

여우의 물결치듯 털이 풍성한 긴 꼬리 때문에 구전이나 드라마에서 요망한 구미호로 묘사되지만, 데크 시렁에 앉아있는 모습을 보면 귀엽기까지 하다. 은혜 갚은 꿩이나 고양이, 생쥐의 전래동화는 있어도 여우에 대한 아름다운 이야기는 거의 나오지 않았다. 그가 이러한 사실을 알았더라면 진작에 이솝부터 찾아가서 자신의 억울한 사연을 호소했을 것이다. 동물도 이렇게 억울한 일이 많은데, 사람은 깊은 속내를 오해받는 경우가 얼마나 더 많을까.

봄이 시작될 즈음, 여우는 구슬픈 울음소리로 작별을 고하듯이 꼬리를 흔들며 언덕으로 사라졌다. 여우가 떠나자 매화도 바람 따라 떠나갔다. 어린 새들이 오렌지 나뭇가지로 돌아와 노래를 부른다. 헤어지고 만나는 것이 어디 사람에게만 있겠는가. 겨울을 기다리기 지루하여 여우 이야기를 쓴다.

양안나

대구 출생, 상수리독서 모임 회원, 버클리문학협회 회원.

● 당선소감 - 양안나

　항공엽서나 편지로 한국의 가족과 친구에게 안부를 보내던 시절에 미국으로 왔습니다. 외로움으로 꾹꾹 눌러 쓴 두툼한 편지 봉투를 들고 우체국을 드나들었습니다. 우체국 문을 나오면서 나와 똑같은 언어로 쓴 답장이 오길 기다렸습니다. 아직도 남의 언어가 들리는 듯하고, 섬에 잠시 정박한 기분이 들 때가 있습니다.

　우연한 기회에 김완하 교수님의 버클리문학 창작 특강을 듣게 되었습니다. 문학에 대한 설렘으로 한 번도 빠지지 않고 몇 개월을 나갔습니다. 내 인생의 봄을 맞이하는 기분이었습니다. 가슴 속 깊은 샘에서 나만의 말을 건져 올리고 싶었습니다. 듣지 못했던 소리가 들리고 보이지 않았던 것이 눈에 띄었습니다. 서툴게나마 수필을 쓰기 시작했습니다.

　부족한 작품을 수필 신인상으로 선정해주신 심사위원님께 깊은 감사를 드립니다. 이 기회를 통하여 도약하는 디딤돌로 삼겠습니다.

　버클리문학회 문우들은 문학의 길로 걸음마를 떼는 저에게 넘어지지 않게 손을 잡아준 은인들입니다. 이분들의 따뜻한 격려가 없었더라면 글쓰기에 신이 나지 않았을 것입니다. 처음 이곳으로 이끌어주신 김관숙 작가님과 문학이 있는 곳은 마다하지 않고 데려다주는 남편에게도 고마움을 전합니다. 엄마의 일이라면 무조건 응원하는 아들에게도 기쁜 소식을 전합니다.

　버클리문학회 회장님과 대장님 그리고 문우님들과 이 기쁨을 함께 나누고 싶습니다.

심사평

『버클리문학』제5집을 내면서 제5회 신인상에 시조와 에세이 부문에서 2명의 신인상 당선자를 소개하게 되었다. 『버클리문학』의 자주성을 상징하는 차원에서 시작한 신인상은 창간호부터 신인을 소개하기 시작하여 어느새 5회에 이르고, 그동안 매번 2명씩 신인을 소개하여 그 숫자가 10명에 달하게 되었다. 그리고 이들은 미국 버클리 지역의 한국문학의 주역으로도 굳게 자리하고 있다.

그동안 주로 시에서 당선작을 소개해왔는데 이번에는 시조 분야에서 당선작을 발표하게 되었다. 세계 속에서 한국문학의 위상을 논할 때 장르에 대한 국면이 새롭게 제기될 수 있다. 이때 시조는 우리 고유의 시적 양식으로서 그 자체만으로도 큰 가치가 있다고 하겠다. 김희원은 「알카트라즈 가는 길」외 4편으로 시조의 역량을 과시하고 있다. 시조의 한국적 전통 위에 '알카트라즈, 크램 차우더, 더블린, 산토리니, 에게해, 다뉴브, 헝가리' 등 외국 체험이 결합됨으로써 흥미를 더한다. 앞으로 이러한 부분을 더욱 확장하면서 시조의 세계화에도 노력해주기를 기대한다. 시조의 사랑은 그 자체가 한국을 사랑하는 일이면서, 시조를 쓰는 일은 그 자체가 곧바로 한국을 세계 속에 알리는 일이 되기 때문이다.

에세이 부문에서는 양안나의 「어머니와 시루」외 1편을 당선작으로 소개한다. 양안나는 주로 삶의 체험 속에서 글을 구상하여 쓰고 있다. 그만큼 그의 글은 진정성이 있으며 공감대를 넓게 형성할 수 있는 것이다. 특히 양안나의 글은 미국 체험 안에서 이국적 정서를 풍겨주기도 한다. 몇 십 년의 이민 생활로 이미 체득화한 정서는 편안하면서도 그 안에 한국인으로서의 정체성을 지키려는 의지가 강하다. 또한 미국 생활에서 만난 회색여우의 발견과 관찰은 현대인들이 잊고 살아가는 자연의 소중함과 생명의 바탕에 대하여 깨닫게 해준다. 삶에 대한 여유와 깨달음을 주로 하는 그의 글은, 이국문화에 대한 요란한 언급이나 표현을 지향하지 않고, 깊이 있는 글로 다가서는 지혜를 엿보이고 있다.

　제5회 『버클리문학』 신인상에 김희원과 양안나의 당선을 진심으로 축하한다. 앞으로 더욱 노력하여 한국문학의 전도사가 될 수 있도록 크게 힘써 주기를 기대한다.

심사위원 : 김완하, 송기한, 김홍진

한국 이민들이 이룬 가장 큰 성취

- 버클리대학 은퇴 교수의 회고

클레어 유

옛날 옛적, 호랑이 담배 먹던 시절 이야기로부터 시작하겠습니다.

반세기도 전에 한산한 여의도 비행장에서 서북항공기를 타고 미국 유학을 떠났습니다. 부모님께서 정성껏 마련해 주신 새 구두, 양장점에서 새로 맞춘 양복들과 비단 한복 몇 벌들을 트렁크에 차곡차곡 넣었습니다. 그리고 선물로 복 주머니, 자개 상자 등도 챙겼습니다.

또한, 부모님은 미국 가면 '사교춤'도 출 줄 알아야 한다고 춤 선생님을 모셔다 좁은 온돌방에서 '하나 둘, 하나 둘' 배우게 하셨습니다. 또, 양식도 정식으로 먹는 법을 익혀야 한다고 양식집 '그릴'에 데리고 가서서 '비프 스데끼' 먹는 법도 가르쳐주셨습니다.

그런데 막상 미국 땅에 닿고 보니 영화에서만 보고 상상하던 미국 생활이 아니었습니다. 그릴에서 연습했던 그 많던 식사 도구(silverware)는 보이지 않고, 그저 스푼, 나이프, 포크만 있으면 충분했습니다. 파티 옷을 입고 모임에 가는 사람도 없었고, 매일 저녁 파티도 열리지 않았습니다.

상상했던 것과 다른 단조롭고 평범한 학생 생활이었지만 적응하기가 그리 쉽지 않았습니다. 그래도 유학생들은 공부하러 왔으니 새로운 것을 배

워야 한다는 책임감에 열심히 노력했습니다. 점점 공부에 재미도 붙이고 적응도 되어갔지만 눈에 띄는 발전이나 성취감은 크지 않았습니다.

그러다가 1970년 무렵부터 한국에서 많은 분들이 이민을 오기 시작했습니다. 그 분들은 대부분 빈손으로 오셔서 외부의 도움 없이 열심히 개척하고 정착해 나가셨습니다. "내가 미국에 이 고생을 하러 왔나!" 하면서도 힘든 생계를 꾸준히 버텨나갔습니다.

반면에 우리는 오랜만에 한국을 방문할 때마다 비약적인 경제발전을 이룬 사실을 목격할 수 있었습니다. 한국에 있던 친구들은 내조와 외조, 꾸준한 노력으로 우리나라를 세계 11번째의 경제강국으로 만들어 놓았습니다. 어떤 친구는 재벌이 됐고, 어떤 친구들은 의사, 교수, 중진 화가 등 각 분야에서 두드러지게 한국 발전에 기여하고 있습니다.

그렇다면 일찍 유학 가서 외국에 머물게 된 우리는 무엇을 성취했는가. 공부를 끝마치고 직장을 갖고 가정도 이루고 아이들을 기르다 보니 우리 교포들의 성취는 꼭 집어 말하기도 어렵고 눈에 띄게 드러나지도 않았습니다. 그저 평범한 소수민족의 자리를 지키고 있을 뿐이었습니다.

결국 모국을 떠난 우리들의 성취는 무엇일까? 이국 땅에 빌딩을 세운 것도 아니고, 경제를 일으킨 것도 아니고, 이 넓은 미국사회에서 우리는 무엇을 이루었나하고 돌아보게 됩니다.

그런데 그 답은 우리 후세대에서 찾을 수 있다고 생각됩니다. 제가 오랫동안 대학에서 우리 학생들, 특히 Korean American을 가르치고 관찰하면서 이 사회의 앞날은 이 청년들에게 있다고 믿게 되었습니다. 우리가 외국에 와서 성취한 것이 있다면 훌륭한 후세를 길러낸 것이라고 자신있게 말하고 싶습니다.

　문화와 언어가 생소한 이국 땅에서 정말 열심히 일하며 살았습니다. 많은 초기 이민 교포들은 말이 안 통해 어린 자식들을 앞세워 의사를 통하며 장사도 했습니다. 그럼에도 성실하고 책임감 있는 이 나라의 시민을 만들어 사회에 이바지하는 1세, 1.5세 또는 2세들을 길러냈고 그들은 미국 또는 유럽의 주류 사회에서 Korean-American, Korean-French, Korean-German의 이름을 걸고 활약하고 있습니다.

　몇 사람들 예를 들면, 세계적인 바이올리니스트 사라 장(Sarah Chang), 남쪽 사투리로 멋있게 엮어 내리는 인기 코메디언 헨리 조(Henry Cho), 처음으로 아이비 리그 대학총장을 거쳐 세계은행(The World Bank) 총재가 된 김용 박사(Dr. James Yong Kim), 캘리포니아 주에서 처음으로 임명된 연방판사 루씨 고(Lucy Koh) 등을 꼽을 수 있을 것입니다. 이들은 우리들이 길러낸 자랑스런 한국인의 후예들입니다.

　세계적인 인물들 뿐만이 아닙니다. 숨겨진 보배같은 훌륭한 후세들도 많습니다. 저의 오랜 대학직장생활 경험을 통해 아는 한 분을 소개합니다.

　바로 클레어 류(Claire Lyu, 한국명 : 유지아) 교수입니다. 그녀는 대학에서 물리학과를 수석으로 졸업하고, 버클리 대학원에서 박사 공부를 하다가 다시 불문학을 전공하여 버지니아 대학에서 불문학 강의를 하고 있습니다.

　유 교수는 학생들의 평가에 의해 대학에서 가장 강의를 잘하는 교수로 뽑혔습니다. 학생들은 이구동성으로 대학에 와서 그녀로부터 가장 많이 배우고 훌륭한 지도를 받았다고 술회했습니다. 유교수의 강좌를 택한 학생들은 거의 예외없이 극찬과 감사를 보냈습니다. 매년 이런 최상의 평가를 받는 교수는 제가 아는 한 드뭅니다. 유 교수 역시 우리 이민들의 숨겨진 결실입니다.

　근래에는 여러 미국 대학에서 교편을 잡은 알려지지 않은 우수한 교수들이 많이 있습니다. 현재는 어떤 대학에나 한국계 교수가 없는 대학이 거의 없을 것입니다. 20-30년 전만 해도 한국계 교수가 대학에 몇 명 없었습니다. 특히 전문분야 대학에는 경쟁률도 높고 입학이 많이 제한되어 소수민족 교수를 보기 어려웠습니다. 그러나 현재는 한국계의 전문분야 교수들과 전문 직업인이 점점 증가하고 있습니다. 이런 현상은 단 한 세대를 내려오며 생긴 변화입니다.

이들 젊은 인재들은 미국사회뿐만 아니라 글로벌 커뮤니티를 위해서도 일하고 있습니다. 이들이 미국이나 외국에 정착한 우리 한국 이민들의 노력의 결실이며 자랑이라고 생각합니다. 이들 한국 이민들의 후예들이 앞으로도 계속 미국사회를 이끌고 인류의 발전에 기여하리라고 믿습니다. 그러면 우리 이민들도 한국에서 경제를 발전시키고 폐허에서 허덕이던 한국을 끌어 올린 한국인들의 대단한 성취에 못지 않게 큰 일을 했다고 자부심을 갖게 될 것입니다.

클레어 유(Clare You, 한국명 임정빈)

공저로 『이민초기 교육의 발자취: 미국, 일본, 중국, 카자흐스탄의 초기 한국어 교육 자료를 중심으로』 등. U.C Berkeley 동양어문학과 한국어 프로그램 주임 및 한국학 연구소 소장 역임. 현재 동 연구소 Senior Research Fellow.

이민 3세대의 법칙 외 1편

김희봉

큰 아들의 아들, 손자가 올해 초등학생이 되었다. 1970년대, 미국땅에 유학 온 후 뿌리내리느라 정신없이 살았는데 어느 덧 자식들이 자식들을 낳았다. 이민 2세에서 3세들의 시대가 열린 것이다.

이민 2세와 3세는 어떻게 다를까? 마커스 핸슨(Marcus Hansen)은 미국 이민자들의 역사와 생태를 평생 연구한 학자다. 그는 유럽 이민 가족의 2세로 이민 가정의 변천사를 추적하면서 2세와 3세대 간의 뚜렷한 차이를 발견했다. 즉, "2세들은 부모들 삶의 방식을 거부한다. 그러나 3세들은 조부모의 뿌리를 다시 찾는다." 이 관찰은 핸슨의 법칙(Hansen's Law)으로 알려지고, 그의 논문은 1941년 풀리쳐 상을 받았다.

이 낯선 땅에서 2세들을 키워온 우리들은 이 말뜻을 안다. 온갖 시행착오를 다 겪지 않았던가. 좀 놀라운 건 이민 세대는 동서양이 유사하다는 점이다. 대개 2세들은 영어를 못하는 1세 부모에 대한 열등감이 심하다. 짙은 액센트에 브로큰 잉글리쉬를 쓰는 1세 부모가 학교에 오면 조롱거리가 될까 봐 안절부절하던 경험을 가진 세대다. 특히 한국인 2세들은 부모들이 먹는 김치나 된장찌개를 부끄러워하고 빨리 세련되고 미국화된 세대가 되고 싶어한다. 그래서 속은 희고 겉은 노란 바나나가 많은 것이 2세란 것이다.

한인 2세, 샌드라 오가 주연한 영화 '더블 해피니스(Double happiness)'는 이런 동양계 2세의 갈등을 잘 나타내고 있다. 전형적 가부장인 1세 아버지가 바라는 딸의 행복과, 서구화된 2세 딸이 느끼는 행복의 개념은 한글과 영어 만큼이나 다르다. 두개의 다른 문화권에 속한 1세 아버지의 바램과 2세 딸의 행복을 둘다 만족시켜 줄 수 있는 '더블 해피니스'는 적어도 이 영화 속엔 존재하지 않는다. 백인 애인을 따라 떠나는 딸의 집 열쇠를 뺏으며 눈물짓는 아버지의 슬픔과 고통을 2세들은 모른다.

그러나 3세는 다르다. 훨씬 뿌리 지향적이라고 한다. 이들은 오히려 너무 미국화된 바나나 2세 부모들에 반발한다. 왜 한국인인 내게 한국말도 안가르쳤는가 되물으며 3세들은 다시 뿌리를 찾아 나선다. 비록 영어는 못했어도 밤낮으로 일하며 뿌리의 얼을 전수하려 했던 이민 1세 할머니, 할아버지들의 강인한 생존력에 존경감을 갖는다. 이차대전 때 일본인들을 강제로 수용소에 보낸 미 정부의 역사적인 과오를 법정에서 강하게 투쟁한 세대의 주축도 일본인 3세 변호사들이었다.

우리 김가 가문의 3세, 손자를 무릎에 앉히고 한글 동화 한 편을 읽어준다. 7살 난 그는 호기심에 찬 눈으로 열심히 듣는다. 내용은 대충 이러하다.

사슴은 언제나 머리에 솟은 뿔을 자랑스럽게 여겼다. 그러나 가늘고 홀쭉한 다리가 늘 불만이었다. 어느 날, 사슴은 뿔 달린 머리를 곧추세우고 숲을 거닐다가 갑자기 사자의 추격을 받는다. 황급히 도망가려는데 뿔이 나뭇가지에 걸려 뛸 수가 없다. 머리를 좌우로 흔들며 아무리 빼내려 해도 뿔이 워낙 길고 가지가 많아 꼼짝도 않는다.

위기일발의 순간에 뒷다리로 힘껏 차니 뿔이 얽힌 나뭇가지가 뚝 부러진다. 사슴은 구사일생으로 빠져나와 초원을 날렵한 다리로 전력 질주한다. 마침내 사자를 따돌린 후 숨을 몰아 쉬며 생각한다. "내가 그토록 뽐내던 뿔은 거의 나를 죽일 뻔했는데, 평소 부끄럽게 생각했던 다리가 나를 살렸구나!"

우리 이민자들에게 뿔은 무엇일까? 겉으로 나타난 한국민의 우수성이거나 모범적 이민의 이미지일지도 모른다. 그러나 우리를 결정적인 순간에 살리는 다리는 평소 눈에 보이지 않던 한국 이민의 뿌리 의식이라 믿는다. 강인한 실향민의 생존력이 우리를 살리는 사슴의 다리이다.

6. 25 전쟁으로 고향을 등진 실향민들이 보여준 생존력, 미국에 와서 거의 맨손으로 큰 타운을 건설한 이민 1세. 억척같이 공부해 우수한 성적을 내는 2세와 3세, 이는 대이동을 경험한 한국 이민들이 곳곳에서 보여주는 저력이다.

트럼프 집권 후, 반이민 정서가 날로 팽배해지고 이민자 혐오 범죄가 늘어나고 있다. 지금 우리에게 필요한 건 개인적 자랑이나 되는 '뿔'이 아니다. 이민자들의 강인한 생존력, 튼튼한 '사슴의 다리'를 후세들에게 전수하는 일이다.

천 개의 바람이 되어

폴 뉴먼과 로버트 레드포드가 명콤비를 이뤘던 "내일을 향해 쏴라"는 1969년 세계적으로 히트한 영화였다. 서부 개척 당시 두 무법자, 선댄스 키드(Sundance Kid)와 부치 캐씨디(Butch Cassidy)의 굵고도 극적인 일생을 그린 작품이었는데 그 무대가 와이오밍이었다.

선댄스는 주 경계의 불과 천여명 남짓한 소읍. 용암 더미가 5천 피트나 솟은 악마의 탑(Devil's Tower)에서 동쪽으로 15마일, 옛 인디언 성지, 블랙 힐로 가는 길목에 터잡은 선댄스 키드의 본거지였다.

그의 단짝, 부치 캐씨디는 독실한 몰몬 가정에서 자랐다. 그러나 일찍 떠돌이가 되어 정육점에서 일한 탓에 부치(Butcher의 줄인 말)란 별명을 얻었다. 서부 개척사를 보면, 이들만큼 은행 약탈과 열차 강도에 신출귀몰한 무법자도 없었다고 한다. 타고난 용맹함과 치밀성, 그리고 위트 넘치는 명석함으로 전설적인 명성과 악명을 동시에 얻었다.

이들은 남미까지 내려가 광산임금차를 털다 매복한 볼리비아 군대에게 결국 사살당했다. 영화의 마지막 장면 – 폴 뉴먼과 로버트 레드포드가 서로를 엄호하며 군대의 집중사격을 뚫고 뛰쳐나가는 잔상이 아직도 진하게 남아 있다.

에너지 붐이 휩쓸던 80년대 초, 나는 첫 직장을 와이오밍에서 잡았다. 그리고 5년을 살았었다. 엑손, 텍사코등 굴지의 회사들이 새 유전과 광산을 개발하고 우라늄 채굴이 가속화됐던 그 즈음, 주 환경청도 급속도로 팽창하던 때였다.

나는 환경 담당관으로 한반도보다 넓은 와이오밍 주를 구석구석 다녔다. 수질정화법에 의해 새로 설치된 오염 처리시설들과 지하수 관리 현황을 감리하는 일이 주된 임무였다. 나는 다니면서 산재한 파이어니어들과 인디언들의 자취를 직접 살펴볼 기회도 얻었다.

감옥 벽에 끄적인 선댄스 키드의 육필 낙서, 캐씨디 일당의 '벽구멍' 이란 비밀 아지트, 총잡이 버팔로 빌의 윈체스터 라이플, 오레곤 트레일의 라라미 요새 등, 곳곳의 유적들이 보존돼 있었다. 대부분 백인들의 서부 개척을 미화하는 전설로 살아있었다.

그러나 나는 이름 없는 벌판에 흩어진 인디언들의 돌무덤 앞에서, 서부 개척의 명목으로 희생된 한 많은 그들의 숨은 전설을 들었다. '어느 인디언의 시' 로 구전돼 온 노래가 바람에 실려왔다.

"내 무덤 앞에 서지 마세요…/ 나는 그곳에 없답니다/ 나는 그곳에 잠들지 않았어요/ 나는 떠도는 천 개의 바람이 되어…"

옛 와이오밍 황야는 샤이엔과 수 인디언들이 주인이었다. 이들은 말 잘타는 용사들로 지천이던 버팔로를 사냥하며 평화롭게 살았다. 그런데 1803년 미 연방정부가 프랑스와 루이지애나 구매 협약을 맺고 광대한 이 지역을 사들인 후, 백인들의 발걸음이 잦아지기 시작했다.

당시 인디언 추장들은 '붉은 구름(Red Cloud)' 과 '성난 야생마(Crazy Horse)' 였다. 그들은 성지를 사수할 각오로 백인들과 피비린내 나는 전쟁을 치뤘다. 이 때 가장 유명한 전투가 '리틀 빅혼' 전투다. 1876년 여름, 무자비한 카스터 장군 휘하 제 7기병대를 인디언들이 포위 몰살시키고 말았다.

그러나 승리도 잠깐, 미 정부는 이를 구실로 인디언들을 블랙 힐에서 영원히 몰아냈다. 성지를 빼앗긴 채, 그들은 사방으로 흩어졌다. 선댄스 키드 일당들도 이때 블랙 힐로 금을 찾아온 백인 이주민들의 한 떼였던 것이다.

아픈 인디언들의 역사가 절절해도, 와이오밍 성지 끝자락 옐로스톤은 아무 일도 모르는 듯, 백치처럼 아름다웠다. 끝없이 들어찬 침엽수림, 매시간 뜨거운 물줄기를 50m나 뿜어내는 충직한 종 같은 간헐천, 그리고 3백 미터 깊이로 병풍처럼 펼쳐지는 황금색 협곡…

이 절경 중 아직도 내 뇌리에 가장 선명한 건 옐로스톤 호수 위에 뜬 달이었다. 조상 뼈를 묻은 신성한 땅을 다 빼앗기고, 한겨울 내륙 깊숙이 피신해 들어온 그 무리들이 본 달은 얼마나 차갑고 비통했을까? 그러나 신비롭게도 그 밤의 달은 금강석처럼 빛났다. 바람이 또 지나갔다.

"나는 흰 눈 위 금강석의 반짝임입니다/ 익은 곡식 위를 쬐는 태양 빛입니다/ … 나는 무덤을 덮는 부드러운 별빛입니다/ 내 무덤 앞에 서지 마세요/ 그리고 울지 마세요/ 나는 그곳에 없답니다/ 나는 죽지 않았답니다."

'붉은 구름'과 '성난 야생마'의 숨결은 천 개의 바람이 되어 아직도 살아 있다.

김희봉

서울 출생. 1997년 『현대수필』 신인상. 2011년 『시와정신』 포에세이 추천 당선. 샌프란시스코 한국일보 〈환경과 삶〉 칼럼 연재(1995~현재). 2001년 수필집 『불타는 숲』 출간. 제1회 시와정신해외산문상 수상. 미주 수필가협회 창립위원, 버클리 문학협회 회장, 『버클리문학』 주간, 전 샌프란시스코 동만 수자원공사(EBMUD) 환경사업팀장. 현Enviro 엔지니어링 대표.

가을이 익어가는 소리 외 1편

김정수

어느 老스님이 수행하고 있는 토굴에서 나와 앉아 모처럼 한가하게 짧아가는 가을 햇살을 즐기고 있었다. 아랫 마을에 사는 한 보살님이 햅쌀 한 봉지와 고구마를 몇 개 삶아가지고 와서 정성스럽게 스님 앞에 내려놓고 합장으로 인사한다. "스님, 좋은 법문(法文) 하나 해 주세요." 그러자 노스님은 "좋은 법문이 따로 있나? 소리 있는 소리만 들으려 하지 말고 소리 없는 소리도 들을 줄 알아야 하네. 가만히 있어 봐라. 새들도 이야기하고, 바람도 이야기하고 산도 이야기하고 낙엽도 이야기하잖아? 잘 들어 보시게. 이게 바로 법문이네."

송강가사, 관동별곡으로 우리 국문학사에서 친숙한 정철(鄭澈)이 강원도 관찰사가 되어 임지로 떠나게 되었다. 이조 선조 임금 13년, 그러니까 임진왜란이 있기 12년 전이다. 작별을 아쉬워하는 몇이 모여 정철을 환송하는 초졸한 모임을 가진다. 주빈인 정철과, 정전(正殿)에서 신랄하게 정철과 각을 세우던 심희수(沈喜壽), 이순신을 천거하고 임진란 때 영의정으로 나라를 구하는데 큰 역활을 하게되는 유성룡(柳成龍), 대 문장가로 정사(正使) 이항복을 따라 부사(副使)로 명나라 사신으로 가서 궁지에 몰린 선조를 변호하는데 큰 역활을 하게되는 이정구(李廷龜). 그리고 이항복(李恒福).

모두 당시 학문과 직위가 쟁쟁한 대신들이다. 비록 동인이다 서인이다 해서 정파가 다르고 정견이 달랐지만 풍류를 사랑하는 남자들끼리의 한잔하는 모임이 아닌가. 술이 몇 순배 돌고 흥이 도도해 지면서 누군가 의견을 내었다. "세상에서 들리는 가장 아름다운 소리"라는 시제(詩題)를 가지고 한 구절씩 시를 읊어 봅시다."

모두 찬성하자 정철이 먼저 운을 뗐다.
이 세상에서 가장 아름다운 소리는 "맑은 밤 밝은 달 빛이 누각 머리를 비추는데,
달빛을 가리고 지나가는 구름의 소리(淸宵朗月 樓頭遏雲聲 청소낭월 누두알운성)."

그러자 심희수가 다음을 받았다. "온 산 가득 찬 붉은 단풍에,
먼 산 동굴 앞을 스쳐서 불어 가는 바람 소리(滿山紅樹 風前遠岫聲 만산홍수 풍전원수성)"

유성룡은 "새벽 창 잠결에 들리는, 아내가 작은 통으로 술을 거르는 그 즐거운 소리(曉窓睡餘 小槽酒滴聲 효창수여 소조주적성)"가 가장 아름다

운 소리란다.

이정구는 가장 아름다운 소리로 "산골 마을 초당에서 도련님의 시 읊는 소리(山間草堂才子詠詩聲 산간초당 재자영시성)"를 꼽았다.

실화(實畵)는 어떤 사물을 보면서 그대로 그리는 그림이다. 반면에 심화(心畵)는 마음에서 떠오르는 영상을 붓으로 잡아 그리는 그림이다. 그래서 우리 전통의 사군자 묵화(墨畵)에서 처럼 심화는 굳이 사실에 억매이지 않고 사유(思惟)의 세계를 거리낌 없이 넘나든다. 그곳에 모인 사람들은 모두가 심화의 그윽한 경지에서 "세상에서 들리는 가장 아름다운 소리"를 읊은 것이다. 귀로 들은 것이 아니라 마음으로 들은 것이다.

모두 시정(詩情)에 젖어 잔잔한 감동으로 아름다움을 감상하고 있을 때 모처럼의 분위기를 깬것은 작난끼와 해학에 넘치는 이항복이었다. 세상에서 가장 아름다운 소리는 바로,
"깊숙한 골방 안 그윽한 밤에,
아름다운 여인의 치마 벗는 소리(洞房良宵 佳人解裙聲 동방양소 가인해군성)"란다.

아! 저런, 거기 모인 모든 사람들은 모두 유학을 궤범(軌範)으로 살아가는 젊잖으신 분들이다. 그리고 당대에 내노라하는 대학자들이요 문장가들이고 정사를 좌지우지 할만한 정치가들 아닌가? 그런 분들이 지금 수준 높은 문학을 읊고 계시는데 감히 "여인의 치마 벗는 소리"라니! 음담패설도 자리를 봐 가면서 해야지! 모두 숨을 죽이고 조심스러워 하고 있는데 주빈인 정철이 무릎을 치며 감탄했다. "절구(絶句)로다. 사내가 듣는 소리 중 그보다 아름다운 소리가 있겠는가?" 그러자 모두들 박장대소, 그것이 정말 가장 아름다운 소리라고 입을 모으고 칭찬했다. 남자들의 속물

근성은 -당시에는 풍류(風流) 라고 포장을 했지만- 예나 지금이나 여전했던 모양이다.

올 가을에도 창가에 앉아 귀를 기울여 가을이 익어가는 소리를 듣는다. 가을 단풍의 붉은 색 아름다움이, 밟히는 낙엽의 나직한 음성이 더욱 더 정겹고 따사로운 것이다. "나에게 한 권의 경(經)이 있으니 종이와 먹으로 이룬 것이 아니로다. 활짝 펴 놓아도 글자 하나 없건만 항상 큰 광명이 여기서 퍼져 나가노라" 어느 선가(禪家)에서 만난 글이다. 글이 없는 책, 줄이 없는 거문고. 가을이 익어가는 소리는 이렇듯 마음으로 듣는 속삭임이다.

"이 밝음 속에
소박한 거문고를 하나 놓아두면
가을의 아름다움을 견디지 못해
거문고는 조용히 울기 시작하겠지요."
소설가 엔도 슈사쿠가 쓴 수필집 회상에서 만난 글이다.

동네 앞길에서 따다가 놓은 홍시감이 내 책상 위에서 익어간다. 가을이 빨갛게 그리고 탐스럽게 익어간다. 나는 지금 나도 모르게 내 나이를 세고 있다.

조신(調信)의 꿈

연극 〈꿈〉에서 아들을 잃고 절규하는 조신 역에 장재호.

신라 서라벌 근처에 세달사(世達寺: 지금의 興敎寺)라는 절이 있었는데 그 절의 농장이 명주(溟州)에 있어서 본사에서는 조신이라는 스님을 농장 감독으로 보냈다. 그런데 스님이 어느날 그 지방 태수 김흔(金昕)의 딸을 먼 빛으로 보고 그만 반해 버렸다. 그래서 낙산사(洛山寺) 관음보살(觀音 普薩)상 앞에서 그녀와 인연을 맺게 해달라고 빌고 또 빌었다.

몇 년 동안을 정성을 다해 빌었으나 들려온 소식은 태수의 딸이 좋은 곳 에 혼처가 나서 얼마전 시집을 갔다는 것. 조신은 그만 낙담을 하여 관음상 앞에서 "이럴 수가 있냐"고 화를 내며 원망하여 슬피 울다가 지쳐서 잠이 들었다. 잠결에 누가 깨워서 눈을 떠보니, 아! 글쎄, 그 태수의 딸이 활짝 웃으며 서 있는 것이 아닌가?

"내 일찍이 스님을 보고 사랑하여 잊지를 못했지만 부모의 명에 못이겨 결혼을 하게 되었습니다. 이제 스님과 부부가 되고자 왔으니 같이 도망가서 삽시다." 조신이 미칠 듯이 기뻐서 이 아가씨를 데리고 고향으로 돌아가서 40여 년을 재미있게 살면서 아이를 5명이나 두었다. 그러나 어느 때부터 점점 가난해지더니 나중에는 먹을 것 잠잘 곳조차 없어졌다. 그래서 식구들을 이끌고 빌어 먹으며 한 10년을 돌아다니니 꼴은 거지중에 상거지.

그러다가 명주 해현령(蟹縣嶺)을 지날 때 15세 된 큰아이가 굶어 죽었다. 조신은 얼마나 기가 막히는지 가슴을 치고 울면서 아이를 길가에 묻었다. 나머지 4자녀를 데리고 부부는 우곡현(羽曲縣: 지금의 우현)에 이르러 길가에 볏집을 짓고 살았는데 부부가 늙고 병들어서 거동하기가 힘드니까 10살 난 딸이 밥을 빌어다가 식구들을 먹였다. 그러나 어느날 밥을 구걸하려 다니던 딸이 마을 개에게 물렸다. 아이가 아픔을 참지 못하고 울부짖으며 돌아와서 들어누우니 부모도 탄식하며 눈물을 흘렸다.

한참 울다가 부인이 눈물을 씻으면서 말하기를 "내가 당신을 처음 만났을 때는 얼굴고 아름답고 나이도 젊었으며 옷도 깨끗했습니다. 집을 나온 지 50년, 정도 깊어지고 사랑도 굳어졌으나 근년에 와서는 굶주림으로 몸도 쇠약해지고 추위도 날로 더해 오는데 걸식하는 부끄러움이 산과도 같이 무겁습니다. 붉은 얼굴과 아리따운 웃음도 풀잎의 이슬이요, 지초(芝草)와 난초같은 굳은 언약도 버들가지가 바람에 나부끼는 것과 같습니다. 지금 가만히 생각하니 옛날에 기쁘던 일이 바로 근심의 시작이었나 봅니다. 당신과 내가 어찌해서 이 지경에 이르렀단 말입니까? 이제 당신은 내가 있어서 누(累)가 되고 나는 당신 때문에 더 근심이 됩니다. 우리 여섯 식구가 함께 다니면 모두 굶어 죽게 생겼으니 이제 헤어져서 각기 살길을 찾아 봅시다."

그래서 아이 둘씩 맡아 아내는 친정이 있는 방향으로 가고 조신은 남쪽으로 울며 떠나다가 그만 잠이 깨었다. 이미 아침 예불을 알리는 인경 소리가 산사에 울려퍼지는데 문득 거울을 보니 밤새 머리털이 하얗게 세었다. 하룻밤 꿈에서 인생 50년을 산 것이다. 인생무상, 즐거움도 괴로움도 다만 한 마당의 꿈이라는 것을 깨닫고 보니 세상사에 집착하는 마음이 눈녹듯이 사라진다. "있지도 않은 자식을 잃었다고 그렇게 슬피 울었구나! 일체유심조(一切唯心造)라, 모든 것은 마음이 만든 조화인 것을." 부끄러운 마음으로 성상 앞에서 한없이 참회하고 해현령에 가서 아이를 묻은 곳을 파보니 거기에 돌 미륵이 있었다고. 고려 때 일연 스님이 쓰신 삼국유사(三國遺事)에 나오는 얘기이다.

춘원 이광수가 이 설화를 바탕으로 「꿈」이라는 단편 소설을 발표한 것은 해방된지 얼마 안 된 1947년이다. 이광수는 1918년 2.8 독립선언을 주도하였고, 1919년 상해임시정부 설립에 참여하여 임정 홍보국장과 독립신문사 사장을 역임한 항일민족주의자였으나 임시정부의 열악한 재정형편과 임정 내부의 파벌 싸움에 실망한데다가 당시 국제사회에서 욱일승천하는 일본의 기세를 보며 조국 광복은 전혀 희망이 없다고 느꼈다. 그러던 중 두 번째 부인이 된 당시 최초의 산부인과 의사 허영숙이 상해까지 와서 설득함으로 춘원은 1921년 귀국하였다. 그리고 귀국한 춘원은 한동안 글만 열심히 썼으나 행적은 차츰 친일로 기울어져서 이름도 창씨개명하여 香山이라고 바꾸더니 1938년부터 본격적인 친일행각에 나섰다. 일제(日帝) 치하의 암울했던 시기에 조선 청년들의 희망이요 등불이었던 춘원이 끝까지 지조를 지키지못하고 일제의 주구(走狗)로 변한 것이다(몇 년만 더 참으실 것을).

단편소설 「꿈」을 썼을 때 이광수는 해방된 조국에서 "친일변절자"라는 비난에 시달리고 있었다. 태수의 딸에 대한 사랑의 욕망을 이기지 못해 승려의 계율을 깨고 야반도주한 조신의 모습에서 춘원은 아마 상해 임시정부에서 활동하다가 허영숙과 결혼을 위해 조선행을 택한 자기 자신의 모습을 발견했을 것이다. 춘원은 깊이 깨달았다. "一切皆空에 色卽是空이라, 온 세상 모든 것이 헛것(空)이니 눈 앞에 보이는 모든 현상(色) 역시 빌 공 (空)이구나."

　춘원의 단편 「꿈」은 1967년 신상옥 감독에 의해서 다시 영화로 제작되었다. 그리고 보니 춘원도 옛사람이고 신상옥 감독도 이미 흘러간 사람이다. 참으로 덧없는 것이 찰나의 인생임을 알겠다.

김정수

외무부 외교연구원에서 근무하다 유학생으로 도미. USC와 Claremont 대학원에서 수학. 대한통운 LA 및 샌프란시스코 지점장. 《중앙일보》와 《한국일보》에 김정수 갈럼 게재. 《한국일보》 객원 편집위원. 버클리문학협회 회원.

사랑한다는 그 말

김옥교

어제까지 멀쩡했던 그 남자
오늘은 뒤뚱대며 걷네
삐뚤삐뚤 걷는 그 모습
내 목구멍 싸아하게 만드네
여직껏 오십 평생 살아오면서
한 번도 사랑한다는 그 말 하지 못했네
이제 더 늦기 전 사랑해! 사랑해!
그 말 해준다면
그는 웃을까 울어버릴까

이 시는 요즘 갑자기 변한 남편의 모습을 보면서 내가 쓴 시다. 며칠 전이 시를 가지고 시인들이 모이는 시 모임에 나갔다. 사람들은 거의가 미국인들이다. 라스모어에는 클럽만 이백 개가 넘는다고 하는데 그중에 이 시모임도 하나다.

한 열다섯 명 정도가 모였는데 그중에는 시인도 있었고 시를 사랑하는 사람들도 있었다. 내 앞에 앉은 노인이 자신의 나이가 105살이라고 말했다. 나는 깜짝 놀라 다시 한번 그 노인을 쳐다보았다. 또 그 노인은 시를 수십 년 써 왔다고 하면서 얼마전 시 공모전에 나가서 당선이 되어 약 삼백불 정도를 받았다고 자랑도 했다.

그 노인이 먼저 자신의 시를 낭독했다. 매일 아침 눈을 뜨면서 오늘은 또다른 하루가 시작됐구나. 아침에 샤워를 할 때마다 나는 기분이 너무 좋아 몸이 떨리도록 행복하다. 내일은 몰라도 오늘은 마냥 좋다.

대강 이런 식의 시였다. 나는 그 시를 들으면서 상당한 영감을 받았다. 그 시가 그리 대단해서가 아니라 백 살이 넘는 노인이 휠체어를 타고 와서도 너무 당당하고 자신 만만하고 조금도 기죽지 않은 그 모습에서 충격을 받았다.

보통 사람들은 백 살이란 나이를 살지도 못한다. 살아봤댔자 병원이나 요양원에서 남들의 시중을 들어야 겨우 목숨을 부지하는 나인데 자신이 쓴 시를 직접 들고 와서 개선 장군처럼 당당하게 시 낭독하는 모습이 정말 대단하다는 인상을 받았다.

나는 요즘 내가 몇 살까지 칼럼을 쓸 것인가를 고민하고 있다. 가끔 모르는 사람들이 내 수십 년 된 독자라고 하면서 전화를 해 오고 또 만나고 싶다는 얘기를 들을 때마다 솔직히 글을 쓰는 보람을 느낀다. 작년 7월에 내가 한국일보에 쓴 "친구야! 놀자!"라는 글이 한국에서 또 미국에서 상당히 떠서 나도 깜짝 놀랐다. 작년 9월 내가 한국에 나갔을 때 내 대학 동창들이 그 글을 가지고 와서 내게 보여 주면서 이 글 네 글이 맞지? 하며 물어보아 그때야 내가 쓴 글이 인터넷에 돌아다닌다는 것을 알았고 또 미국에서도 여러 주에서 사는 사람들이 자신의 친구나 친지들에게 그 글을 보내준다는 것도 알게 되었다. 나는 그 글이 내 수필 중에서 제일 잘 쓴 글이라고 지금도 생각하지 않는다. 다만 나이가 팔십이 넘었지만 아직도 운동도 열심히 하고 친구들과 아침을 먹으러 어디로 갈까 하는 행복한 고민을 하고 산다는 그 자체가 많은 사람들에게 특히 나이 먹은 사람들에게 귀감이 된 것은 아닐까 하고 생각한다.

요즘은 글로벌 시대라 인터넷에 한 번 뜨면 이 미국이나 한국 뿐 아니라 세계 어느 곳에서도 사용이 가능하다는 것을 처음 체험했고, 그 위력에 다시 한 번 놀랐다.

나는 그날 그 시 모임에서 남편에 대한 자작시를 낭독했고 큰 박수를 받았다. 나는 그동안 써온 미발표작이 시만 해도 백 편이 넘는다. 처음엔 한국어로 읽었고 나중에는 영어로 읽었다. 사람들이 물었다. 정말 한 번도 남편에게 사랑한다는 말을 하지 않았냐고.

나는 잠깐 간단하게 미국인과 한국인의 정서의 차이를 설명했다. 미국인들은 자신들의 휠링을 늘 다 말하고 살지만 한국인들은 보통 속으론 생각하고 노골적인 표현은 잘 하지 않는다고. 그래서 아이 러브 유! 는 쉽게 해도 사랑해요! 라는 말은 잘 하지 않는다고. 남편이 내게 아이 러브 유! 를 말할 때면 나는 마지 못해 미투! 라고 말해주었다고.

그 말을 듣고 미국인들이 막 웃었다. 내 옆자리에 앉았던 노인은 1953년에 한국전에 참전한 용사라고 자신을 소개했다. 나는 24년을 더 살아야 105세가 된다. 물론 그만큼 살 자신도 없지만 그렇게 오래 살고 싶지도 않다.

그런데 그 백오 세 된 그 노인은 나이는 숫자에 불과하다는 것을 몸소 보여 주었고 지금도 사는 의미를 찾아 최선을 다해 하루하루 살고 있다는 그 사실이 놀라운 것이다.

내 주위에는 나보다 젊은 친구들이 많이 있다. 그러나 자신에게 주어진 시간을 잘 활용하고 부지런히 사는 사람들이 생각보다 그리 많지 않다. 주위에 장수하는 사람들은 첫째가 유전자를 잘 타고 나야 하고 둘째는 소식, 그리고 운동이라고 의사들은 누누이 말한다.

내 남편은 가족들을 위해 열심히 일생을 일하고 성실했지만 운동에는 게을렀다. 그리고 술을 좋아했으니 그게 지금의 자기를 만든 것이다. 아직 나는 이 시를 남편에게 보여주지 못했다. 언제 보여줄지 나도 아직은 모른다. 그러나 요즘 나는 그를 위해 맛있는 음식을 만들어주고 그는 언제나 땡큐! 땡큐하며 진심으로 고마워한다.

사랑은 모든 것을 아낌없이 다 주는 것이라면 나도 이젠 그 알량한 자존심을 버리고 늘 당신을 사랑했노라고 말해줘야겠다. 다음 달 즉 8월 14일이 우리들이 오십 년을 해로한 금혼식 날이다. 그날 이 시를 아이들 앞에서 낭독해 준다면 그는 아마 기뻐서 웃을까 아니면 정말 울어버릴까?

김옥교

1938년 출생. 『현대문학』에 박두진 시인의 추천. 1970년 『여성중앙』 창간호에 「데니의 영가」로 입선. 1994년 『월간중앙』에 논픽션 「장군 식당에서 있었던 일」로 입선. 『현대문학』, 『예술세계』, 『동서문화』 등 다수의 잡지를 통해 수필 실림. 1970년 미국으로 이주. 시집 『빨간 촛불 하나 가슴에 켜고』와 『다시 만난 연인들』, 『재미 있는 지옥 재미 없는 천국』, 『영혼의 도시락』, 『성경속의 여인들』이 있음.

긴장감과 생명력

김경년

"이제 나이가 80이 되어 오니 손가락에 지문이 없어진다"고 친구가 이 멜에 써 보내왔다. 나도 얼마전 운전면허증을 갱신하러 갔을 때 지문이 흐렸던 것을 기억한다. 지문이 흐려지니까 무엇보다도 외국을 드나들 때 좀 곤란하다고 했다. 그래서 "나는 설거지나 손일을 할 때는 고무장갑을 끼고 손을 보호하라"고 충고를 했더니, 친구 왈 "다 살았다고 생각하니까 손도 몸도 다 두리뭉실하다"며 "장갑 끼는 것도 귀찮아서 끼지 않는다"고 했다. 그리고는 스스로에게 타이르듯 "정성껏 살아야겠지?"라며 길지 않은 이멜을 마쳤다.

나는 그냥 웃고 지나쳤는데 어쩐지 그 짤막한 한두 마디가 자꾸 머리에서 떠나지 않고 뱅뱅 도는 것을 느꼈다. 왜일까? 나도 그런 생각을 많이 하기 때문일까? 나이 먹어 늙으면 죽은 것이나 다름 없는 것일까? 그러면 요즘같이 노년이 길어지는 경우, 오래 사는 사람들은 죽은 삶을 20년-30년 계속하는 것인가? 그 긴 기간 동안, 모든 것 다 내려놓고 신경 쓰지 말고 몸도 마음도 두리뭉실해야 할까? 그런데 실은, 우리는 죽는 순간까지 사는 것 아닌가? 삶의 질이야 어땠던 간에.

3년 전 중풍이 일어나 왼쪽 팔과 다리를 자유롭게 쓰지 못하는 남편이 집에서 요양하고 있다가 두 달 전 "노인 보조 생활 시설(Assisted Living Facility for Seniors)"로 거처를 옮겼다. 그의 건강 상태가 악화되었거나 더 많은 도움이 필요해서라기보다는 주 간병인인 내가 도리어 신체적으로 정신적으로 무너지는 듯한 위태로움을 느꼈고, 24/7 간병을 필요로 하는 남편에게 내가 가장 좋은 간병인이 되지 못할 수도 있다는 것을 깨달았기 때문에 매우 어렵게 한 결정이었다. 남편이 그동안 많이 회복이 되어 그런 시설에 입주 할 수 있을 만큼 상태가 안정되었다는 것이 무엇보다도 다행이었다. 의사의 허락도 받았고 그 시설의 카운슬러와도 만나 상담을 하고 입주를 결정했다.

처음 입주했을 때는 적응하는 데 약간 시간이 걸렸다. 이제는 꽤 익숙해져서 도우미들과 농담도 하고, 금요일 오후에는 해피 아워가 있어 샴페인도 마시고 사회생활을 조금씩 즐기고 있다.

시설의 입주자들은 몇 가지 규칙을 지켜야 하는데 그 중 하나는 식사 시간에 식당에 올 때는 평상복을 입어야 한다는 것이다. 넥타이 매고 모양을 내라는 것은 아니고 다만 깨끗하고 단정한 모습으로 식사에 임하라는 것이다. 시설측의 의도는 입주자들이 모두 노인들이고 신체가 자유롭지 못한 분들도 많음으로 이런 규칙이 없으면 많은 분들이 그냥 편하게 본인의 아파트에서 입고 있던 대로 잠옷, 가운, 운동복 등 입은 채로 식당에 올 수도 있다는 것이었다. 그런 규칙 때문인지 공동생활 공간에서 만나는 분들이 대개 깨끗하고 깔끔해 보이며 휠체어에 앉은 분들도 흐트러짐 없이 단정한 모습을 볼 수 있다. 직원들도 유니폼을 입지 않고 단정해 보이는 평상복 차림을 하고 있다.

남편은 본래 규칙을 잘 지키는 성격이므로 갈 때마다 보면 항상 금방 외출할 사람처럼 옷을 갖추어 입고 의자에 앉아 있는 것을 본다. 집에서 융으로 된 파자마 바지, 또는 운동복 바지 등 입기 편하고 벗기도 편한 고무줄 바지를 입었을 때하고는 매우 달라 보인다. 깔끔하고 단정해 보이고 무엇보다도 환자 같아 보이지 않는다. 남편이 집에 있었을 때는 수시로 화장실을 드나드는 것이 매우 큰 일이었는데 거기에서는 하루에 몇 번 대강 시간을 정해 놓고 규칙적으로 사용하는 것 같았다.

나는 외모나 옷차림새 등으로 사람을 판단하거나 대접하는 문화를 무척 싫어해 온 사람이다. 상점에 들어가면 아래 위를 훑어보고 경제력을 가늠하며 고객을 대하는 점원들을 나는 얼마나 혐오했던가? 그런데 지금 내가 말하려는 것은 차별 대우를 위한 판단이 아니고 삶에 대한 우리의 긴장감을 말하는 것이다. 늙고 인생 다 살았으니 몸과 마음을 포기하며 방치하는 것이 과연 옳은 일인가 생각해 보는 것이다. 삶에 대한 긴장감이야말로 우리의 생명력과 직결되어 있는 것 아닐까?

남편의 바뀌어진 태도를 보면서 친구가 지나가는 말로 "이제 다 산 것 같으니 손도 몸도 두리뭉수리"라는 말이 퍼뜩 떠올랐다. 아, 역시 우리는 얼마간의 긴장감이 필요한 것이구나. 결국 이런 긴장감이 우리의 생명력에 시동을 걸어주고, 나아가 삶의 엔진을 지속시켜 주는 것 아닐까? 남편이 허리가 맞는 바지를 입고 가죽 혁대를 꽉 조여 매었을 때와 고무줄 허리에 헐렁한 바지 차림으로 펑퍼짐하게 앉아 있을 때, 그의 삶의 태도도 좀 달라지는 것이 아닐까?

교회에서 가까이 알던 90대의 한 미국 아주머니도 지난 해 노인 아파트로 이사를 했다. 새로 간 아파트를 다시 꾸몄다기에 방문을 갔다. 편안하고 전망 좋은 아파트를 새로 꾸미고 그 안에 그림처럼 살고 있었다. "나는 아침에 샤워를 하고는 꼭 평상복으로 입고 언제든 외출할 준비가 되어 있고, 무슨 일이든 임할 준비가 되어 있다"고 했다. 얼마나 팽팽한 삶의 태도인가?

무슨 핑계로든 자꾸 널브러지고 시계의 태엽처럼 풀어지려는 나 자신을 포착할 때, 이런 분들의 삶을 상상하고, 표본으로 삼아야지! 다짐을 해본다.

김경년

1940년 서울 출생. 1967년 도미. 전 버클리대 한국어 교수. 버클리문학 편집위원. 국제펜클럽(한국) 회원. 시집 『달팽이가 그어 놓은 작은 점선』, 번역서 딕테(차학경 저), 『Sky, wind, and stars』(윤동주 시전집), 『I Want tp Hijack an Airplane』(김승희 시선집), 『The love of Dunhuang』(둔황의 사랑, 윤후명 저), 『Life Within an Egg/달걀 속의 생』(김승희 시선집 한/영 이중언어판) 등이 있음.

기쁨이 세상 밖으로 외 1편

김영란

2019년 2월 22일 눈부시게 맑은 날.

손자 손녀 중 6번째로 태어난 손녀가 세상에 첫발을 막 내딛으며 내게
왔다.

몇 절기를 함께 보낸 엄마와 매였던 줄을 툭 끊고 응애응애 청아한 소리
와 함께.

원 세상에!

이보다 더 큰 기적이 또 있을까?

손녀를 품에 안으니 콩닥콩닥 뛰는 여린 심장과 부드러운 숨결이 고스란
히 느껴지고, 연분홍 볼을 내 볼에 부비니 따스한 체온은 피붙이에 대한 샘
솟는 정으로 벅차오른다.

빠알갛게 물든 입술, 코와 귀 모두 제자리에 있어 감사하고, 새까만 눈동
자에 보일 듯 말듯 쌍꺼풀진 눈을 바라보자니 놀랍고도 오묘한 생명의 신
비에 숨이 멎을 것 같다. 손녀의 열 손가락을 신기해하며 세고 또 세다 시
인에게서 답을 찾는다.

'손가락이 열 개인 것은/ 어머님 배 속에서 몇 달 은혜 입나 기억하려는/
태아의 노력 때문인지도 모릅니다.' (함민복 시인의 「성선설」 전문)

배시시 웃고, 찡긋찡긋 코를 찡그리는 등 오만 가지 배냇짓 표정은, 바라

만 보고 있어도 눈가와 입가에 미소가 번진다. 게다가 쪼그만 입술 방싯 열더니 오물오물 빈 젖꼭지 빨아대는 활기찬 생명의 몸짓이라니…. 곧 이어 언제 내가 힘겹게 세상에 나왔나 싶게 새근새근 평화롭게 잠이 든다.

하루에도 몇 번씩 변한다는 아기 얼굴이라지만, 엄마도 닮은 것 같고 아빠도 닮은 것 같고, 양쪽 할머니 할아버지 얼굴이 있는 것도 같다. 한동안은 자고 먹고 울기나 반복할 테지만 곧 눈을 맞추고, 얼마 있으면 아장아장 걸음마에 옹알이 그리고 온갖 재롱과 투정도 부릴 것이다. 그때 자신들의 모든 걸 내어줄 만반의 준비가 되어있는 엄마 아빠만큼, 할머니 또한 무한한 사랑으로 손녀가 더 높고 더 멀리 날아오르도록 격려와 용기의 튼튼한 양 날개가 될 것이다.

새하얀 도화지 같은 순백색의 아기, 앞으로 이 손녀가 어떤 꿈을 꾸며 어떤 칼라로 어떤 그림을 그려갈까?
엄마 아빠의 사랑으로 태어난 이 아기가 가족 사랑을 흠뻑 먹고 자라, 누구보다 사랑을 알고 사랑 많이 하는 사람이면 좋겠다.

놀라운 창조 작업은 온 세상 여기저기에 가득하다.
그렇다 해도 새 생명의 탄생만큼 희망을 제작하는 일이 또 있을까?

손녀 이름은 Zoey다.
미처 부르기도 전에 밝은 에너지에 입 꼬리가 먼저 올라가는, '기쁨, 즐거움'을 뜻한다.
손녀가 있는 곳 가는 곳이 어디든지 기쁨과 즐거움을 나눠주는 세상에 꼭 필요한 사람이 되기를 기원하며 오늘 밤도 손녀 생각을 환히 켜놓은 채 곤한 잠에 빠져든다.

한 사람의 아이디어가 오늘 내 밥솥을 고치다

하루 두 번씩 꼬박꼬박 따끈한 밥을 대령하던 밥솥이 고장나자, 한 끼도 밥 없이는 살 수 없는 삼식이 00이 투덜거리며 컴퓨터 앞에 앉는다.

화면에는 한 남자가 우리가 가진 브랜드의 밥솥 부품을 하나하나 해체하며 어떤 부품은 회사에서도 팔지 않는다며 문제가 있을 수 있는 부분에 대해 자세히 알려주었고, 밥솥을 분해한 남편은 그 중 한 곳의 퓨즈를 연결하며 쉽게 밥솥을 고쳤다. 그리고 다시 컴퓨터 앞에 앉더니 한 마디 한다.

"처음 댓글이라는 걸 써 봤네."

어떤 분야건 친절하게 자신의 아는 것을 내놓는 유튜버들, 그것이 그들에게 수입이 되건 아니건 어찌 고맙다고 답 달지 않을 수 있으랴?

1960년대 샌프란시스코 인근과 버클리 대학은 히피 운동이 한창이었다.

월남전 등 전쟁을 맹렬히 비난하며 돈과 권력을 중시하는 사회통념에 대항하고 수직적인 인간관계 구조를 부정하는 인간성 회복 운동이었다.

사실 히피하면 마약(당시는 합법적)이나 거지 행색 등이 먼저 떠오르나, 반전과 평화를 노래한 가수 존 레논의 'Imagine(상상해 보세요)'을 들어보면 세계 평화에 함께 하고자 하는 히피 문화의 특색이 잘 드러난다.

당시 히피 운동에 열성적이던 스튜어트 브랜드(Stuart Brand)는 정의롭게 미국 산업사회를 개혁하겠다는 결심을 하고, 1968년 캘리포니아 멘로 파크에서 히피 문화의 핵심정신 실현을 위한 도구의 필요성을 강조한 『Whole

Earth Catalog』라는 잡지를 창간했다. 수평 관계, 공유 관계, 놀이 문화 등을 테크놀로지로 실현할 수 있는 다양한 제품 소개와 상품 평에 초점을 맞춘 잡지였다.

일관된 것보다 완전히 다른 것들을 상상해서 연결 짓도록 유도하며, 공구, 기계, 의류, 서적 등 광범위한 제품을 소개하고 상품 벤더의 연락처를 실었다. 그의 목적은 자급자족, 대안교육, 스스로 하기(DO It Yourself) 등으로 필요한 것은 직접 만들어 쓰기를 적극 강조했는데, 그러자 잡지는 매호 최첨단 기술과 상품들로 업데이트됐다. 이 잡지는 인류 미래의 새 연구 분야의 중요성을 알리는 계기가 되면서, 샌프란시스코 만 인근의 예술, 과학, 기술, 저널리스트, 작가들과 연결되었다. 1972년 이 잡지가 전미 도서상을 수상하자 그의 명성은 미국 전역에 널리 알려지게 되었다.

사이버 공간을 처음으로 이해하고 퍼스널 컴퓨터(PC)라는 용어를 처음 인쇄 매체에 공식적으로 표기했던 그는, 최초의 컴퓨터 마우스, 최초의 원격 회의, 최초의 워드 프로세싱 등 수많은 획기적인 사건의 중심에 서 있었다.

인간 본성은 바꿀 수 없지만 도구나 기술을 바꾸면 문명을 바꿀 수 있다고 본 그의 잡지에 매료돼 새 도구 개발에 박차를 가한 사람들이 애플의 스티브 잡스, 구글의 에릭 슈미스, 위키피디아의 지미 웨일스 등 오늘날 수많은 실리콘 밸리 IT 산업의 주역들이다.

또한 데스크 탑 컴퓨터라는 신조어를 만들고 1975년에서 1977년까지 실리콘밸리 초기 컴퓨터 애호가들의 모임인 '홈브루 컴퓨터 클럽(Home-brew Computer Club)'을 만들었는데, 1976년 애플을 창업한 스티브 잡스와 스티브 워즈니악이 만난 곳도 이 클럽이었다.

아도비 시스템, 인텔, 마이크로소프트 오피스 등 수많은 회사들 또한 실리콘밸리 히피 문화의 대부였던 브랜드의 영감과 영향을 받아 만든 회사로, 그들은 브랜드를 '데스크 탑을 만든 지적 영웅' '국제적 보물' '나의 신들 중 하나' 등 수많은 찬사로 그를 추앙하였다.

그 중 위키피디어는 히피 정신에 가장 부합하는 서비스로, 지미 웨일스라는 젊은 청년은 2003년 온라인상에 누구든지 글을 작성하고 편집할 수 있는 위키 사이트를 개설했다.

그의 생각은 어떤 주제의 글을 올리면 누군가 틀린 부분을 고쳐주고 전문가는 더욱 정확하고 전문성을 띈 정보를 줄 것으로 기대했다. 또한 무료이니 누구나 쉽게 이용해 지식과 정보의 불평등이 해소될 것으로 보았다. 당시 여론은 브리태니커 사전도 있는데 누가 자신의 지식과 정보를 무료로 내줄까 의심했지만, 오늘날은 그들을 비교하는 자체가 무의미하다.

이처럼 인터넷 정보 공유 운동의 뿌리는 "모든 정보는 공유되어야 한다."는 히피 문화에서 온 것이다.

특히 스티브 잡스는 청소년 시절 브랜드의 잡지를 끼고 살며 틈날 때마다 탐독하고, 동네 친구들과 그 내용에 대해 토론하며 자랐다고 한다. 그는 이 잡지를 '35년 전 구글 버전'이라며 자신의 창의력과 열정의 원천은 바로 브랜드 힘이었다고 고백한다.

스티브 잡스의 2005년 스탠포드 졸업 연설은 그의 사후 더욱 회자되며 최고의 명연설로 꼽히고 있는데, 그는 연설 말미에 『Whole Earth Catalog』를 창간한 스튜어트 브랜드에 대한 찬사와 함께 이 잡지는 자신의 바이블 중 하나였다며 '늘 무엇인가를 갈망하며 미련할 정도로' 자료를 모아 발간했다는 브랜드의 잡지 뒤표지 문구인 브랜드의 말로 끝을 맺었다.

"Stay hungry, stay foolish!"(자신의 위치에 만족하지 말고 계속 포부를 따라 시도하라)

자신의 경험을 공유해서 교육과 도구에 접근하고자 했던 한 사람의 생각이 뜻있는 이들에게 영향을 주어 세상은 바뀌었고, 덕분에 나는 쉽게 밥솥에 스위치를 켰다.

TED에 나와 강연하며 이제는 또 다른 영역에서 사람들을 일깨우는 81살의 브랜드를 보며, 그동안 나는 "Stay full, stay smart!"라며 나이를 훈장 삼아 꿈과 희망, 도전의식은 내려놓고 살고 있는 것은 아닌지 반성하게 된다.

요즘은 기회를 창출할 수 있는 도구로 유튜브가 인기다.

고마운 밥솥 유튜버 아저씨 얼굴을 떠올리며, 내게 남은 에너지와 가능성을 찾아 나만의 이민 콘텐츠를 나눌 유튜브 준비를 슬슬 시작한다. 그때 "좋아요!" 부탁해요!

김영란

1955년 서울 출생. 2004년 『현대수필』 등단. 저서 『책으로 보는 세상』, 『하룻밤에 읽는 미국 첫 이민 이야기』, 『여성을 비춘 불멸의 별 김마리아』. 버클리문학협회 회원, 『북산책』 출판사 대표.

그 아버지에 그 딸

이원창

따르릉, 딸한테서 전화가 왔다.

"아빠! 나 하바드 됐어요!!" 신나고 들뜬 목소리다.

"그래 잘 됐구나."

"아니, 아빠 나 하바드 가는 거 원하지 않아요?"

"좋지, 하바드. 당연히 좋지."

"근데, 아빠, 음성이 뭐 그래. 그냥 별로인 것 같아."

"그게 아니고… 아빠 생각에는 버클리 대학도 좋은 것 같아서."

"아니 왜, 버클리가 더 좋아요?"

"더 좋다기보다는 아빠 생각에는 하바드에 비해 버클리대도 수준이 그렇게 떨어지지는 않아. 그리고 멀리 떠나는 것보다는 가까운 학교 다니면서 가끔 집에도 오고…."

"그래도 하바드 갈려고 내가 얼마나 노력했는데… 아빠는 내 마음을 너무 몰라."

"아빠가 왜 모르겠어, 우리 딸이 얼마나 고생했는지 내가 잘 알지. 단지, 아빠 생각에는 공립 주립대학인 버클리대를 가면 너와 비슷한 처지의 이민자들, 소수민들의 세계를 보다 더 피부로 느낄 수 있을 거야. 그것이 네가 원하는 도시계획을 사회에 나와 적용하는 데 더 큰 자양분을 주리라고 보기 때문이야. 아빠 생각엔 네가 명문 사립 특권의식보다는 이민자의 뿌리를 잊지 말고, 소수민들을 도와주고 대변하는 체험이 더 중요하다고 본다."

"아빠 정말 그렇게 생각해요? 그렇다면 사람들이 하바드 왜 가지?"

"그건 그 사람들 생각이고. 그대로 따라갈 필요가 없잖아. 네가 아빠 말을 참조하면서 스스로 잘 판단해서 결정하렴."

"하여튼 우리 아빠는 달라. 다르단 말이야……."

이웃에 사는 N 선배님과 그 딸 이야기다. 그는 허름한 집에 살면서 동네 근처에 있는 중, 고등학교에 딸을 보냈다. 우범지대 문제아들도 많은 학교였지만 딸은 올곧게 불평 없이 학교를 잘 다녔다. 그 학교를 최우등으로 졸업하고 버클리대 지원 때 딸이 학자금 신청을 위해 부모의 세금보고서를 보게 되었다.

보는 순간 딸의 눈이 휘둥그래지면서, 아빠에게 물었다.

"아니 아빠 언제 이렇게 많이 벌었지? 그러면 왜 우리 이런 동네 살지?"

중소기업을 경영하는 아빠는 선뜻 대답을 하지 않았다. 후에, 딸은 아빠가 많은 돈을 어려운 사람들을 돕는 비영리단체에 기부하는 것을 알게 되었다. 아빠 자신은 오래된 토요다 코롤라를 끌고 다니면서.

"좌우지간 고장이 안 난다니까… 하 하 하." 웃으며 지금도 자랑하고 다닌다. 딸이 집을 떠나고 나서야 좀 나은 동네로 집을 옮겼다.

"가능하면 재정 보증을 하지 마세요. 그분들이 벌리는 일인데 왜 퍼스널 개런티를 하세요."

그렇게 수 차례 말려도, 십수 년이 지난 지금도 혹 누가 어려우면 도우려고 애쓰는 것을 보게 된다. 얼마 전에도 어느 유학생 학자금 융자에 보증 싸인을 하셨다고 들었다. 몇만 달러 되는데 만약 못 갚으면 어떻게 하시겠냐고 물었더니, "학생이 어렵지만 공부하겠다고 하는데 그건 꼭 도와야지요."

늘 말려도 그의 생각을 바꿀 수는 없었다.

결국 딸은 하바드로 가지 않고, 버클리대로 가서 도시계획학으로 박사과정을 마쳤다. 아버지의 조언대로 학교 다니면서도 이스트베이 봉사센터에서 이민자들 가정과 소수민족 자제들을 열심히 가르치고 도와왔다.

학위를 마친 후, 캘리포니아 대학, UC 리버사이드에서 두 명의 연구원을 뽑는 데 지원했다. 전체 지원자만 약 5백여 명. 일차, 이차 심사를 거쳐 마지막 최종 합격자 2명 중, 한 명으로 뽑히게 되었다. 합격 후에도 사람이 일을 계획하지만 길을 인도해 주시는 분은 하나님이라고 겸손해했다.

연구원의 임무 중 한 가지는 그 연구프로젝트 과정을 분기마다 발표하는 것이었다. 그래서 어느 날, 연구조건과 학교 명망이 버클리대 못지않게 발전하고 있는 남가주 UC 얼바인에 가서 발표하게 되었다. 그런데 발표가 끝나자마자 그 학교에서 다음 학기부터 교수로 임명할테니 근무해 줄 것을 요청 받았다고 했다.

늘 그랬듯이 이번에도 아빠에게 의견을 물어왔다. 아빠는 "너를 뽑아주고 좋은 기회를 준 UC 리버사이드에서 올해까지의 연구를 다 마치고 난 다음에 옮기는 것이 좋겠다"고 권했다. 딸은 그 권유를 받아들였다.

그렇게 보면, 확실히 둘이 닮은 것 같다.
"그 딸에 그 아버지!" 아니, 그게 아니고,
"그 아버지에 그 딸."
둘 다 한결같이 낮은 곳으로 내려와 지금도 겸손한 삶을 살아가고 있다.

이원창

1976년 도미. 버클리문학협회 회원. BBCN 은행지점장. 샌프란시스코 한미라디오 및 SFKorean.com 칼럼니스트.

달려라 나타 외 1편

최민애

중 고등학교 시절 나는 추리소설의 묘미에 흠뻑 빠졌었다. 그러던 중 김성종 작가가 쓴 '여명의 눈동자'라는 역사 대하소설을 탐독한 이후 내 민족을 향한 깊은 애정이 싹트는 시발점이 되었다. 글 속에는 당대 세 명의 젊은 조선인 학도병 최대치와 미 정보부 요원인 위생병 장하림, 그리고 위안부인 윤여옥을 통해 일제 치하에서의 식민지 시절의 고통과 해방, 6.25전쟁으로 이어지는 통한의 파란만장한 역사의 뒤안길에서 몸부림치던 우리 민족의 처절한 통곡이 절절이 배어 있었다.

열 권으로 묶여 있는 책을 읽어가는 동안 일본 태평양 전쟁 당시의 회오리 바람 속으로 빨려 들어간 나는 온갖 만행을 저지른 일본에 대한 분노와 절규, 비탄으로 몸을 떨면서 마지막 책장을 덮었던 기억이 생생하다. 일본군의 정신대로 착출되어 꽃다운 나이에 짐승보다도 더 무참하게 짓밟혔던 주인공 윤여옥의 삶은 힘을 잃었던 지난 한국역사 사건의 증인인 우리 할머님들의 통분과 아픔이 고스란히 내 가슴에 스며들었다.

이런 연유로 인해 나는 어떠하든지 한국제품을 선호하는 습관이 생겼다. 그래서 십수 년 전 미국으로 이민을 오게 되었을 때도 필수적으로 구입해야 하는 자동차는 한 치의 망설임도 없이 우리나라에서 만든 현대자동차를 가족으로 맞아들였다. 기쁘고도 어려웠던 일들을 함께 하며 우리 가족을 위해 뛰고 달려온 소나타는 234,350마일이 되어 주행 중에도 가다 서다를 반복하는 일들로 고통을 겪는 일이 잦았다.

이런 나타(소나타의 애칭)의 안타까운 모습을 지켜보던 나는 이곳의 이웃 사람들이 좋게 평가하고 있는 일본 자동차를 향해 도전장을 던지고 싶다는 열망으로 불타올랐다. 그래서 나는 무모한 줄 알면서도 용기를 내어 한국에 있는 현대 자동차의 높으신 회장님께 편지를 쓰기에 이르렀다. 아주 솔직하게 진실한 마음을 담아 태평양 건너 이민의 땅에서 행한 나타의 의미 있는 일들을 소상하게 적었다. 그리고 나타의 사진과 마일을 첨부하여 택배수단을 통해 한국으로 우송했다.

그런데 편지를 부친 지 꼭 닷새 만에 답신을 받는 놀라운 일이 있어났다. 그 날은 9월 10일 오후 5시 18분이었다. 캘리포니아의 미주 총 책임자라고 밝힌 H씨는 한국 본사로부터 내가 보낸 증거자료를 받았다며 무엇을 도와 드리면 좋겠는지를 친절하게 물었다. 너무 놀라서 순간 기절할 뻔했으나 나는 병든 나타를 다시 고쳐 주기만을 간절히 바란다고 침착하게 부탁을 드렸다. 그러나 H씨는 나의 남다른 애국심에 큰 감동을 받았으며 의인화 형식으로 쓴 편지를 읽고 또 읽으면서 자신의 지나온 인생을 반성하게 되었다는 등의 겸손함을 보였다.

그리고 덧붙여 재차 물었다. "혹시 고객님께서는 특별히 어떤 종류의 새 자동차를 원하시는지요? 말씀해 주시면 저희 직원들이 성심을 다하겠습니다."라고 말이다. 나는 지체 없이 답변했다. 참으로 감사합니다. 바라는 것은 회사 차원에서 나타를 완전하게 고쳐서 과연 한국제품이 얼마나 우수한지 세계에 보여 주는 것이 나의 소원이라고 거듭 강조했다.

이렇게 우리의 대화는 진전이 없이 끝이 났고 이후 얼마를 지나자 나타는 모든 기능이 정지되어 버렸다. 그를 떠나 보낸 지 1년이 될 즈음 내가 알지 못하는 그 누군가가 우리에게 자동차를 기부해 주는 일이 생겼다. 신기하게도 전에 있던 차종과 같은 모양, 같은 색깔이었다. 그때 당시 선물로 받은 십만 마일의 자동차는 어느덧 이십만 마일을 훌쩍 넘어섰다. 때마다 시마다 정기 검진은 물론 비싼 영양제도 맞췄지만 어찌된 일인지 이번에도 나타는 이곳 저곳에 심한 병이 들었다. 지난번처럼 이십만 마일이 지나면

곧 작별 연습을 해야 하는 한국자동차의 시스템이 많이 속상하다. 곁에 있던 친구가 답답한지 핀잔 섞인 말로 나에게 타이른다. "회사도 먹고 살아야지. 일본의 캠리처럼 오래만 타면 최고냐."

문득 그때의 H씨 말도 떠오른다. "고객님, 우리 아버지는 구십이 되어 암에 걸렸어요. 수술을 하려고 병원에 갔는데 의사 선생님의 말이 이만큼 사셨으면 아주 복되게 사셨으니 편안히 가실 준비를 하는 게 더 좋을 것 같다고 하셨어요. 그 동안 나타도 좋은 일을 많이 했으니 수술하지 말고 평안히 잘 가라고 보내줍시다."

참으로 고맙고 숙연해지는 위로다. 그러나 나타와의 이별은 허락하고 싶지 않다. 독도가 당연히 우리 땅이건만 자기네 영토라고 억지 주장을 부리는 일본에게 반드시 이기고 싶은 거다. 그것이 비록 오기로 보여지는 나타의 투쟁일지라도 중단하고 싶지 않다. 본디 착하고 선한 백의 민족인 우리를 얕보고 우롱했던 행실을 그들이 진심으로 사과하지 않는 한 아마도 나는 실력으로 승부하는 이 싸움을 계속할 생각이다. 그 많은 날들을 태극 마크를 휘날리며 대한민국의 위대함을 이 미국땅에 널리 알린 나의 친구 나타여! 다시 한번 힘차게 달려보자.

톰과 제리의 여행

직장에 사표를 냈다. 아주 쿨 하게 미련 같은 것은 남겨 두지 않기로 했다. 근 6년간 충실했던 직장을 그만두기까지는 갈등의 연속이었지만 실력을 쌓고자 노력했던 내 분야 쪽의 일은 이만큼이면 충분하다는 생각이 든다. 이젠 눈물을 뿌려가며 배운 그간의 생생한 의료 체험을 글로 남기고 싶은 마음이 간절하다. 일부러 사서 한 고생일지 모르나 나름대로 성취와 보람이 강렬한 직업을 고른 것은 탁월한 선택이었다고 스스로 자랑질을 한다.

내일을 마지막으로 회사를 사직하면 나는 다음 날 곧바로 여행길에 오른다. 단 하루도 지체할 수 없는 것은 심지 약한 내가 혹시 변덕을 부려 그대로 주저앉게 될까 봐 빡빡하게 스케줄을 짜 두었다. 장장 40여 일간을 계획한 나 홀로의 여행은 상상하는 것만으로도 얼마나 흥미로운지 가슴이 두근거린다. 잔뜩 부푼 마음으로 여행가방을 챙기고 있는데 곁에서 지켜보던 딸 아이가 일침을 놓는다.

"엄마 혼자 가는 여행은 절대 허락 못해. 어디든지 꼭 나랑 함께 가야 돼, 알죠?"

"무슨 그런 억지가 있냐, 이번엔 기필코 나 혼자 가고야 말겠어."

그러나 딸과의 신경전이 쉽게 끝날 것 같지 않음을 나는 예감한다. 어쩌자고 딸 아이는 청년의 시기인 지금까지도 껌 딱지처럼 찰싹 내 옆에 붙어 살고 있는지 모르겠다. 제 또래 친구들은 기회만 되면 어떻게든 부모의 집을 떠나려고 한다는데 내 딸 아이는 유독 집 밖으로 나가 독립하는 것을 절대 반대 또 반대하고 있다.

아이의 말로는 궁궐이든 초가든, 스테이크를 썰든 보리죽을 먹든지 간에 오직 엄마가 있어서 행복하다며 모든 것을 다 가져도 엄마가 없으면 속 없는 찐빵이란다. 고마운 얘기이긴 하나 때론 나도 가끔은 엄마의 자리를 벗어 던지고 혼자서 홀가분해지고 싶을 때가 있다. 그러니까 그림자처럼 따라 다니는 딸 애의 눈 밖에서 벗어난다는 것은 지적질을 벗어난다는 얘기도 된다. 공교롭게도 우린 혈액형도 같고 식성과 분위기, 좋아하는 것도 꼭 닮았다. 게다가 정의로운 일엔 몸 사리지 않고 불 같은 성깔을 드러내는 것조차 같다. 다른 게 있다면 딸 아이는 정확하고 꼼꼼하고 실수가 없는 대신 나는 털털하고 단순하고 잘 삐치고 금새 풀어진다.

이런 딸과 줄곧 한 지붕 밑에서 살고 있으니 충돌이 잦을 수밖에 없다. 어쩌자고 금쪽 같은 이번 여행에도 딸 아이는 나를 참견하고자 발 벗고 나선단 말인지. 도대체 누가 엄마이고 누가 자식인지 모를 일이다.

이해를 돕기 위해 사건 하나를 털어 놓겠다. 꽤 오래 전에 우린 라스베가스로 여행을 갔었다. 실적이 좋아 회사에서 상품으로 비행기표를 선물 받은 것이기에 부담 없이 호강을 누려보고자 여행길에 올랐다. 엄마와 딸의 그림이 그렇듯 우린 처음에 다정하게 팔짱을 끼고는 하하 호호거리며 아주 행복한 시간을 즐겼다. 그러나 만 하루도 지나지 않아 딸과 나는 대판 싸우고 말았다. 멋진 워터 쇼를 재미있게 구경하고 난 뒤 나는 호텔 내부의 아름다움에 취해 딸을 놓쳐버렸고 또 딸은 잃어버린 엄마를 찾아 오랫동안 밤 거리를 헤매고 다녔던 것이다. 나의 핸드폰은 밧데리가 죽었고 늦은 밤에 호텔까지 걸어가는 거리는 40분 정도 되었으니 서로의 걱정이 이만 저만 아니었다. 그 일 이후 비행기를 타고 다시 집에 돌아오기까지 우리는 잠도 따로 자고 밥도 따로 먹고 구경도 각자 하면서 입술을 악물며 남아있는 3박 4일을 참담하게 보냈다. 평소 오늘의 해가 지나도록 분을 품지 말아야 하느니라 일러주던 나의 가르침은 어디론가 날아가고 나 스스로 밴댕이 소갈딱지의 면모를 여실히 보여주게 된 셈이다. 일생에 부끄럽기 짝이 없는 슬픈 기억이 되고 말았다.

지나친 관심이 간섭으로 느껴져 버거워하는 나와 늘 우물 곁에 놓아 둔 아이처럼 실수투성이인 엄마를 보호하려는 딸과의 팽팽한 줄다리기는 아마도 평생 이어질지도 모른다. 어쨌든 번번히 참패를 당해 땅을 치는 한이 있더라도 똑 소리 나는 딸과의 여행을 시작해볼까 마음 먹었는데 우린 또 아웅 다웅이다. 나는 사진 잘 나오는 노란 셔츠와 빨간 잠바를 챙기는데 딸아이는 촌스럽다며 나이 들어 보이는 브라운 컬러의 스웨타와 회색 블라우스를 입으라고 강요한다. 나는 느슨하고 편한 고무줄 넣은 바지를 딸아이는 몸에 딱 달라붙은 청바지를 꼭 입어야 한다고 명령한다. 어디 그것뿐인가 나는 얼굴의 기미 걱정에 챙 넓은 밀짚 모자를 선택하는데 딸 아이는 눈만 가리는 야구 모자를 내 머리에 씌우니 참고 있는 성질이 절로 얼굴까지 전달된다.

'홍 어디 보자. 시집가서 너랑 똑 닮은 애 낳아봐라. 내 심정이 어떤지 그땐 알겠지.'

속으로 중얼거리는 내 말을 눈치 챘는지 딸 아이가 눈을 반짝이며 묻는다.

"엄마 나 미워?"

대답 없이 눈알을 흘기는 내게 왜 그런 일로 화를 내느냐는 듯 양쪽 볼에 쪽 하고 뽀뽀 세례를 퍼붓는 딸 아이는 아예 자기 취향대로 가방을 다 싸 놓았다. 벌써부터 느껴지는 싸한 이 느낌, 그것은 이번 여행도 역시 톰과 제리의 여행이 될 것이 뻔하기 때문이다.

최민애

서울 출생. 1999년 도미. 샌프란시스코 KTVN 방송기자 역임. 샌프란시스코 《중앙일보》 기자 역임. 수필 다수 《위클리중앙》에 게재. 버클리문학 회원. 현재 S. F 저널 칼럼니스트.

어슬렁거리기 외 1편

백인경

　항상 바쁜 일상이다. 이른 아침부터 저녁까지 빡빡한 일과 속에 몸과 마음은 항상 긴장 속에 바쁘다. 그래서인지 난 가끔씩 바쁜 일상의 리듬을 일탈하여 편안한 복장을 하고 아무런 목적도, 방향도 없이 발길 닿는 대로 어슬렁거리는 것을 좋아한다. 푸른 물결이 끝없이 펼쳐진 바닷가 모래사장에 앉아, 모든 걸 내려놓고 하염없이 밀려오는 파도를 바라보기도 하고, 오솔길섶 바람따라 흔들리는 들풀들, 이름모를 야생화들 옆에 앉아, 이 순간 살아있는 같은 생명체로서의 일체감을, 느껴보기도 한다. 어슬렁거리다가 낯선 동네에서 아담하고 정겨운 찻집이라도 발견하면 무척 반갑다. 될수 있으면 비포장 도로의 흙으로 된 길을 걸으며 나무둥치나 편편한 돌 위에 앉아 푸른 하늘을 멀리 바라보는 것도 긴장을 풀어준다.

　오래된 책 냄새를 맡으며 헌 책방에서 서성이는 것도 꽤 기분이 좋다. 굿윌이나 셀베이션 아미같은 중고 스토어에 들려보기도 좋아하는데, 운이 좋으면 아주 오래된 그림이나 앤틱같은 물건들도 발견하기 때문이다. 지금 나의 카페에 걸려 있는, 프랑스 파리의 에펠탑을 배경으로 한 제법 큰 그림도, 이런 곳에서 구했다. 이 그림은 짐작컨대 19세기 말 쯤에 그려진 것으로 보인다. 조용하고 우아한 분위기의 멋스런 화랑에서 서성대는 것 못지 않게 사람들 왕래가 많은 시장통에서 어슬렁거리는 재미도 쏠쏠하다.

이 글은 지난 일요일 스톤스타운 쇼핑몰을 어슬렁거리며 편편이 떠오르는 글 감흥을 아이폰에 메모해서 완성한 글이다. 마침 햇빛이 봄바람을 타고 눈부시게 부서져 내린 날이었다. 쇼핑몰 앞에는 나같은 사람이 어슬렁거리다 쉬기에 딱 좋은 야외 벤치도 있어 햇빛을 쪼이며 명상에 잠겨 보기도 한다. 오고가는 많은 사람들이 쏟아내는 소리들과 차 소리로 매우 시끄러웠지만 마음에 아무런 할일이 없이 앉아있는 내 마음은 그 소음 속에서 지극히 고요하다. 머리 끝부터 발끝까지 모든 긴장을 풀고 몸의 모든 마디들을 이완시킨다. 마치 몸이 솜처럼 풀어져서 소음의 바다에서 유영하는 듯이.

평소에는 날마다 아침 5시 30분에 기상해서 늦은 오후까지 비즈니스에 신경쓰느라 쉴 틈이 없다. 물론 틈틈이 커피 타임도 하고 식사도 하지만 바쁜 마음으론 온전히 쉴 수가 없다. 항상 시간에 쪼들리니까, 마켓에서 장을 볼 때도 될 수 있으면 줄이 적은 데로 골라서 서고 운전할 때도 시간을 단축하려 차선을 자주 바꾸게 된다. 일 마치고 운동할 때도 몸은 운동을 해도 마음은 바쁘다.

모처럼 시간을 내어 마음 잡고 책상 앞에 앉아 글을 쓰려고 하니 습관된 바쁜 마음으로는 한 줄도 써지지가 않았다. 커피도 뽑고 바람도 쐬일 겸해서 집에서 입던 옷 그대로 집앞 쇼핑몰에 있는 Peet's coffee shop에 온 거였다. 먼하늘 뭉게구름 흘러가는 것도 바라보고 뜨거운 카페 아메리카노를 홀짝이며 가벼운 재즈풍의 감미로운 음악소리에 마음을 실어보기도 한다.

행복하다는 느낌이 가슴에 따끈따끈하게 차오른다. 바쁜 일상 속에서의 소중한 여유이기에.
항상 뭔가를 해서 얻어지는 게 있어야 시간을 잘 보낸 것 같지만, 하릴없이 어슬렁거리는 일도 바쁜 일상에 지친 몸과 마음의 긴장을 풀어주는, 나에게는 명약이다.

집밥

　오늘 하루도 바쁜 일과가 끝났다. 요즈음 여름 휴가철이라 관광객들로 인해 평소보다 비즈니스가 많이 바쁘다. 번갈아 가며 휴가를 떠난 직원들 몫까지 해내느라 여름 한철이 쏜살같이 흘러버렸다. 퇴근길엔 어김없이 음식을 투고(to go)를 해서 쉽게 저녁을 때우고 싶은 충동을 느끼곤 한다. 투고 음식은 맛도 별로 이지만 저녁식탁이 썰렁한 느낌이다. 여러 이유로 난 대체적으로 밖에 나가서 먹는 음식을 선호하지 않는다. 하지만 가끔씩은 분위기 있는 레스토랑에서 정든 벗들과 담소하며 나누는 저녁식사는 분위기 때문에 무척 좋아한다. 내가 집밥을 선호하는 이유는 저녁에 달그락거리며 음식 만드는 소리며, 냄새가 사람 사는 것같이 훈훈하게 느껴지고, 스스로 엄선(?)한 식재료로 내 입맛에 맞추어서 만들 수 있기 때문이다. 또 하나 더 깊은 이유는 웬만한 것은 유기농으로 자급자족했던 어린 시절의 생활이 평생 나의 식습관에 영향을 준 것 같다.

　어렸을 적 전주 고향집에는 집안에 꽤 큰 텃밭이 있었다. 봄부터 가을까지 항상 유기농 채소가 풍성했다. 토종 닭들은 온종일 집안을 자유롭게 돌아다니며 아무데서나 알을 낳았다. 알을 낳고는 항상 "꼬꼬댁 꼬꼬" 하며 신호를 보낸다. 마루 밑이며 울타리 덤불더미 속 등에서 찾아낸 따끈한 달걀들은 우리식구의 귀한 반찬거리가 되었다. 끼니 때가 되면 시장에 갈 필요도 없이 텃밭에서 바로 따서 풋고추전이며 애호박 된장찌개, 윤기나는 까만 가마솥 밥위에 쪄낸 갖가지 나물들을 만들어 먹었다. 여름철에는 화강암으로 만든 학독(돌로 된 넓은 절구 모양)에 빨간고추와 보리밥에 마늘, 생강 등을 넣고 손으로 갈아서 버무린 풋배추 열무김치는 지금도 생각하면 군침이 돈다. 동네 어귀의 미나리깡에선 언제라도 싱싱한 미나리가 조달되었다.

집 울타리 안으로 갖가지 모양의 감나무며 복숭아나무, 살구나무들로 둘러 쌓여 있었고 뒷문 밖에는 밤나무들이 꽤 무성했었다. 가을철이면 밤이며 감은 질릴 정도로 먹을 수 있었다.

늦봄이면 모내기가 막 끝난 논에 가서 우렁이를 많이 잡을 수 있었다. 가을이면 벼가 누렇게 익어가는 들녘에 나가 메뚜기를 잡아서 볶아 먹었고, 아버님과 큰오빠가 미꾸라지나 붕어를 잡아오시면 어머니표 특미 추어탕이나 붕어매운탕이 되었다.

이런 어린 시절의 건강한 식생활과, 될 수 있으면 집밥을 먹는 덕분인지, 웬만해서는 아프지 않고 감기도 비껴갈만큼 건강을 유지할 수 있는 것 같다.

어린시절 고향집의 추억은 언제나 나의 귀중한 마음의 휴식처가 되었고 언제든 돌아가고 싶은 곳이기도 하다. 지금은 시간이 허락이 안 되지만 은퇴해서 제일 먼저 하고 싶은 일은 텃밭을 가꾸는 일이다.

백인경

전주 출생. 1981년 도미. 2003년 『신문예』로 등단. 작품집 『계영배, 이 순간 이 생의 전부』, 실리콘벨리 독서회 회원, 버클리문학협회 회원.

거짓말과 사랑 외 1편

김명수

　거짓말하는 것이 나쁘다는 것은 다들 알고 있다. 어렸을 때 엄마는 우리가 거짓말하는 것을 무척 싫어했다. 자매끼리 다투다 엄마에게 꾸중맞을 때가 있었다. 나에게 유리하게 말하다 거짓이 들어가거나 하면 엄마의 얼굴 표정이 무섭게 변했다. 우리 자매를 올바르게 자라게 하려는 엄마의 마음이었을 것이다.

　내가 어렸을 때 살던 집은 명륜동에 있었다. 옛 서울대학교 문리대학에서 아주 가까웠다. 집 큰 골목에서 아래로 죽 내려가면 서울대학교 문리대 교정이었다. 대학 울타리는 없었지만 큰 개천이 교정과 큰 행길가 사이에 흐르고 있어 들어갈 수는 없었다. 은행나무가 여럿 심겨져 있었기에 가을이 되어 노란 단풍이 들면 무척 인상적이었다.

　우리가 살고 있던 명륜동의 한옥집은 크지는 않았지만 그렇게 작지도 않았다. 그 골목의 다른 집들은 대문이 그 큰 골목에서 바로 보였는데 우리집은 작은 골목 안으로 다시 들어와서 대문이 있었다. 그리고 그 작은 골목안에는 또 하나의 옆집이 있었기에 옆집 대문이 우리집 대문과 나란히 있었다. 지금부터 60년 전의 한옥들은 부엌 구조도 아궁이 때문에 바닥이 마당보다 낮아 문을 열고 들어가면 계단을 여러 개 내려가야 하고 요사이 같은 화장실은 집 안에 붙어있지 않았고 마당 구석 제일 먼 곳에 붙어있었다.

　하루는 집 밖에서 큰 행길가 쪽으로 붙은 창문을 통하여 와자지껄 떠드는 소리가 들려왔다.

"저 놈 잡아라. 저 놈을 잡아 때려 죽여야 한다." 잡히지 않으려고 쏜살같이 도망가고 있던 청년이 곧바로 이어진 큰 골목으로 뛰어가지 않고 우리집 대문이 있는 좁은 골목으로 들어와 문을 두드렸다. 띄엄띄엄 숨을 몰아가며 애원하는 소리를 들을 수 있었다.

"쫓기고 있습니다. 저를 제발 숨겨주세요." 대문을 열자 청년은 다짜고짜 대문안 현관으로 들어왔다. 쫓아오는 사람들의 함성이 점점 더 가깝게 들리고 있을때 청년은 갑자기 뒷간을 향하여 발을 옮겼다. "용서하십시오. 제가 이곳에 들어가 숨어 있겠습니다."

순식간에 일어난 일이었다. 잠시 후 다시 대문 두드리는 소리와 함께 여러 명의 고함치는 소리가 크게 들렸다. "이 골목으로 들어오는 것을 보았다. 그 놈을 잡아 우리 손으로 죽여야 한다."

열 명 넘는 숫자의 살기등등한 청년 남자들이 몰려 들어왔다.

"어디다 숨겼소. 우리 모두 두 눈으로 이 골목으로 들어가는 것을 보았단 말이오."

"당신들이 잘못 본 것 같소. 우리집에는 아무도 들어오지 않았소."

나는 가슴이 조마조마해졌다.

"당신이 우리에게 거짓말하고 있으면 당신도 해를 당할 것이오."

"내가 거짓말하고 있다고 생각들면 당신들이 이 집안을 찾아 보시오."

그들이 정말로 집안을 뒤지려고 하자 엄마가 먼저 부엌 문을 열었다.

"아무도 부엌 안에 없지요. 안방과 건너방 안을 보고 싶으면 따라 들어오세요." 그들이 엄마를 따라 안방을 들어갔다. 엄마는 안방 안에 붙은 다락 벽장도 열어 보였다. 우루루 몰려 들어왔던 여러 명이 고개를 기웃거리며 들여다보았다. 그러자 그중의 한 명이 소리질렀다. "이 골목에 옆집도 있다. 빨리 옆집으로 가자." 그러자 대부분의 사람들이 대문 밖을 뒤따라나가 옆집 대문을 두드렸다.

그런데 그 중의 두목으로 보이는 한 명은 아직 나가지 않았다. 건너방도 열어보고 헛간까지도 열어본 후 아무도 보이지 않자 나가려 하려다 마당 구석에 있는 뒷간을 발견하고 그곳으로 향하고 있었다.

'그 안에 그들이 찾고 있는 사람이 있는데, 뒷간 문을 열면 엄마의 거짓말이 탄로나는데.'

퉁탕거리는 나의 가슴의 고동소리가 내귀에 들려왔다. 나는 사시나뭇덜덜 떨고 있었다. 숨어있는 그 사람이 발각될 바로 그 순간이었다. 그동안 침착하게 있던 엄마가 언성을 크게 하여 그 청년 두목을 향하여 엄하게 꾸짖고 있었다.

"그 뒷간에는 우리집 큰 딸이 배가 아프다며 조금 아까 들어갔소. 큰 걸 하느라 아직도 못 나오고 있는 것 같소. 당신들 무슨 권리로 이렇게 들어와 남의 집 큰 딸에게 몹쓸 짓을 하려는 거요?"

그 청년은 엄마의 따끔하게 혼내주는 말에 뒷간 문을 열지 않고 멈추어 섰다. 불현듯 남의 집 딸 하체를 보는 장면을 상상하며 창피하였던지 머리를 긁적이며 대문 밖을 나가 옆집으로 향했다.

그리고 한참 시간이 흘렀다. 쫓기던 청년이 뒷간에서 나와 주위를 두리번거리다 엄마에게 무릎을 꿇었다. "살려 주셔서 고맙습니다."

며칠이 지나도록 난 그때의 소동을 잊을 수가 없었다. 만약에 그 사람이 정말로 나쁜 사람이었다면 어떻게 되는 건가. 청년이 뒷간에서 나와 우리 가족을 해칠 수도 있었다. 그가 무슨 잘못을 하였기에 도망갔어야만 했는지 그때 물어보지 않아 모른다. 서울대학교 쪽에서 뛰어온 걸 보면 서울대 학생일 수도 있고 그렇지 않을 수도 있다. 나중에야 엄마가 하신 말씀이다.

"우선은 사람 목숨 살리고 보아야 한다고 생각했다. 쫓아오는 사람들이 너무 많아 잡히면 곧 맞아 죽을 것 같았다. 그 청년을 보는 순간 수년 전 육이오 때 참전하여 전사한 내 동생의 얼굴이 보였다. 내 동생이 저렇게 도망가고 있었던 건 아닌가. 내 동생이 나에게 숨겨달라고 살려달라고 애원하고 있었다. 만약에 그 청년을 도와주지 않았다면 두고두고 더 후회했을 것이다."

엄마는 우리에게는 거짓말을 해서는 안 된다고 가르쳤지만 우리 모두 보는 앞에서 거짓말을 했다. 그 상황 속엔 아무런 이유가 없었다. 단 한 가지 이유를 찾아낼 수는 있었다. 엄마 마음 속에는 사랑이 있었다. 그 사람이 비록 나쁜 사람일지라도 사랑하는 동생으로 보이는 엄마의 따뜻한 마음을 난 읽을 수 있었다.

오빠 생각

손이 꽁꽁 어는 추운 겨울날이었다. 안방의 아랫목이 제일 뜨겁고 방도 따뜻했다. 아랫목에 손을 녹이고자 안방으로 들어오니 오빠가 윗목에 작은 밥상을 놓고 공부하고 있었다.

방안은 조용했다.

나는 손을 아랫목에 있는 이불 밑에 넣고 오빠를 바라보았다. 그렇게 한참을 바라보고 있어도 수학문제 푸는 데 집중하고 있었던 오빠는 나의 시선을 전혀 인식 못했다. 문제가 쉽게 풀리지 않는지 오빠의 얼굴 표정이 어두웠고 무척 난감한 듯했다. 고개를 흔들며 한숨까지 쉬고 있다.

오빠의 답답한 가슴이 내 마음에 전해졌다.

"오빠 제가 풀어드릴게요. 오빠는 잠시 쉬고 계세요."

오빠는 인기척 소리가 나자 나를 쳐다 보았다. 내가 한 말에 아마도 어이가 없었을 것이다. 그런데도 나를 바라보는 오빠의 얼굴 표정이 갑자기 환하고 밝게 변하였다. 그때의 오빠의 환한 얼굴 표정은 아직도 잊을 수 없다.

"네가 내 문제 풀어 준다고? 그래 네가 한 번 해 봐라. 오빤 그동안 마당에 나가 시원한 공기 마시고 올 테니까 네가 풀고 있어. 고맙다."

일학년이면 단순히 더하기 빼기밖에 못하던 나였지만 오빠를 도우기 위해 난 열심히 이차방정식이 있는 수련장 문제집을 뒤적이며 궁리하고 있었다.

오빠는 내가 당연히 풀 수 없다는 건 알고 있었지만 오빠의 답답한 마음을 알아채고 도와주려 했던 어린 여동생의 마음을 느꼈기에 그렇게 환하게 웃었던 것 같다.

오빠는 그해 서울에서 최고로 좋은 명문 중학교에 입학되었다.

시간이 많이 흘러 내가 중학교에 들어간 후였다.

집은 명륜동에 있었지만 학교는 광화문 쪽에 있었기에 버스로 통학을 하였다.

하루는 방과 후 버스를 타고 집으로 오는 중이었다. 광화문에서 버스를 탔을 때는 빈자리가 여러 있었기에 좌석에 앉아 집으로 오고 있었다. 몇 정거장 지나 안국동으로 들어가며 차는 붐볐다. 그때 한 중년의 남자가 차안으로 들어왔다. 옷도 허수룩해 보였지만 얼굴에 불만이 가득차 있어 심술궂어 보이는 인상이었다. 나는 그 사람과 눈이 마주치자 시선을 피했다. 그 사람이 나에게 다가와 나를 노려보았다. 계속 시선을 피하고 있는 나를 향해 갑자기 주먹으로 내 머리 위를 내리쳤다.

"아저씨 왜 때리세요?"

차안에 있는 많은 사람들이 나를 보고 있었다.

"그걸 몰라서 물어보는 거야. 학교에서 무슨 교육을 받고 있어? 나이든 사람이 오면 젊은 사람이 일어나 자리를 양보해야지. 건방지게 계속 앉아 있다니."

그사람은 전혀 늙은 노인네가 아니었다. 그리고 자리에 앉고 싶으면 나에게 먼저 말을 했으면 자리에서 일어났을 텐데 머리를 주먹으로 갑자기 얻어맞으니 화가 났다.

다른 데서 화가 난 일을 나한테 와 화풀이하는 남자로 보였다. 늙지도 않은 주제에 약한 여학생의 머리를 때리며 그런 식으로 자리를 빼앗는 그 남자의 행동에 너무 화가 났다. 많은 사람들 보는 앞에서 얻어맞은 것도 창피했다. 화를 참으려고 할수록 눈에서 눈물이 쏟아지고 있었다. 그때 명륜동 버스 정류장에 내려 집으로 돌아가는 길목에서 우연히 오빠를 만났다. 눈물이 가득 고여 글썽이는 나를 본 오빠가 나를 붙잡고 물었다.

"무슨 일이야. 왜 울고 있어?"

나는 버스에서 일어난 일을 말하였다.

"내 그놈의 머리통을 박살내고 오겠다."

갑자기 오빠가 버스 정류장을 향하여 쏜살같이 달리고 있었다.

내 말을 듣자마자 그렇게 빠르게 뛰어나가던 오빠의 뒷모습을 잊을 수가 없다.

1978년에 미국에 와서 5년이 지나 1983년 9월 1일이었다.

샌프란시스코에 있는 병원 약국에서 인턴 약사로 일하고 있을 때였다.

오빠에게서 전화가 왔다. 오빠가 다니는 회사를 통하여 미국 뉴욕에 출장을 왔는데 원래 스케줄은 그날 한국으로 돌아가야 하는데 갑자기 동생이 보고 싶어 샌프란시스코에 하루 들르겠다고 했다. 나는 오빠를 오랫만에 만날 생각을 하니 기뻐서 마음이 들떠 있었다.

전화를 받고 여러 시간이 지난 후였다.

뉴스가 나오고 있었다. 뉴욕에서 한국으로 돌아가던 KAL 비행기가 러시아 상공에서 러시아의 미사일에 맞아 비행기에 타고 있던 269명이 모두 죽었다고 했다.

그 뉴스는 충격이었다. 혹시 오빠가 나 보러 온다고 했지만 마음 바꾸어 뉴욕에서 한국으로 곧바로 간 건 아닐까. 오빠는 지금 어디 있는 건가. 몇 시간이나 오빠와 연락이 되지 않았다. 걱정과 불안함이 엄습해 오고 있었다.

나중에 오빠에게 들었다. 오빠와 잘 아는 거래처 회사 직원을 같은 날 뉴욕 공항에서 만나 그 비행기 탑승하기 전 공항에서 악수까지 하였다고 했다. 그 분의 부인은 아이들과 함께 서울에 있는 비행장에서 기다리고 있다가 남편이 죽었다는 비보를 들었다.

나는 가슴이 뭉클했다.

돌아가신 그분 가족들의 마음을 생각하니 마음이 아팠다.

오빠가 동생인 내가 보고 싶어 스케줄까지 바꾸어가며 한국으로 곧바로 가지 않고 샌프란시스코로 올 수 있어 살아있는 오빠를 볼 수 있다니 너무 감격스러웠다.

오빠.

정다운 이름이다.

그리고 마음이 든든해지는 이름이다.

아주 오래 전 내가 국민학교 다닐 때 전국 미술대회가 비원에서 있었다.

미술대회가 열리는 비원을 가기 위해 바쁘신 부모 대신 다섯 살 위인 오빠와 난 길다란 비원 돌담길 옆을 오랫동안 같이 걸어갔었다.

그때 미술대회 입선이 되어 상장과 크레파스를 상으로 받았다.

같이 돌담길을 걸으며 내 손을 잡아 주었던 오빠 때문에 상을 받은 것 같다. 지금도 꼭 잡아 주던 오빠의 손 감촉을 느낀다.

문득 오빠가 너무 보고 싶다.

김명수

1978년 도미. 소설 『잎새 위의 이슬』(필명 김수진) 출판. 1982 UC San Francisco Pharmacy School 프로그램 수료, 한국일보 SF "여성의 창" 필진(2019), 『버클리문학』 회원. 1983년부터 가주 약사로 일하고 있음.

하프타임의 미학

박주리

"다시 젊어진다면 언제로 돌아가고 싶은가?"

재미삼아 해보는 질문임에도 어느 시절 하나를 답하기가 쉽지 않다. 각 시기마다 인생의 무게를 느끼게 했던 아픔의 기억들이 선명하기 때문일 것이다. 생각해 보면, 젊은 시절에 인생이 잿빛이 될 일이 뭐가 있었을까 싶다. 젊음의 시간은 꿈틀거리고 역동적이어서 실패하더라도 잠깐일 뿐, 인생 전체를 그 안에 묶어 두지 않는다. 오히려 그 실패의 여운이 조각배가 되어 젊음이 대양으로 나가는 길을 터 주기도 한다.

하지만 정작 젊음을 현재로 살아가는 사람은 아름다움이나 희망을 가까이 누리지 못하는 듯하다.

인생의 밝은 빛줄기를 향해 달려가다 보면, 어느새 앞을 가로막는 장애물을 만난다. 경쟁에서 지면 어떡하지? 기대에 못 미치면 어떡하지? 시험에 낙방하면 어떡하지? 이런 두려움은 실패를 타고 오는 것만은 아니다. 자주 성공의 뒷덜미를 옥죄기도 한다. 다음에 이보다 못하면 어떡하지? 지금 누리는 것들을 잃게 되면 어떡하지? 사회 전체를 덮고 있는 성공 신화의 그늘 아래, 우리의 삶은 경쟁, 비교, 우월, 열등, 이겼다, 졌다 등의 잣대로 평가된다. 그리고 인생의 행복은 성공에 있다고 믿는다.

성공의 푯대를 향해 앞서고 뒤처지며 한바탕 달리다 잠시 서서 가쁜 숨을 고르고 지친 몸을 기대는 시점을 만난다. 인생 전반전이 마감되는 시기이다. 이맘때가 되면, 학교와 사회에서 배우지 못한 새로운 인생 교훈을 알게 되는데, 그것은 성공과 행복이 나란히 가지 않는다는 것이다. 이따금 외형적 성취에도 불구하고 예상하지 못한 내면의 공격으로 휘청거리는 자신을 발견한다. 성취와 성공이 판을 벌인 화려한 파티가 끝난 후, 바람에 흩날리는 쓰레기와 냄새나는 찌꺼기만 남은 파티의 실체를 보며 공허감과 허탈감에 현기증을 느끼기도 한다.

"하프타임"의 저자 밥 버포드는 케이블 TV 회사를 성공적으로 경영한 탁월한 사업가였다. 인생 전반부에 화려한 성공 가도를 달리던 중, 갑작스런 아들의 죽음을 직면하며 인생의 전환기를 맞게 되었다. 죽음이라는 엄청난 장벽 앞에 무기력한 인간의 실체, 부와 명예가 해결해 주지 못하는 인생의 본질적 질문을 마주하면서 인생 후반부를 새롭게 써 내려가기 시작했다. 그는 모든 사람들이 인생을 전반전과 후반전으로 나누어 뛸 기회가 주어진다고 말한다. 아울러 전반전보다 더 나은 후반전을 위해 준비하고 계획하는 '하프타임'의 중요성을 피력했다. 전반부 인생의 주제가 '성공'이었다면 후반부 인생은 '의미있는 삶'으로 자리매김을 해야 한다는 것이 그의 논지이다.

최근 몇 년간 나 역시 인생의 전환기에 접어들었다. 아프리카에서 미국으로. 삶의 근거지에 지각변동이 일어났다. 죽음의 그림자가 넓게 드리워진 검은 대륙. 질병이 울타리 안에 맴돌며 늘 손짓하는 땅. 문명의 혜택이 결핍되어 불편함이 일상인 생활공간. 무슨 생각을 하며 20여 년을 그곳에서 살았을까?

아프리카 땅을 회복하고 그곳의 영혼들을 일으켜 세우려는 우주보다 크신 분의 부르심이 있었다.
그 땅을 밟고 그들을 보는 순간 그 부르심과 내 마음이 하나가 되었다. 그렇게 인생 전반부가 시동이 걸렸다. 동시에 나와의 전쟁도 시작되었다. 환경의 위협과 내면의 유혹에 대항하는 전투적인 정신 무장을 수도 없이 반복했다. 그리고 비교적 그 싸움에서 성공했다고 믿었다. 그런데 열악한 땅에서 선한 일에 힘쓰며 나름 의미 있는 삶이었음에도 불구하고 아쉬움이 남는다. 이유가 뭘까? 또다시 기회가 주어진다 해도 그 길을 선택할 것이 분명한데, 왜 마음 한 켠에 공허함의 연기가 피어올랐을까?

아마도 무엇을 했느냐(what)보다 어떻게 했느냐(how)가 원인인 듯싶다.

살아내야 할 덕목들(헌신, 희생, 절제)이 성품의 자연스러운 향기로 나오기보다 의식적이고 고달픈 노력의 산물이었던 것이다. 무언가를 내려 놓아야 한다는 강한 의식이 다른 무엇을 강하게 움켜쥐는 동기가 되었다는 것이 흥미롭다. 아름다운 덕목들이 성취해야 할 목표가 되었고 결국 성취한 후에 찾아오는 공허함의 예외 조항일 수는 없었다.

"다시 젊어진다면 언제로 돌아가고 싶은가?"

80대(30년 후)의 나에게 누군가 묻는다면, "하프타임~"이라고 답하고 싶다.

성취로 인한 자신감은 미끄러지듯 빠져나가고, 다가오는 시간의 불확실성으로 인해 흔들바위 위에 서 있는 것 같은 시기. 그러나 달리던 경주를 잠시 멈추고 숨을 고르며, 과거의 점검과 미래의 방향 수정이 가능한 시기. 전반부 인생을 사느라 애쓴 젊은 나를 따뜻이 보듬어 보내주고, 후반부에 '나'스러움을 자연스럽게 드러내며 세상을 밝혀갈 새로운 나를 맞아들인다.

불안을 밀어내고 안정을 구축하기 위해 무리하게 무언가를 움켜쥐기 보다, 내면에서 울리는 세미한 음성을 따라, 영혼과의 따뜻한 공감에 눈맞추며 한 걸음씩 걸어가보려 한다.

박주리

이화여대, 칼빈 신학 대학원, 선교사(GMS), 우간다 사역 22년. 한국일보 〈여성의 창〉, 〈시간의 바다〉 칼럼니스트. 버클리문학협회 회원.

되치기 당한 수사

최승암

동부 아프리카, 빅토리아 호수를 품은 우간다(Uganda)에서 20년 이상 가르치는 일을 했다. 직원들의 인사, 재정, 행정의 전반적인 책임을 맡아 일하던 어느 날, 발신인 없는 한 통의 편지가 배달되었다. '당신 학교 운전 기사가 자동차 연료를 반만 넣고 나머지 돈은 자기가 가지니 조사해보세요' 대충 이런 내용으로 기억한다. 안 그래도 운전하는 우간다 직원이 자동차 연료비를 조금씩 속이고, 소위 '삥땅'을 한다는 심증을 가지고 있던 터라 편지는 결정적 물증이 되었다. 답보 상태에 있던 '운전 기사의 자동차 연료비 횡령에 관한 관행적, 만성적 범죄'를 발본색원할 수 있다는 확신이 생겼다. 운전 기사가 주유소 직원과 함께 일을 도모하다가 수익 분배를 놓고 의견충돌이 일어났고, 화가 난 주유소 직원이 제보한 듯했다. 운전 기사를 조용히 불렀다. 결정적 증거를 손에 쥐었기에 한 시대를 풍미했던 TV 극 [수사반장]의 날카로우면서도 득의만만한 수사관에 빙의되었다. 드라마에서 배우고 익힌 동서양을 아우르는 수사기법이 사용되었다. [수사반장]의 넘겨짚으며 윽박지르기와 [형사 콜롬비]의 미소 띠며 궁지로 몰기를 흉내내며 피의자를 옥죄어 나갔다. 아니, 옥죄어 나갔다고 생각했다.

'아~ 정말 죄송합니다. 제가 나쁜 생각을 했습니다. 처음 반반으로 나누자 한 것은 주유소 직원이었지만 저의 잘못이 큽니다. 잘못했으니 한번만 용서해 주십시오.'

'아니야, 괜찮아. 사람은 모두 실수할 수 있어. 다음부터는 실수하지 말게. 생활하다 보면 갑자기 돈이 필요할 때가 있을 텐데, 그땐 어려워 말고 나에게 얘기해. 내가 도울 수 있도록 힘써 볼게…'

    수사에 들어가며 예상했던 각본이었다. 그러나 수사는 예상과 다른 방향으로 흘러갔다. 용의 선상에 오른 뻥땅 피의자는 말이나 태도에 여유가 넘쳤다. 잘못의 들킴에서 오는 당황, 초조, 안절부절, 긴장과는 거리가 멀었다. 딱 잡아 떼지는 않았지만 잘못이 없다는 논리를 빙글빙글 웃기까지 하며 주장했다. 상대에게 기대했던 당황과 말 더듬 현상이 수사관에게 나타났다. 점점 초조해지는 수사관 vs 점점 여유 있어지는 피의자 구도는 수사 드라마에서 한 번도 본 적 없는 예상 밖 상황이었다. '어라~ 이건 무슨 시추에이션이지? 전혀 당황하지 않는데? 그래도 결정적 증거가 있으니 결국 자백하겠지…' 다시 마음을 다잡았다. 예상보다 빠른 타이밍이긴 했지만 초조함을 감추고 알 듯 모를 듯 어색한 미소를 띤 채 문제의 편지를 디밀었다. 수사 흐름과 주도권을 단숨에 움켜쥐리라 기대했다. 그러나 결정적 증거를 제시했음에도 불구하고 자백은 커녕 '난 잘못 없다. 내가 한 것 아니다. 이 편지는 모르겠고 돈을 빼돌린 것도 처음 듣는 얘기다'며 부인 일변도였다. 운전 기사의 당당한 오리발에 호기 있게 시작했던 수사는 묘한 방향으로 흐르기 시작했다. 현기증이 나면서 식은 땀이 돌기 시작한 쪽은 수사관이었다. '드라마에서는 결정적 증거를 제시하면 자백을 하던데…', '이 친구가 범인이 아니라면 주유소 직원이 모함을?', '부족이 다르면 이유없이 무고한다더니 가짜 편지를?', '더 내밀 증거도 없는데 고문이라도 해야 하나???' 별별 생각이 머리를 맴돌았다. 잘못을 빌면 괜찮다 용서하고 훈훈한 분위기로 끝나야 할 수사가 알 수 없는 곁길에서 방황하고 있었다. 수습하고 마무리할 일이 태산이었다. 예상 밖 상황 전개에 수사관은 결국 마음의 평정을 잃으며 말의 속도는 빨라지고 톤은 올라갔다. 빨라지고 높아진 톤은 스스로를 더 흥분시켜 급기야 '황금의 트럼펫' 마리오 델 모나코의 고음같은 괴성이 방을 울렸다. 그리고 잠시 정적이 흘렀다. 분기탱천 씩씩대는 수사관에게 피의자인 운전 기사는 조용하면서도 강한 저항의 목소리로 말했다. '왜 목소리를 높이느냐? 사람이 어떻게 사람 앞에서 소리를 지를 수 있느냐?'

우간다에서는 사람이 죽어 곡할 때를 제외하고는 큰 소리를 지르지 않는다. 오랫동안 저들과 함께 생활했지만 실수했다고, 늦게 왔다고, 약속을 어겼다고, 거짓말했다고 소리 지르거나 흥분하여 화를 내는 경우를 거의 보지 못했다. 물론 시장통에서 물건을 훔치다가 현장에서 붙들려 목소리 높여 싸우는 경우가 영 없지는 않다. 그러나 보통의 경우, 사무실이나 관공서, 학교나 공공장소에서 사람을 세워놓고 큰 소리로 혼내는 일은 없다. 그러기에 관공서에서 서류가 이유없이 반려되거나, 까닭없이 안타까운 상황이 생겨도 우간다 사람들은 그러려니 한다. 반면 우리는 '내가 너를 아끼고 사랑하니까 소리질렀다', '소리는 질렀지만 뒤끝이 없다', '고함치며 화낼 만하다', '술 마시면 목소리가 커지는 거 이해해라' 등등 큰 목소리로 소리치고 화내는 것에 관대한 문화를 가지고 있다. 심지어 '화낼 가치도 없다'며 화냄에 대한 의미를 듬뿍 부여하기도 하고 '소리지름'을 사랑의 한 표현 방법으로 미화하기도 한다. 사람 면전에서 큰 소리로 화를 내거나 고함치는 것에 대해 관대한 문화, 흥분하면 목소리가 커지며 분노를 표현하는 문화적 특성은 한국인의 약점임과 동시에 아프리카 사람들이 한국인에게 가장 많이 상처받는 부분 중 하나이다. 결국 수사는 증거로 채택되지 못한 제보 편지만 남긴 채 소리친 것 사과하고 수습하느라 흐지부지 끝나버렸다. 결정적 증거를 손에 쥐었음에도 목소리 높여 고함친 단 한 번의 실수로 수사는 완벽하게 실패했고 사건은 영구미제가 되었다. 되치기 당한 수사지만 '어떤 이유라도 사람 면전에서 소리치며 화내면 상대에게 깊

은 모욕감을 안길 수 있다' 는 아프리카 문화를 뼈저리게 배웠으니 완벽한
실패는 아닌 듯하다.

최승암

선교사(GMS), 우간다 사역 22년. 월간 〈한국인 선교사〉, 〈선교 타임즈〉
문화 칼럼리스트, 버클리문학협회 회원.

버클리문학

Berkeley
Korean
Literature

2019년 5호
2019년 10월 30일 발행

편집주간 김희봉
편집위원 김경년, 김종훈, 유봉희, 강학희, 정은숙, 엔젤라 정
편집고문 오세영, 권영민
편집자문 김완하, 송기한, 김홍진, 이용욱, 이은하

펴낸곳 버클리문학
Berkeley Korean Literature Society
3845 Harrison Street #310, Oakland, CA 94611, USA
925-788-6382(김희봉), 510-685-8670(정은숙)

발행처 시와정신
대전광역시 대덕구 대전로1019번길 28-7 신창회관 2층
Tell 042-320-7845 Fax 0507-713-7314

공급처 (주)북센
경기도 파주시 문발로 77(문발동)(10881)
Tell 031-955-6777 Fax 080-250-2580~1

값 10,000원

ISBN 979-11-89282-18-9